Hannsdieter Loy war Jetpilot, Kommandeur in einem Kampfgeschwader und Direktor in der Industrieversicherung, bevor er sich ganz dem Schreiben widmete. HDL lebt und arbeitet dort, wo seine Romane spielen – in Oberbayern. Er ist Autor des Hunderomans »Die Donisl-Bande« und des München-Thrillers »Der Lächler«. Im Emons Verlag erschienen seine »ROSEN«-Trilogie »Rosen für eine Leiche«, »Rosenschmerz« und »Rosenmörder« sowie »Spiel des Todes« und der Tatort-Krimi »Starkbier«. Einen Blick auf sein Leben als Starfighterpilot verschafft der soeben verlegte Roman »Jahre des Donners«.
HDL ist Mitglied in der Vereinigung deutschsprachiger Kriminalromanautoren »Das Syndikat«.
www.oberbayern-krimi.de

HANNSDIETER LOY

Sakramentisch!

OBERBAYERN KRIMI

emons:

Bibliografische Information der Deutschen Nationalbibliothek
Die Deutsche Nationalbibliothek verzeichnet diese Publikation in der Deutschen Nationalbibliografie; detaillierte bibliografische Daten sind im Internet über http://dnb.d-nb.de abrufbar.

FSC
www.fsc.org
MIX
Papier aus verantwortungsvollen Quellen
FSC® C083411

Umschlagfoto: iStockphoto.com/xyno
Umschlaggestaltung: Tobias Doetsch
Druck und Bindung: CPI – Clausen & Bosse, Leck
Printed in Germany 2012
Erstausgabe 2011
ISBN 978-3-89705-897-2
Oberbayern Krimi
Originalausgabe

Unser Newsletter informiert Sie
regelmäßig über Neues von emons:
Kostenlos bestellen unter
www.emons-verlag.de

Sarkasmus ist eine Bosheit, die so gut verpackt ist,
dass man außer Reichweite ist, bis sie verstanden wurde.
(Anonym)

EINS

Ihnen gleich zu Beginn offenlegen zu müssen, liebe Leserinnen und Leser, dass dieses Buch kein ausgesprochen fröhliches ist, fällt mir schwer. Ich persönlich lese vorzugsweise nur Bücher und gehe nur in Filme, die mich erheitern. Die mich in gute Stimmung versetzen. Mich aus einem Tief holen. Man hat eh schon genug Unfröhliches im Leben zu erleben. Oder?

Deshalb muss ich Sie fairerweise warnen. Legen Sie das Buch gleich wieder aus der Hand, wenn Sie denselben Antrieb haben, sich über ein Buch herzumachen, wie ich. Ich will ja nicht übertreiben. Doch ich habe hier einen Roman mit verlotterten, grässlich unmoralischen Figuren geschrieben. Mir gefällt er. Das ist mein Job. Doch Sie so richtig aus der Krise holen oder Ihren Lebensmut stärken wird er nicht. Schon allein der Titel! Sakramentisch! Kein sonniger Titel, nicht? Gehen Sie also bitte in die Buchhandlung oder in die Bücherei, geben das Buch zurück und holen sich ein anderes. Ehrlich, tun Sie es! Vierzehn Tage, glaube ich, ist die Umtauschfrist.

Freilich, auch dieses Buch gilt marketingtechnisch als Regionalkrimi. Deshalb haben Sie wohl auch zugegriffen. Das hat den vergnüglichen Vorteil, dass Sie sich in Ihrer Umgebung wiederfinden, Sie können sich damit identifizieren. Mit den Dörfern, den Sträßchen, den Buslinien, den Kirchtürmen, der typischen Bevölkerung und dem typischen Wetter. Lokalkolorit macht Spaß, höre ich immer wieder. Für mich und meine Recherchen heißt dies, dass sich die Verdächtigen im Umkreis aufhalten, die Zahl der Dienstreisen ist überschaubar, und Sie schonen deshalb mit dem Erwerb dieses Buches meinen Geldbeutel. Trotzdem. Sollten Sie aus dieser Motivation heraus das Buch aus dem Regal genommen haben, dann empfehle ich Ihnen, es wieder zurückzustellen oder -zulegen und eines der hundert Millionen anderen mit nach Hause zu nehmen, die es im deutschsprachigen Raum gibt. Eines über die Allgäu-Kluftingers, eines der Alpen-Förgs, der Berndorfs, wenn Sie aus der Eifel stammen. Eins der drei oder vier komischen mit dem Kommissar Jennerwein oder womöglich die neue Masche, Schneewittchen oder Winterkartoffelknödel. Vielleicht ziehen Sie auch den stillen, traurigen Kommissar Süden meines syndikatischen Freundes Friedrich Ani vor.

Doch selbst die Geschichten um den ewig bekümmerten Süden von der Vermisstenstelle München sind aufmunternder und erfrischender als dieses Buch. Woran das liegen mag? Nun, ich habe den Text geschrieben. Ich muss es wissen. Es liegt sicher daran, dass sich im Leben des Hauptdarstellers wenig Erfreuliches zugetragen hat. Bisher schon nicht und zukünftig schon gar nicht. Sie werden's gleich erfahren, wenn Sie das Buch denn lesen wollen. Während der Dauer des Romans passieren schlimme Dinge, die Sie Ihren Kindern nicht erzählen sollten. Stellen Sie sich vor, Ihre elfjährige Tochter bekäme dieses Buch in die Hand!

Es beginnt schon damit, dass Artur Josef, unser Hauptdarsteller, voller Schreck aus seinem Garten stürzt. Er hatte einen mordsmäßigen Krach gehört und gleich aus dem Fenster geschaut. Einen krachartigen Aufschlag mit anschließendem Kreischen, als ob sich eine Kreissäge durch einen Sarg aus konserviertem Zirbelholz arbeitet.

Dann war alles still.

Artur kniff die Augen zu Schlitzen zusammen. Nicht weiter bemerkenswert, denn zwischen dem Fettwulst der Augenbrauen und den wie aufgeblasen wirkenden Wangen waren die Augen eh schon sehr eingeengt. Dann strich er sich nachdenklich mit dem rechten Handrücken über den Schnauzbart. Eile empfand er zunächst nicht.

Der Anblick, der sich ihm auf der gegenüberliegenden Seite der Straße bot, war recht unerfreulich. Vor wenigen Minuten noch war die kleine Rasenfläche vor dem halbrunden Musikpavillon mit halbmeterhohem Schnee bedeckt gewesen und funkelte – ganz untypisch für einen sonst eher grauslichen Novembertag – in der Nachmittagssonne wie ein außerirdisches Kleinod. Jetzt aber war der jungfräuliche Schnee aufgewühlt, als hätte jemand mit der Mistgabel darin herumgefuhrwerkt. Das lag an dem protzigen, glänzenden anthrazitfarbenen Geländewagen, der mit der Schnauze voran im Dreck steckte. So weit hatte er sich durchgewühlt. Mit den Vorderrädern durch achtzig Zentimeter Schnee hindurch in sechzig Zentimeter Gefrorenes hinein.

Das gewienerte Anthrazit strahlte mit dem verbliebenen Restschnee um die Wette und funkelte in der Sonne. Die geöffneten Fahrer- und Beifahrertüren waren wie Flügel weggestreckt, als Artur sich umsichtig dem Unfallort näherte.

Auf der Fahrerseite des Wagens lag in dem zerwühlten Schnee ein weißbärtiger, bebrillter Hundertjähriger im grünbraunen Lodenmantel auf dem Rücken, die Beine seltsam verdreht, wie eine unzufriedene Schaufensterpuppe beim Dirndl-Gachinger.

Dass die Polizei gleich vor Ort war, um den bedauerlichen Unfall aufzunehmen und den Notarzt zu rufen, lag nicht an ihrer Schnelligkeit. Nein, sie waren damit beschäftigt gewesen, im Vorbeifahren einem falsch geparkten Wagen auf der anderen Straßenseite einen Strafzettel hinzupappen, und wurden bei dieser hoheitlichen Aufgabe durch den unüberhörbaren Unfallkrach gestört. Unwillig wandten sie sich von ihrem Strafzettelgeschäft ab und dem schauderhaften Geschehen in ihrem Rücken zu.

Auf der rechten Seite des Geländeprotzes kam schrilles Geplärr aus der Mini-Schneelandschaft vor dem Pavillon. Das Schreien entfloh dem süßen Mund von Everl, der vier- oder fünfjährigen goldigen Enkelin von Artur. Nicht nur, dass das goldige Everl Schnee geschluckt hatte. Das Kind war auch schwer verletzt, sein Kopf war blutüberströmt. Der Großvater hatte einen solchen Kloß im Hals, dass er kaum atmen konnte. Er rannte sofort hin, um Everls Hand zu halten, sie zu trösten, doch Blut floss weiterhin. Erst als der Notarzt endlich eintraf, konnte Artur sich etwas beruhigen. Sie kam ins Klinikum.

Was Arturs Ehefrau anging, so war da nichts mehr zu machen. Ihre verstümmelten Überreste wurden von einer Wolldecke verhüllt, die geschockte Nachbarn über sie gebreitet hatten. Bernadette hatte nicht lange leiden müssen.

Nun muss man wissen, dass Arturs Tochter Franziska – er hatte sie Franzerl genannt, solange er noch gut drauf war – vor eineinhalb Jahren in einem Baggersee ums Leben kam. Es hatte sich um keinen reinrassigen Badeunfall gehandelt. Das Franzerl hatte sich den Luegsteinsee ausgesucht, weil der schön tief ist, hatte sich einen halben Zentner Beton um den Hals gehängt und war an der allertiefsten Stelle hineingehüpft. Nicht die Öde des grauen, wolkenverhangenen Himmels an jenem Tag war schuld an diesem Hüpferer gewesen. Vielmehr war der Grund ganz einfach im Hinscheiden ihres über alles geliebten Mannes Dankwart – er stammte aus Sachsen-Anhalt – zu suchen, den vor Schreck über die siebte Heimniederlage in Folge der Münchener Bayern in der Allianz-Arena in Fröttmaning der Schlag traf. Nach dem vierten Tor in der zweiten Halbzeit hielt es Dankwart aus Sachsen-Anhalt nicht mehr aus und verschied. Daraufhin wollte seine Frau, das Franzerl, nicht mehr leben. In einem rührenden Abschiedsbrief bat sie ihre Eltern, sich um das goldige Everl zu kümmern, klaute vom nahen Wertstoffhof den Betonklotz und sprang.

Sie merken schon, ich habe nicht übertrieben. Der Artur ist mehr als nur ein Pechvogel, und über sein bisheriges Leben, und erst recht über sein zukünftiges, gibt es nichts Positives zu berichten, was Sie aufmuntern könnte. Alles, was auf ihn herniederprasselte, war gespickt mit Unglück, Elend und Verzweiflung. Ich rate Ihnen noch mal: Legen Sie dieses Buch aus der Hand.

Für die wenigen Unbeirrten, Unbeugsamen will ich schweren Herzens berichten, wie es weiterging, nachdem Artur auch noch seine Arbeitsstelle verloren hatte. Mehrere Jahre – nach einer verabscheuungswerten Karriere in der Verbrecherwelt – hatte er sich in einem bürgerlichen Beruf bewährt und konnte sich und Bernadette finanziell über Wasser halten. Bis – kurz nach dem Tod von Franziska und ihrem Dankwart aus Sachsen-Anhalt – sein Arbeitgeber auf die Idee kam, die Belegschaft zu verschlanken und trotz Einspruch des mächtigen Betriebsrats Arturs Stelle wegrationalisierte.

Nach dieser Zwangspensionierung stürzten die heftigen, erschreckenden Ereignisse der letzten Zeit den Frühpensionär Artur nicht nur in eine Depression, sondern auch in arge finanzielle Schwierigkeiten. Und nun musste er nicht nur Bernadettes Begräbniskosten vorschießen, sondern nach ihrem plötzlichen Tod auch für die ansehnlichen Schulden aufkommen, die sie reihum gemacht hatte.

Bernadette war eine große, ausladende Frau mit Haaren wie ein Einmannzelt gewesen, mit gummiroten Lippen und auffallend großen Nüstern. Mit dieser Nase roch sie jedes Schnäppchen, ging hin und kaufte es. Im Lauf der Zeit sammelten sich so Gegenstände an, die zwar lohnten, gekauft zu werden, doch überhaupt nicht gebraucht wurden. Ein Motorroller im Sonderangebot für neunhundertneunundneunzig Euro, ein Container mit sechslagigem Toilettenpapier, ein schwarz lackiertes Sailer-Klavier (niemand im Umkreis von einem Kilometer spielte Klavier) bis hin zu geeistem Hummer und einem sprechenden Beo aus Indien. Daneben war Bernadette zu jeder Zeit scharf gewesen auf neue Möbel und glänzende Klamotten. Ihr Witwer verfügte jetzt zwar über ein stattliches kleines Warenhaus. Aber er hatte auch die verdammte Schuldenlast am Hals.

Bernadettes Beerdigung war ebenso still wie seinerzeit die Hochzeit. Der Preis für den Bestatter, das Trinkgeld für den Pfarrer und die Kosten, fünfzig Leute zu bewirten, das überstieg Arturs Budget bei Weitem. Um genau zu sein, sein Budget war eh gleich null. Er musste sich in neue Schulden stürzen. Und er hatte auch keine Aussicht auf ein weiteres Arbeitseinkommen, eine höhere Pension oder einen Lotteriegewinn. Seine bisher schon düstere Lebensqualität befand sich im freien Fall. Artur spürte deutlich, dass er eine trostlose und furchterregende Zukunft vor sich haben würde.

Am Tag nach der Beerdigung rief der zuständige Sachbearbeiter seiner Bank an. Die Bank hörte auf den klangvollen Namen Chiemsee-Alpenländisch-Rosenheimer Bank e.V.

»Es tut uns leid«, klagte er. »Aber wir haben eine interne Revision. Wir müssen alle Schuldner, die ihr Dispolimit ausgeschöpft haben, auffordern, ihr Konto auszugleichen. Sie stehen bei dreitausend Euro. Das ist Ihr Limit.«

Artur schluckte. »Heißt das, ich soll dreitausend Euro zurückzahlen?«

»Ja, mein Herr. So leid es uns tut. Sie müssen das Geld zurückführen.«

»Bis wann muss ich die dreitausend Euro zurückzahlen? Wie lange habe ich Zeit?«

Die Antwort kam schnell wie eine Pistolenkugel. »Bis Ende der Woche.«

Zu Beginn der nächsten Woche stand der Gerichtsvollzieher vor der Tür. Seine dünne, spitze Nase wirkte ein wenig deplatziert in dem fleischigen Gesicht. Er trug einen dunkelblauen Blazer mit Goldknöpfen und einen weinroten Rollkragenpulli, der seinen kurzen Hals noch dicker erscheinen ließ.

»Sie sind hier falsch«, sagte Artur Josef. »Hier ist kein Empfang des Hochadels.«

Der modische Beamte nickte ihm knapp zu. »Es tut mir leid«, begann er. »Ich bin von der Bank beauftragt, mich bei Ihnen umzusehen. Hier ist der Beschluss.«

Wenn Artur seiner Stimmung gefolgt wäre, wäre er in den Abstellraum gegangen, hätte das handgeschmiedete kanadische Spaltbeil geholt, das immer eingefettet war und mit dem er sonst Bäume und dicke Äste entzweihackte, und hätte den Mann senkrecht halbiert. Doch er sprang über seinen Schatten und bat ihn herein.

Sie stiegen über einen Berg von Koffern und Kleidern, leere Bierflaschen und ganze Haufen unbearbeiteter Steinfliesen. Elektrische Drähte hingen wie Würmer von der Decke und an den Wänden herunter, und in einer Ecke des Flurs stand eine Zementmischmaschine neben einem hüfthohen Behälter mit naturtrübem Wasser.

Es roch nach frischem Mörtel.

Vorsichtig achtete Arturs Besuch darauf, seinen Blazer nicht dreckig zu machen. Er verzog das Gesicht.

»Ich habe das Gefühl, hier ist nichts zu holen. Das Klavier vielleicht«, sagte er mit einer müden Handbewegung. »Ich werde das der Chiemsee-Alpenländisch-Rosenheimer Bank e.V. berichten.«

Storchengleich überquerte er den Schutt Richtung Ausgang.

»Wenn Sie fündig werden wollen«, rief ihm Artur hinterher, »dann besuchen Sie doch meine Villa in Andorra. Dort liegt auch mein Goldschatz auf dem Grund des Swimmingpools.«

Hilflos lächelnd winkte der Mann im blauen Blazer zurück.

Arturs Herz war ihm in die Hosentasche geplumpst. Wenn er nichts gegen seine aussichtslose finanzielle Lage tat, würde er ins Uferlose stürzen.

Es gab nur eine Lösung, nur eine einzige.

Geld musste her. Aber wie?

ZWEI

Ein Krimiautor, so heißt es, sei ein Mensch, der aus Angst vor den Folgen seine wahren Neigungen als Roman verpackt.

Wenn das stimmte, war Hadi Yohl ein Mann von außerordentlicher Selbstbeherrschung. Er weinte nicht, er tobte nicht, er mordete nicht – zumindest merkte man ihm die geheimen Absichten nicht an. Er war trotz seines beschämenden Berufs als Kriminalschriftsteller ein herzensguter Mensch.

Deshalb marschierte er drei Tage nach Bernadettes aufsehenerregendem Tod bei bestem Winterwetter in der Trauerkolonne mit, die sich auf den kleinen Bergfriedhof in Arturs Dorf zubewegte. Die Mannerleit marschierten rechts, die Weiberleit links. Hadi Yohl, der Unwissende, hatte sich zuerst links eingereiht. Er wunderte sich über die schiefen Blicke, das Getuschel, das Gekichere um ihn herum. Bis ihn eine zwei Zentner schwere Trachtenpuppe mit dem Umfang einer mittelalterlichen Dorfeiche aufklärte. Ihre Haut war behaart und diente nur dazu, das ganze Fleisch zusammenzuhalten. Sie flüsterte und blickte mit rollenden Augen um sich.

»Schaun'S, dass weiterkemman«, zischte sie, während sich von Weitem schon das Totenglöckerl hören ließ, »oder san Sie 'leicht a Weiberleit?« Dann packte sie Hadi mit festem Griff am Arm und schob in höchstem Hochdeutsch nach: »Sitt und Tracht der Alten wollen wir erhalten.«

Beim Leichentrunk ging's anders zu. Alles durcheinander. Trotz der Kälte draußen schwitzten die Menschen drinnen. Es gab nicht wenige, die den Gürtel lockerten und die Reißverschlüsse an den Röcken weiter machten, um mehr Platz zu schaffen. Es gab belegte Semmeln und was zum Trinken. Dass es kein üppiges Essen gab, wertete Hadi nicht als Mangel an Respekt vor der Toten, sondern als Zeichen eines schmalen Geldbeutels.

Die Trauergäste erzählten Geschichten von und über Bernadette, die eine oder andere hinter vorgehaltener Hand. Mehrfach brach bellendes Gelächter aus, worüber sich Artur aufregte, aber er griff nicht ein.

War es Zufall, dass der frisch gebackene Witwer sich auf einmal in Gesellschaft des Kriminalromanautors befand? Hadi saß etwas abseits allein an einem Tisch und blätterte in der Zeitung. Artur setzte sich zu ihm. Denn wer allein an einem Tisch sitzt, muss sich wie ein Ausgestoßener fühlen, war seine Einstellung. Also leistete er dem Herrn Gesellschaft. Artur klagte nicht und jammerte nicht. Aber irgendwie kam das Gespräch auf seine Finanzen.

»Ich zahl nur für meine Toten«, sagte er. »Zuerst der Dankwart, dann die Franzi und jetzt die Berni. Die Beerdigungen, des ganze Glumpert … I hab einfach die ganze Knete net.«

Hadi nahm einen tiefen Schluck von seinem Weißbier. Gegessen hatte er nichts. Wer trauert, soll auch fasten. Er sah Artur an und schlug stirnrunzelnd die Seite neun der Zeitung auf.

»Bankräuber erbeutet 35.000 Euro«, stand da. Im Lokalteil.

Er als Krimiautor wusste, wie das geht. Zumindest theoretisch. Unbedeutende Bankfiliale, Verkleidung, Mut und Zuversicht, Pistolenattrappe, selbstbewusstes Auftreten, ein bis zwei Kassiererinnen einschüchtern. So hatte es auch hier geklappt. Fünfunddreißigtausend Euro in einer gelben Plastiktüte mit roter Aufschrift. Der Täter floh unerkannt zu Fuß.

Hadi bemerkte, wie Arturs Blick an dem Artikel mit der Phantomzeichnung des Täters kleben blieb. Sie sahen sich an. In beider Augen zeichneten sich Euroscheine wie winzig kleine Luftballons ab. Hundert-Euro-Scheine. Fünfhundert-Euro-Scheine.

Hadi dachte kurz nach, den Blick immer noch auf Artur gerichtet.

Dann schüttelte er den Kopf so, dass Artur es gerade noch wahrnehmen konnte. »Nein!«, sagte sein Blick. »Nein, nein, nein. Zu riskant.«

Sorgfältig, fast pedantisch, faltete er die Zeitung, schob sie unter den abgewinkelten Arm, klopfte Artur aufmunternd auf die Schulter und verabschiedete sich.

»Reiche Frau heiraten«, warf er Artur im Hinausgehen zu. »Oder Zug fahren und Geldkoffer finden.«

Artur sah ihm noch nach, da war der andere längst verschwunden. Eine schauderhafte Zukunft hatte er vor sich – dieses Gefühl überfiel ihn nun noch viel stärker.

»eigentlich finde ich das indira und jay gar nicht richtig zusammen passen ich finde das jay und sarah sehr gut zusammen passen weil ich dachte wo die sich ja auch zum ersten mal getroffen am flughafen das sie vieleicht gut zusammen passen aber da habe ich mich ja wohl getäuscht also ich mag indira ja wohl gar nicht erstens das ist ne zicke und zweitens die kann lästern bis se umfällt die alte die ist zweiunddreißig und fühlt sich wie zwölf oder wie vierzehn so kommt mir das jedenfalls vor also wenn sarah und jay zusammen gekommen weren dann hätte ich mich ja gefreut aber bei jay und indira erstens sieht indira stinkig aus und zweitens jay wird sie doch bestimmt betrügen der sieht auch schon so aus wie so ein betrüger der hat bestmmt wo er im dschungelcamp war ne frau oder ne freundin gehabt und hat trtzt dem mit indira rum geknutscht«

Hadi hatte sich vors Dschungelcamp begeben. Daheim hatte er den Fernseher eingeschaltet und war in die Sendung mehr oder weniger hineingestolpert. Er sah sie zum ersten Mal und blieb mehr aus beruflicher Neugier daran hängen. Entzückendes Niveau. Es entsprach der geistigen Ebene des obigen Originalkommentars eines »Users« dieser Sendung. Hadi begriff rasch. Aus einer Anzahl Menschen, die sich aus Geldmangel oder Geltungssucht prostituieren, wählen die Zuschauer einen zum »König« oder zur »Königin« des Dschungels. Je schneller und doller einer durch Höhlen mit Kakerlaken, Spinnen, grauem Schleim und Mehlwürmern kriechen und je mehr anderes Ekliges er mit dem Mund greifen und schlucken kann, desto höher steigt er auf der Beliebtheitsskala.

Doch Hadi war keiner, der auf Dirk Bach, den niedlichen, süßen Moderator, auf die Teilnehmer oder gar die Fernsehzuschauer herabsah. *Chacun à son goût*, war seine Devise.

Er war eh nur halb bei der Sache gewesen. Arturs Notlage beschäftigte ihn. Der Banküberfall aus der Zeitung beschäftigte ihn. Wenn's nicht fünfunddreißigtausend Euro Beute wären, sondern nur zehn- oder fünfzehntausend, wäre Artur schon geholfen. Mit den Tresoren der Banken befasste er, der Kriminalschriftsteller, sich schon lange. Sie beflügelten seine Phantasie. Hier war im Übermaß gelagert, woran es den meisten Menschen mangelt. Womit man Not lindern könnte. Zum Beispiel Arturs Not.

Würde man eine Bank ausrauben, beginge man ein gutes Werk. Und wie bei keinem anderen Delikt könnte man nach so einer Tat mit sehr viel Sympathie rechnen. Vor allem, wenn der Coup erfolgreich war. Dann käme beim Publikum Schadenfreude noch dazu. Die ewige Geschichte von Arm und Reich. Freilich, man würde sich nicht einfach eine Bank aussuchen, hineinmarschieren und sich das Geld abholen. Der Varianten gab es viele. Ein Überfall auf ein Geldinstitut, einen Geldtransporter, auf Postzüge, Postfilialen, Lottostellen. Bewaffnet, scheinbewaffnet, mit oder ohne Geiselnahme.

In Stundenschnelle reifte in Hadi der Entschluss, Artur auf ungewöhnliche Weise zu helfen.

Aber mit einem Banküberfall?

Die Zeiten hatten sich geändert, so auch die Zeit der Banküberfälle und Tresorknackereien. Aus Alarmsirenen, die auf dem Dachgiebel einer Raiffeisenbank bei starkem Regen absoffen, waren Direktverbindungen oder Standleitungen zur Polizei geworden. Schlecht geratene Zeichnungen, die eher den stellvertretenden Polizeichef karikierten statt den Räuber zu beschreiben, waren zu Computerbildern und Videoclips mit achtzigprozentigem Wiedererkennungswert herangereift. Sonderkommissionen waren gezielt und koordiniert auf Haar-, Abdruck- und Speichelspuren trainiert. Mit punktgenauen DNA-Analysen waren sie ungleich näher am Täter dran als die auf Spurensicherung umgeschulten uniformierten Oberkommissare früherer Tage. Totale Überwachung und absolute Sicherheit bei den Banken.

Nein, diese Art von Gelderwerbsmethode fiel flach, befand Hadi.

Sie sehen, verehrte Leserinnen und Leser, auch das droht schiefzugehen. Und Hadi Yohl ist immerhin eine Hauptperson in diesem Stück. Deshalb rate ich Ihnen nochmals eindringlich: Lassen Sie die Hände von diesem Buch.

Es gibt ja die verschiedensten Arten von Büchern. Das ist auch vernünftig. Denn es gibt noch viel mehr verschiedenartige Menschen, die alle einen anderen Geschmack und andere Interessensgebiete haben. Deshalb geben Zehntausende von Verlagen Millionen von Büchern heraus. Liebesschnulzen, Gesellschaftsromane, Bastelanleitungen für das Anfertigen einer Durchreiche von der Küche ins Esszimmer, Thriller, Kinder- und Jugendbücher, Zusammenbauvorschriften für Laubsauger, Bibeln und Satanisches, Satirisches. Ratgeber fürs Reichwerden, Gesundbleiben, für alles im Leben, gebundene Bücher, Taschenbücher, Hörbücher. Regionalkrimis.

Dies ist ein Regionalkrimi. Er spielt in Oberbayern und wäre deshalb a priori sehr empfehlenswert.

Doch nicht dieser Oberbayern-Krimi!

Es soll ja Menschen geben, die ungern Geschichten lesen, in denen nichts vorwärtsgeht, in denen die Akteure in schreckliche, unmoralische Dinge verwickelt werden. Zum Beispiel juristische Bücher. Diese haben auch den Nachteil, dass sie dick sind, schwer zu lesen und stinklangweilig. Bücher, die praktisch kein Schwein gern liest. Außer Juristen. Deshalb verdienen manche Rechtsanwälte damit haufenweise Geld.

Doch ich schweife ab. Das Buch, das vor Ihnen liegt, ist weder dick noch juristisch noch schwer zu lesen. Trotzdem oder gerade deshalb – mir gehen zunehmend die Argumente aus – sollten Sie mein Buch vergessen. Ich hab's in einem Anfall von Depression, Niedergeschlagenheit und Schwermut geschrieben. Das schlägt sich natürlich in der Handlung, im Personal, in der gesamten verdammten Schreibe nieder.

Anstatt zu sagen »Auf geht's!«, meidet der Hadi zum Beispiel jedes Risiko eines flotten Banküberfalls. Ist doch lahm, der Typ, oder? Hab ich doch gleich gesagt.

Legen Sie das Buch weg oder geben Sie's zurück!

So. Ab jetzt ist Lesen Ihr ganz persönliches Risiko. Ich werd mich nicht mehr einmischen.

DREI

In welchem Ort wir uns befinden, verrate ich nicht. Ich meine, in welchem Ort der Hadi Yohl wohnt. Er selbst hat die heutzutage übliche ständige Erreichbarkeit abgeschafft. Nicht im Internet, nicht im Telefonbuch, nicht am Schwarzen Brett beim Tengelmann, nirgends sind seine Anschrift oder seine Telefonnummer zu finden. Sein so gut wie neues Handy hat er irgendwann in den träge dahinfließenden grünen Inn geschmissen. Und als einmal die kühle Blonde vom Gemeindeblatt die Adresse veröffentlichte, hat er sie gleich am nächsten Tag erwürgt. Mit Morden kannte er sich ja aus, der Hadi, nicht aber mit Bankraub und verwandten Aktivitäten, die Artur zu Geld verhelfen könnten. (Der Mord wurde übrigens nie aufgeklärt. Ich glaube, nicht einmal entdeckt wurde er.)

Deshalb bemühte er sich weiter. Er rief seinen guten Bekannten Dr. Werner Stuffer an.

Werner war Rechtsanwalt. Advokat, wie er sich selbst bezeichnete. Ein schwabbeliger, teiggesichtiger Junggeselle, der sich nach oben in schmale Schultern und einen kegelförmigen Birnenkopf verjüngte, auf dessen einer Seite glattes weißes Haar wuchs, während auf der anderen nur ein paar Strähnen klebten. Trotz wahnsinnig dicker Beine bewegte er sich gazellengleich, allerdings mit einer fast schon kuriosen Vorsicht. Zum Beispiel sprang er nie höher als einen Meter fünfundsiebzig. Werner war Anfang sechzig, verfügte über Scharfsinn und ein Wahnsinns-Fachwissen, sein linkes Ohr war bei einem Segelunfall vor Kroatien abgerissen worden. Werners Jugendtraum war es immer schon gewesen, einen Kriminalroman zu schreiben.

Apropos Jugend. Werner war am Samerberg aufgewachsen und hatte dort seine Jugend verbracht. In dieser bergigen Region von Oberbayern kursierte das Gerücht, dass es dort so viele Bäume gibt, weil für jeden Stuffer, der je gelebt hatte, ein Baum gepflanzt worden war. Und die Gegend um den Samerberg, bis hoch in die Hochries hinauf, war voll mit Bäumen. Es gab kaum einen, der nicht Stuffer hieß oder von einem solchen abstammte.

An diesem geheimnisvollen, finsteren Samerberg wird man nicht Rechtsanwalt. Dort wird man Holzknecht, Wirt, Schreiner, Skifahrer. Maximal Snowboarder oder Friseur. Und wenn sie ihre Friseurlehre rund um den Samerberg beendet haben, ziehen sie nach Rosenheim und machen ein neues Friseurgeschäft auf. Deshalb gibt es so unglaublich viele Friseure in Rosenheim. Rosenheim hat die höchste Friseurdichte auf diesem Planeten. Selbst in den Schwulenvierteln von San Francisco gibt es nicht so viele davon. Und alle schneiden Haare, wickeln sie auf, färben und tönen sie, fegen und wischen sie weg und machen sie irgendwie anders als vorher. Nicht alle sind schwul, nicht alle sprechen türkisch. Aber alle scheinen ganz gut zu sein, denn sie halten sich.

Werner, nachdem er bei einer dreisprachigen, einarmigen Friseurmeisterin aus Aserbaidschan ausgelernt hatte, entschied, seiner Intelligenz Rechnung tragen zu wollen, und studierte iuris prudentia, also Rechtswissenschaften. Nach dem Zweiten Staatsexamen hätte er Richter werden können, Assistent seines Doktorvaters, Syndikus eines Samerberger Trachtenvereins, möglicherweise Justitiar bei Hubert von Goisern. Er bekam sogar ein Angebot, der Rechtsabteilung der Volksbank Raiffeisenbank Niederschlesien eG beizutreten. Doch Werner wurde Rechtsanwalt in Rosenheim.

Er entschied sich für diese Variante, denn siebenhundertachtundzwanzig Rechtsanwälte in Rosenheim, einer temperament- und blutvollen Stadt mit eigener TV-Krimiserie, einer blonden Oberbürgermeisterin und 60.923 Einwohnern, können nicht irren. Rosenheim hat die höchste Anwaltsdichte auf dem Planeten. Selbst Passau und Regensburg, Städte mit anerkannt ausgeprägter Streithansldichte, fallen, gemessen an Rosenheims Rechtsanwaltszahl, schändlich ab.

Dieser Werner saß gerade bei der abendlichen Brotzeit gegen zweiundzwanzig Uhr zwölf allein mit seiner Katze in seinem Studierzimmer. (Alleinstehende Rechtsanwälte essen in der Regel nie vor zehn. Sie kämen sich schäbig vor, denn ihre Arbeit nimmt sie bis in die späten Abendstunden in Anspruch.) Das Kaminfeuer flackerte, draußen rieselte leise der Schnee, die Bose-Anlage produzierte Christmas-Bar-Jazz, Werners Stirn lag in angestrengten Falten, als das Telefon schellte.

»Ich hab Stoff für deinen Krimi«, sagte Hadi. »Eine Menge Stoff. Du kannst den Plot selbst mitgestalten. Interesse?«

Werner schluckte und nahm noch einen Schluck. »I bin no net so weit, mein' Krimi ozumpacka«, sagte er in seinem sanften Samerberglerisch.

Er befand sich demnach noch nicht in der Lage, seinen geplanten Krimi anzupacken.

»Ich hab noch zu viele Mandanten zu versorgen. Das mit dem Krimi ist gut und schön. Aber erst nach der Pensionierung. Außerdem muss ich Mama im Seniorenstift noch versorgen. Sie wird übermorgen vierundneunzig, die Mama.«

»Es handelt sich um keinen geschriebenen Krimi«, widersprach Hadi geduldig. Mit Widerspruch bei Anwälten musste man vorsichtig umgehen. Seine Stimme klang wie gepudertes Katzenfutter. »Es ist ein gelebter Krimi. Für einen guten Zweck.«

Bei dem Ausdruck »guter Zweck« sprangen in Werners Herz sämtliche Gutklappen zum Benefiz-Vorhof auf. Er war Mitglied im Lions Club. Einer Vereinigung also, die sich das Wohlergehen der Menschheit zum Ziel gesetzt hatte. Du brauchst nur eine Notlage anzutippen, ein Erdbeben etwa, eine Erblindung oder ein Frauenhaus, schon fliegen sie darauf wie Bienen und Zitronenfalter auf Krokusse im ersten Frühlingsrausch.

»Wie meinst du das?«, fragte Werner und nahm noch einen Schluck. »Was ist ein gelebter Krimi? Und welcher gute Zweck? Hä?« Er nahm einen weiteren Schluck und noch einen weiteren, bevor er die entscheidende Frage stellte: »Gibt es auch eine Leiche in deinem Krimi?«

Artur Josef mit abflauender Trauermiene. Hadi Yohl mit dem Stallgeruch des Pioniergeists und des Aufbruchs. Während Werner Stuffer sich wie beim Werbevorspann im Kino fühlte. Gespannt auf den kommenden Film, von dem er keine Vorschau kannte.

Hadi hatte die beiden zusammengeführt. Artur hatte vom Rechtsanwalt Stuffer beiläufig gehört oder gelesen, war ihm aber nie begegnet. Werner dagegen hatte bisher von Arturs Existenz keinen blassen Schimmer gehabt.

Die drei saßen an einem Ecktisch im holzbeladenen Barraum vom Voglwirt. Hadi trug oben einen Schladminger Janker und unten Jeans, denn er schrieb oberbayerische Regionalkrimis, und wer das tut, muss sich wenigstens andeutungsweise so kleiden, dass man meinen könnte, er meinte es ehrlich. Artur hatte noch dasselbe Gewand an wie bei Bernadettes Beerdigung, nämlich eine braune Lodenjoppe oder Lodenstrickjoppe oder Stricklodenjoppe und bestickte Lederkniebundhosen, die Bernadette ihm letzte Weihnachten beim Dirndl-Gachinger gekauft hatte. Den grünen Filzhut mit Federschmuck hatte er weggelassen. Und Werner war flugs aus seiner Kanzlei in der Rosenheimer Prinzregentenstraße herbeigeeilt, trug also noch seinen Dienstanzug, ein graues Sakko mit Fischgrätmuster und dunkle Hose.

Der Barraum war an diesem nebligen Mittag nur halb gefüllt. Ein kalter Dauerregen trommelte gegen die Fensterscheiben. An der Zirbelbar standen die Verkäufer vom nahe gelegenen Möbelgiganten und schütteten sich ihr mittägliches Weißbier hinein. In der anderen Ecke saß der Lenz vor seiner Zither und zitherte sein Alpenland-Repertoire herunter. Eine Trachtenkapelle draußen in der Halle spielte »Hoch soll'n sie leben«, die dicke Tuba und eine Gästegruppe stimmten mit ein. Die Siggi mit ihrer weißen Kaffeehausschürze rannte rum und nahm Bestellungen auf. Draußen vor der Tür standen die Ausgestoßenen und qualmten mit gequältem Gesichtsausdruck unlustig vor sich hin. Ihre Stimmung passte zum Wetter.

Es war der Freitag vor dem zweiten Advent.

»Übernächste Woche!«, befand Hadi nach kurzer Diskussion. »Dann schlagen wir zu. Artur braucht das Geld schnell. Wenn wir Glück haben, können wir ihm gleich beim ersten Mal richtig gut helfen. Notfalls müssen wir danach noch mal ran.«

Dann erläuterte er seinen Plan.

»Ihr seht, die Grobplanung hab ich schon. Bis übernächste Woche ist noch genügend Zeit zur Vorbereitung im Detail. Jeder besinnt sich auf seine Stärken.«

Der Schriftsteller war überrascht. Werner war sofort im Boot gewesen, ja mehr noch. Er war hochgesprungen (nicht über seine ein Meter fünfundsiebzig) und hatte in seinem harten Samerberglerisch gerufen: »Ich seh schon, ich schreib meinen Krimi noch vor der Pension.« Die kegelförmige Birne oberhalb der schmalen Schultern glühte.

Zuerst war Artur gschamig gewesen. Bevor er auf eine falsche Fährte geriet, kam Hadi ihm zuvor. Er hatte einmal gelesen, wie einst Hannibal im Zweiten Punischen Krieg seine Krieger zusammenrief, bevor er mit den Elefanten die Alpen überquerte, und sie schlitzohrig fragte: »Ich gebe euch hier letztmalig die Chance, auszusteigen. Wer Angst hat, darf jetzt gehen. Wer will gehen?«

»Wer will aussteigen?«, fragte Hadi und sah die beiden anderen scharf an. Er musste leise reden, leiser als der selige Hannibal jedenfalls, um nicht andere, die zuhörten, zum Mitmachen zu bewegen.

Werner grinste.

Artur schluckte. Sein Blick begleitete die eigenen Finger, die sich vor Anspannung schlangengleich ineinander verwurschtelt hatten und heftig miteinander rangen.

»Ich will ...«, sagte er zaghaft, ohne den Blick zu heben.

»Aussteigen?«, blökte Hadi. »Hier wird nicht ausgestiegen.«

(Hannibal hätte diese Frage sehr viel ideenreicher, allerdings blutiger, gelöst. Die Sage berichtet ... Aber lassen wir das.)

Er nahm Arturs vom vielen Tresorknacken feinfühlige Hand, führte sie zu des Anwalts vom Holzhacken schwieliger Pranke und ließ die beiden einschlagen.

»Ich bin dabei«, bekannte Werner mit ausgesuchter Höflichkeit.

»Sakramentisch!«, rief Artur mit tränennassen Augen aus. »Dann backmers o!«

Hadi spürte die Verantwortung, die er übernommen hatte. Da war eine leichte Leere in der Magengrube, Zeichen seiner Aufregung. Teresa, seine Haushaltshilfe, glaubte, er träfe sich mit einem Freund in Rosenheim zum Essen. In Wirklichkeit aber war er im Begriff, ein paar Recherchen am Schauplatz des Verbrechens anzustellen.

Es war typisch winterlich geworden, mit gleißend hellen Tagen und klaren, kalten Nächten. An diesem Mittwoch war wieder ein unverschämt schöner Bilderbuchwintertag, viel zu schade für die Vorweihnachtszeit. Ein paar saubere Schäfchenwölkchen schwebten über dem Kaisermassiv am südlichen Himmel, der tiefblau war. Die strahlende Sonne umarmte den Riesenchristbaum mitten im Dorf mit ihren Strahlen und ließ die Adventssterne über der Hauptstraße glitzern wie glühende Zirkone, die vorgaben, Diamanten zu sein. Der leichte Erler Wind (der so heißt, weil er in der Früh aus dem tirolerischen Erl am Inn entlang heraufweht) sorgte dafür, dass es nicht ganz und gar frühlingshaft wurde. Es war eine Stimmung wie geschaffen für einen oberbayerischen Regionalkrimi. Hadi nahm sich vor, die Atmosphäre bei Gelegenheit in einen Text einzubauen.

Er parkte den unscheinbaren Kleinwagen (mit seinem Testarossa operierte er von Salzburg aus) vor dem dörflichen Schreibwarenladen, ging hinein und besorgte sich ein kleines Ringheft, einen schwarzen Filzschreiber (schwarz für Krimis, rot für seine Liebesschnulzen), eine Süddeutsche und das Oberbayerische Volksblatt. Er wischte sich mit dem weichen Stoff des Kamelhaarmantelärmels übers Gesicht, verstaute die Zeitungen unter dem Arm und überquerte mit wichtigem Gesicht die Hauptstraße. Er hätte auch mitten auf der Straße stehen bleiben und Zeitung lesen können, so wenig Verkehr fand statt. Das Dorf war still und wie ausgestorben. Es war halt Mittwoch und nicht ein Samstag, an dem Holländer, Tschechen, Russen, Litauer, Griechen und andere reiche Völker diesen Weg nahmen, um autobahnstauvermeidend nach Ischgl zum Skifahren zu fahren.

Dann zog er sich auf eine laut Messingschild vom Optiker geförderte Sitzbank zurück, von wo aus er sich durch das kunstvoll geschnitzte Loch in der Zeitung ungestört dem Gegenstand seiner Begierde widmen konnte. Sozusagen die Erstrecherche eines

Benefizunternehmens. Er hatte freien Blick auf den Dirndl-Gachinger. Es war zwanzig vor zwölf.

Menschen gingen beim Gachinger ein und aus. Viele Menschen. Große, kleine, dicke, mitteldünne, mehr weibliche Menschen als männliche. Pfeifen qualmende Männer, knoblauchimprägnierte Frauen. Langsam, hechelnd und quietschend, mit auf dem Pflaster scharrenden Füßen bewegten sich die Leute vorwärts Richtung Eingang, als wären sie auf dem Gang zum Schafott. Die meisten gingen leer hinein und kamen mit vollen Händen wieder heraus. Gedränge war kein Ausdruck dafür, was hier geschah. Es war eher wie ein Aufmarsch, eine Zusammenrottung, ein Aufbäumen, ein Volksaufstand vor der großen Revolution. Vielleicht, dachte Hadi, ist das der Beginn einer unermesslichen Glückssträhne, die einem guten Zweck zugutekommt.

Dem Glück des armen Artur nämlich, der nach all den unverschuldeten (das war Grundvoraussetzung!) Schicksalsschlägen endlich wieder einen Fuß auf den Boden bekommen sollte. Unverschuldet in Not Geratenen soll die Allgemeinheit helfen. Nach einem Erdbeben auf Haiti oder einem AKW-Problem in Japan wurde weltweit geholfen. Die Überflutungsopfer von New Orleans wurden unterstützt, selbst die trauernden Hinterbliebenen von Knut, dem Eisbär, genossen die weltweite Sympathie der Menschheit. Warum sollte das nicht auch im Kleinen funktionieren? Er war überzeugt von der Qualität seiner guten Absicht. (Ganz im Inneren wollte er natürlich, wenn er ehrlich zu sich war, einmal selbst ausprobieren, wie es ist, ein Verbrechen zu begehen.)

Drüben auf der anderen Seite des Kirchbachs, in der Wendelsteinstraße, konnte er den spartanisch wirkenden Bau der Sparkasse erkennen, der sehr an ein Jugendgefängnis erinnerte. Es gab Leute, die behaupteten, es sei die hässlichste Bank im Gäu.

Hadi war mitten in seinen Überlegungen, als eine Veränderung eintrat, die sein Herz zum Stocken und sein Blut zum Gefrieren brachte. Er ließ die Zeitung sinken, weil er glaubte, das Loch darin hätte sich geirrt.

Der Dirndl-Gachinger, den er beobachtete, hatte hohe, breite

Fenster. Diese Fenster hatten Rollläden. Diese Rollläden fuhren wie vom Blitz getroffen herunter. Keine Fenster mehr, nur schwere, fahlbraune Rollläden, welche die Fenster bedeckten. In derselben Sekunde herrschte ... es fällt einem nur das Wort Funkstille ein. Der Platz war menschenleer.

Die Tür öffnete sich einen Spalt, eine Hand erschien. Die Hand hielt ein weißes Schild. Auf dem Schild war in roten Lettern etwas geschrieben, das Hadi nicht entziffern konnte. Die Hand zitterte nicht, sie zagte auch nicht. Sie langte nur um die Ecke und hängte das Schild mit den roten Lettern an etwas, das als Haken gelten konnte. Jedenfalls hing es an einer Stelle, wo vorher noch nichts gehangen hatte. Es schien, als ob die Welt sich dadurch verändert hätte. Dann zog die Hand sich wie vom Affen gebissen zurück. Die Tür schloss sich. Alles wie immer. Nur die Rollläden waren geschlossen und das Schild hing da. Das Schild mit den roten Lettern. »Mittwochnachmittag geschlossen!«

Sakramentisch!, dachte Hadi, wo sammer denn.

In Oberbayern, auf dem Land, ist der Mittwochnachmittag geschäftlich so etwas wie ein halber Feiertag. Jüdischer Wochenruhetag ist der Sabbat, islamischer der Freitag, christlicher im Allgemeinen der Sonntag. Oberbayerische Landmetzgereien, Landbäckereien, Landschreibwarengeschäfte, Landlotteriestellen, Land... ach, lassen wir das, Sie wissen schon. Alles hat zu. Außer Tengelmann, Tankstellen, der Ärztenotdienst, Radarkontrollen, Abfluss- und Kloreiniger.

Jedenfalls gut, dass Hadi heute hier war und die Sache beobachtete. Der Mittwochnachmittag fiel als großer Tag des Überfalls also schon mal flach. Doch was soll's. Leute bevölkern ein Trachtengeschäft schließlich nicht nur mittwochs. Eigentlich hatte er genug gesehen. Sollte er undercover angreifen und fragen: »Wann ist Ihr bester Geschäftstag?« Montag? Donnerstag? Samstag? In der Vorweihnachtszeit spielen sie doch alle verrückt, egal wann. Aber Samstag wäre wohl nicht schlecht. Samstag ist um diese Jahreszeit der Shoppingtag schlechthin.

Für Kriminelle sind die Adventstage eh ein gefundenes Fressen. Ladendiebstahl geht im Gedränge einfacher, die Autos auf den

Parkplätzen sind vollgepackt mit Geschenken. Wer gern früh aufsteht, kann sich an den Geldscheinen bereichern, welche die Gutmenschen in Kuverts stecken und an den Briefkasten hängen. Eigentlich sind sie als Belohnung für den Postboten und die Zeitungsträgerin bestimmt. Aber wenn man von der schnellen Truppe ist, kann man auch die Beute der Diebe klauen, während sie den Wagen entladen.

Gedanken dieser Art vagabundierten durch Hadis Gehirn, während er staunend die Rollläden heruntersausen sah, weil jetzt Mittwochmittag war. Er hob einen Mundwinkel zu einem überlegenen Lächeln. Wie gut doch seine Idee war! Er fühlte sich auf der richtigen Fährte. An einem Samstag sollte es stattfinden. Am Samstag der übernächsten Woche.

Von Tag zu Tag versanken das Dorf, die Stadt, ja das gesamte Rosenheimer Land immer mehr in Vorweihnachtsstimmung. Der Verkehr staute sich in den Straßen, Kleinkinder plärrten, reihenweise fielen Menschen in Ohnmacht oder brachen unter der Last der Tragetüten zusammen, die Geschäftsleute und die Taxifahrer hielten ihre üblichen Klagemonologe. Dienstleistungsunternehmer und ihre leitenden Angestellten kämpften mannhaft gegen Übelkeit und Verdauungsstörungen, während sie sich durch die Liste der vorgeschriebenen Weihnachtsessen mit ihren Kunden arbeiteten. Das Fest der Liebe und der Freude warf vielversprechend seine Schatten voraus.

Am Samstagmittag dieser Woche hatte Hadi etwas anderes angezogen als am Mittwoch, um nicht aufzufallen. Er hatte sich eine Gutsherrenkleidung übergestreift – ein borstiges Sakko in der Farbe müder Limonen, eine steife moosfarbene Hose, die bestimmt stehen geblieben wäre, auch wenn er sie nicht angehabt hätte, und einen dicken Mantel mit Falten an jeder Ecke. Zur Tarnung trug er eine bombige Sonnenbrille, obwohl es so blendend hell gar nicht war. Dazu hatte ihm Werner geraten, der jetzige Anwalt und frühere Friseur, der im Team für die Tarnung zuständig war. So ausgestattet setzte er sich wieder auf die grün lackierte, vom Optiker geförderte Bank und stellte seine Beobachtungen an.

Jenseits der Straße, im Schlagschatten des Riesenweihnachtsbaums, hatten sich vor dem Beobachtungsobjekt Schlangen wie am Einlass zur Allianz-Arena gebildet. Als ob Geld abheben oder Kaufen bald gesetzlich verboten würde. Das Geschäft lief heute gut. Es hatte um neun Uhr begonnen, um sechzehn Uhr würde es am heutigen Samstag enden, dafür sorgten schon die Rollläden, die pünktlich heruntergelassen würden.

Ein Polizeiauto von der nahe gelegenen Inspektion parkte am Straßenrand. Hadi wurde mit dem typischen Polizistenblick gemustert – langsam von oben nach unten, kalt und misstrauisch –, als er sich zögernd auf die Menschenmassen zubewegte. Schau bloß nicht so genau hin, du Bastard. Schreib bloß nicht mit, was du siehst, du mieses Schwein. (Die Schimpfworte kannte er aus seinen eigenen Romanen.) Lass mich bloß in Ruhe.

Freundlich nickte er den beiden Polizisten zu und bewegte seinen Fuß eine Handbreit weiter, als hätte er sich in die Tausende Flugsuchenden am Abfertigungsschalter von Ryan Air eingereiht.

Eine Stunde null zwei Minuten später trat er wieder auf die Straße hinaus. Das Polizeiauto war verschwunden. Er hatte alles gesehen, was er hatte sehen wollen. Hatte alle Informationen, die er benötigte. Sein Herz beruhigte sich wieder. Er atmete aus und lockerte die Schultern.

Und spannte sie sogleich wieder an.

Ein riesiger gelber Hummergeländevierradwagen flog mit quietschenden Reifen heran. Er verdunkelte den Himmel und kam sieben Zentimeter vor ihm zum Stopp.

Scheiße, dachte Hadi (auch dieses Wort kannte er nur aus seinen eigenen Romanen), ist bestimmt ein Undercover-Einsatz. Kaum geplant, schon haben sie mich.

Beide Vordertüren des Hummer breiteten sich wie Flügel aus. Links und rechts heraus sprangen zwei Weihnachtsmänner mit wehendem Bart und baumelnden Zipfelmützen. Der rechte groß, bauchig und wuchtig, der andere klein, mickrig und schief.

»Zur Seite! Mensch, machen Sie doch Platz! Wir haben einen Auftrag zu erfüllen«, rief der Dicke und schob seine Wampe behände durch die Menge.

Die Leute machten bereitwillig Platz. Ein Weihnachtsmann war schließlich etwas Heiliges. Und – seien wir doch ehrlich: Wer ist zu Weihnachten der wahre Gott? Antwort: Der heilige Weihnachtsmann. Er bringt schließlich die Geschenke.

Beinahe hätte Hadi laut »O Tannenbaum« gesungen. Er tat es aber nicht, denn die beiden Heiligen waren in null Komma nichts im Inneren verschwunden. Ein beifälliges Raunen ging durch die Menge, und ein breites Lächeln huschte über Hadis Gesicht und entblößte blitzende, wohlgeformte Zähne, wie man sie sonst nur in der Fernsehwerbung oder in Kalifornien zu sehen bekommt.

»Alles richtig gemacht«, sprach er leise vor sich hin. Hadi war kein Pessimist.

An diesem Nachmittag machte sich Artur auf den Weg in die Landklinik. Er stieg in den klapprigen VW Golf, den er bei einem Gebrauchtwagenhändler in Raubling erstanden hatte, nachdem er seinen flotten Dreier BMW verkauft hatte, um an Bargeld zu kommen. Auf dem Weg hinaus über Schloßberg und Schechen Richtung Vogtareuth überschlug er noch einmal seine Finanzen. Er hatte zweitausenddreihundert Euro brutto verdient, bevor er entlassen worden war. Abzüglich Lohnsteuer, Solidaritätszuschlag, Kirchensteuer, Krankenversicherung, Pflegeversicherung, Rentenversicherung und Arbeitslosenversicherung blieben ihm siebzehnhundert Euro. Das war nicht viel, reichte aber für ihn und Bernadette zum Leben. Davon ab gingen allerdings noch der Versorgungsausgleich für seine geschiedene Frau, Miete, Telefon, Fernsehgebühren, die Autoversicherung.

Artur hatte in kurzen Abständen die Tochter samt Schwiegersohn verloren, er war Witwer, und er bezog Stütze. Er befand sich im Himmel allen Elends. Am liebsten hätte er sich die Maiwand hinuntergestürzt. Das Einzige, was ihn am Leben erhielt, war sein goldiges Everl.

Sakramentisch, das Ganze!

Die Landklinik war ein achtstöckiges, etwas verbautes Gebäude eine halbe Autostunde nördlich von Rosenheim, nicht weit von einer Großmolkerei, einem Bauernhausmuseum und einer Strafanstalt. Dass das Everl in dieses Haus eingeliefert worden war, hatte ausschließlich mit der Dringlichkeit der Operation zu tun. Ein offener Schädel kann sehr tödlich sein oder zu lebenslangen irreparablen Schäden führen.

Das Everl hatte über eine Woche auf der Intensivstation gelegen und kam dann auf die Normalstation. Sie hielt sich tapfer, wo immer sie war und wie immer es ihr ging.

Ihr Großvater, der Artur, war ständig auf dem Sprung und immer da, wenn man ihn rief. Die Tage waren anstrengend für Artur, aber er ließ sich nicht unterkriegen. Auch die Doppelbelastung Landklinik und Maskerade für den Überfall besorgen hatte er bravourös und fehlerlos gemeistert.

»Everl, wie geht's dir denn?«, sagte er und strich ihr über den Kopf, obwohl sie ihn wahrscheinlich nicht wahrnahm.

Über Stunden saß er bei ihr und hielt ihre Hand. »Liabs Everl, du wirst scho wieder gsund. Gaaaanz gsund! Und dann kimmst du zu mir.«

Nur einen einzigen Tag hatte er das Everl nicht besucht. Das war einen Tag bevor er ihr ins Ohr flüsterte: »Von jetzt an kann i dir immer was gaaaaanz Scheens zum Essen machen. Die teuersten Sachen. Pfannkuchen, Bratkartoffeln, Reiberdatschi mit Apfelmus, Fleischpflanzl mit Kartoffelsalat. Was du grad mogst und worauf du Lust hast, des mach i dir. Und zu deinem Geburtstag back i dir an Hefezopf. Ganz für dich alloa.«

Als er sie an dem Tag verließ, hatte er Tränen in den Augen. Sie hatte ihn angelächelt und genickt. Sie war über den Berg.

VIER

So wie es in Texas die größten Hüte, die größten Ranches, die größten Klapperschlangen, die größten Rindviecher gibt, betrachtet der wahre Oberbayer sich selbst als den Größten. Das drückt sich auch in seiner Tracht aus (Tracht ist das, was getragen wird). Der Bua trägt die Lederhose, das Madl das Dirndlgwand.

Die Männertracht besteht aus dem Veloursuhut mit Gamsbart oder Spielhahnfeder, dem Hemd aus elfenbeinfarbenem Leinen mit Perlmuttknöpfen und eingestickten Initialen, der Lederhose mit eingestickter Auszier, Hosenlatz und Hosenträgern, dazu ein grünes Laibi, darüber eine forstgrüne oder mausgraue Joppe, Wadlstrümpf und Haferlschuh mit seitlicher Schnürung. Und selbstverständlich tragen unsere Burschen in der seitlichen Lederhosenmessertasche ein Messer mit Goaßfuß- oder Hirschhorngriff. Nur für den Fall, dass man einen Speck schneiden, sich gegen ein Wolfsrudel wehren oder einen Wilderer erstechen muss.

Die klassische Tracht wird auf dem Land meist zu Trachtenfesten, in die Kirch oder zu Dorf- und Familienfeiern aus dem Schrank geholt. Oder zu Volksfesten. Das bekannteste Volksfest, auf dem der Untergang der abendländischen Kultur vorbereitet wird, ist das Oktoberfest in München. Viel schöner und rassiger und viel weniger japanisch, italienisch und kanadisch ist das Rosenheimer Herbstfest.

Bis noch vor nicht allzu vielen Jahren ging man auf diese Wahnsinnstummelbierfestplätze so, wie man war. Man zog Jeans an oder eine robuste Hose mit Hemd und Jacke oder Pulli. Etwas Unempfindliches, was auch abhandenkommen konnte. Man ging als normaler Mensch hin.

Das geht heute nicht mehr.

Heute findet auf den großen Bierfesten eine Art Musikantenstadl-Brauchtumsfasching statt mit einer Prise urbanen Lederhosen- und Dirndltums. Du fällst unangenehm auf, wenn du hingehst wie zum Einkaufen beim Karstadt oder zum Tanken vor dem Besuch bei den Schwiegereltern. Der Abteilungsdirektor, die Zahnärztin, der Maurerpolier, die Sachbearbeiterin, der Gebissreiniger kann solche Events nur mehr in krass nachgebayerter Tarnung und Kriegsbemalung besuchen.

Indische, südfinnische und Husumer Stardesigner haben dafür den typischen Landhausstil entworfen. Jeansartige Wildlederhosen mit Chiemgauer Heimarbeitsstickerei (»Sex & Tracht & Rock 'n' Roll« am knackigen Hintern zu lesen), Leinenbeinkleider mit Paillettenapplikationen, gerüschte Baumwollhemden mit Stehkragen für den richtigen Mann. Die Weiberleit stecken die reizenden Füßchen in Schnürstiefel, die bis übers Knie reichen und aus Pornofilmen stammen. Sie werfen sich bevorzugt in ärmellose Wämser aus dem Film »Die Wanderhure« und tragen aufgebauschte Röcke wie bei »Mainz, wie es singt und lacht«. Beispielhaft auf der Münchner Wiesn an den Spielerfrauen des FC Bayern München zu bewundern.

Kleidung der beschriebenen Art bietet jedes bessere Trachtengeschäft an. In dem Dorf, in dem dieser Roman spielt, war der Platzhirsch dafür der Dirndl-Gachinger.

Beim Dirndl-Gachinger tauchten am erwähnten übernächsten Samstag gegen Geschäftsschluss, kurz bevor die Rollläden heruntergelassen wurden, urplötzlich drei Weihnachtsmänner auf. Sie kamen nicht im Hummer angerauscht, sie landeten nicht im Hubschrauber und fuhren nicht auf dem Schlitten vor. Sie waren einfach da. Drei Nikoläuse mit langem weißen Bart in einer roten, mit weißem Pelz besetzten Kutte. Einer hatte einen großen Geschenksack über die Schulter geworfen. Alle drei sahen sich zum Verwechseln ähnlich. Selbst die Gesichter waren gleich. Alte, freundliche Männergesichter mit gemütlichen Pausbacken, rötlicher Nase und überdimensional großen Ohren. Nur in der Körpergröße unterschieden sie sich geringfügig.

Es waren drei. Einer blieb draußen, lächelte freundlich in die Menge und stand Schmiere. Das war, wie Sie schon zu ahnen beginnen, der Artur. Er hatte sich lange Zeit geziert, bei dem Coup überhaupt mitzumachen. Doch schließlich behielten Teamgeist und seine solidarische Haltung die Überhand. Es ging ja schließlich um sein Geld. Mitgefangen, mitgehangen.

Die anderen beiden wurden unter dem interessiert beifälligen Gemurmel der übrig gebliebenen Warteschlange vorgelassen und betraten betont gemächlich das Geschäftslokal vom Dirndl-Gachinger.

Das Erste, was der Größere tat, war, sich das weiße Schild zu angeln, das links von der Tür an einem Kleiderhaken hing. »Vorübergehend geschlossen« stand in schwarzer Schrift darauf. Dieses Schild hängte er an den Plastikhaken außen an die Glastür.

Die Kundinnen im Laden – es waren eine Handvoll – strahlten und freuten sich über die Begegnung und auf die Bescherung.

Der Gachinger Wast, der Inhaber, strich sich durchs sorgfältig gegelte Haupthaar. Er war ein wuchtiger Mann in den Vierzigern, bekleidet mit allem, was sein Laden hergab. Eine wandelnde Werbetafel für sein Geschäft. Selbst Joschi, sein Hund unterm Ladentisch, ein übergroßer Schäfermischling, trug einen Trachtenmix. Laibi um den Bauch und Stutzen an den Haxen.

Dieser Gachinger Wast jedenfalls strahlte nicht beim Anblick der Weihnachtsmänner. Er wunderte sich. Er wunderte sich noch mehr, als der andere Weihnachtsmann – ein Untersetzter mit auffallend schmalen Schultern, sollte der Wast später zu Protokoll bringen – ihm eine Handgranate unter die Nase hielt. Eine amerikanische Granate vom Typ Mk 2. Auch Handgranaten können Spitznamen haben. Diese hieß Pineapple, Ananas, wegen ihrer gerippten olivfarbenen Oberfläche. Das alles erkannte der Wast mit einem Blick, denn er hatte bei den Gebirgspionieren gedient, wo man etwas vom Sprengen verstand. Deshalb konnte er auch beurteilen, was die anrichten konnte, wenn sie hier drinnen losging. Kollateralschaden, fachmännisch ausgedrückt. Ein Schlachthaus.

»Geld her! Alles«, zischte der Mann. Er brüllte nicht, es klang eher wie ein Sandstrahlgerät, das über Stein fährt.

Mit vor Schreck geweiteten Augen spähte der Wasti auf die Hand des Räubers, auf die rechte, die mit der Granate. Der Bügel ruhte fest in der Handinnenfläche. Der Sicherungssplint befand sich an seinem Platz. Würde er gezogen, würde der Schlagzünder aktiviert und die Ladung nach drei Sekunden explodieren, wenn auch der Bügel frei war. Er wagte nicht daran zu denken, was passierte, wenn der Typ nervös würde.

Der Mund des Weihnachtsmanns bewegte sich beim Sprechen nicht. Seine Stimme klang, als käme sie aus einem hohlen Baumstamm. Jetzt erst bemerkte der Wasti, dass sich beide Figuren eine Vollgummiweihnachtsmannmaske übers Gesicht gestülpt hatten. Er wurde blass. Wie Schuppen fiel es ihm von den Augen, was hier vor seinen Augen abging. Ein Überfall! Ein Dirndlüberfall, um genau zu sein. Im Geist machte er Kassensturz. Heute war der beste Tag des ganzen Weihnachtsgeschäfts, das konnte er jetzt schon abschätzen.

»Los! Wird's bald! Sonst knallt's! Dann kannst du deine Dirndl und deine Joppen von der Wand abkratzen.«

Wieder der Hall aus dem hohlen Baumstamm. Gepflegtes Bayerisch.

Licht ging an. Die Rollläden fuhren runter. Der Zweite, etwas größere, machte sich an den Abrollgurten zu schaffen. Wast musterte ihn etwas länger. Auf der linken Pausbacke zeichnete sich ein kleiner schwarzer Fleck ab, der an einen Pickel erinnerte. Ein Geschenksack hing aus Pickels linker Hand schlapp zu Boden.

Mehr zufällig streifte der Gachinger Wast mit einem flüchtigen Blick den Kunden, der vorhin, etwas versteckt an der Stufe zum zweiten Geschäftsraum, einen Schal nach dem anderen umgedreht und ins Licht gehalten hatte. Er suche einen Schal für seine Frau, hatte er gesagt. Nun hatte er sich so hingestellt, dass er im Ankleidespiegel das Geschehen beobachten konnte. Er war um die sechzig, krümmte sich, als ob er ein Rückenleiden hätte, und zwickte die Augen unter schweren Lidern zusammen. Er sah aus wie der frühe Leo Kirch.

»Bitte, meine Damen, bewegen Sie Ihre hübschen Hintern! Und geben Sie mir Ihre Handys. Freiwillig, wenn ich bitten darf.« Pickel trieb – anders konnte man es nicht nennen – die vier Kundinnen in den halb offen stehenden Werkstattraum.

Granate ging langsam rückwärts, behielt den Wast mit seiner

Kasse aber im Blickfeld. Er langte nach hinten und übernahm den Geschenksack von seinem Kollegen.

Wasti versuchte, sich den Stimmfall einzuprägen. Der Mann mit dem Pickel im Gummigesicht sprach wie durch ein eingebautes Saxofon. Künstlich irgendwie. Und langsam. So wie Christian Ude, der Münchener OB, bei einer Rede vom Rathausbalkon.

Zwei gaben ihre Handys ab, den anderen glaubte der Räuber offensichtlich, dass sie keines besaßen. In diesem Landstrich war es nicht ungewöhnlich, dass man seine Ruhe haben und nicht durch ständiges Piepsen, Klingeln oder Quietschen aufgeschreckt werden wollte. Außerdem wirkte Pickel nicht so, als wolle er den Damen an die Wäsche.

»Geld her!« Der Granatenmann wurde ungeduldig. »Bitte!«

Die Bitte klang wie ein Schuss.

Er fuchtelte mit der Ananas herum und rüttelte mit der freien Hand an der Registrierkasse. Da war so viel Geld drin, dass die Schublade sich nach unten ausbeulte, das wusste der Wast.

Auch Granate ahnte es. Mit einem Ruck zog er den Splint aus der Sicherung. »Sie waren Pionier. Sie wissen, was das bedeutet. Also los. Machen Sie auf!« Er hielt Wast den Sack hin.

»Seid ruhig!«, herrschte hinter ihm Pickel die Frauen an. »Kein Geschrei, keine Hilferufe, keinen Mucks.« Mit dem Kinn wies er noch einmal zu dem olivfarbenen, sympathisch gerippten Ding seines Kumpels hin.

»Huch!«, kreischte eine Frau und drängte vorwärts.

»Sonst knallt's.« Vorsichtig, als fürchte er, zu laut zu sein, schloss Pickel die Tür hinter den Kundinnen und zog den Schlüssel ab.

Er schien von beiden der Wortführer zu sein. Den Kunden um die Ecke hatten sie noch nicht bemerkt, frohlockte der Wast. Ein kleiner Hoffungsschimmer flammte auf.

»Haaaa-tschi! Haaaa…«

Ein Anfall wie die Schwindsucht persönlich. Der Leo-Kirch-Verschnitt nieste und hustete gotterbärmlich. Die Menge an Viren, Bakterien, Bazillen und anderen kleinen Tierchen, die er ausstieß, hätte gereicht, das ganze Dorf auszurotten.

»Oha!« Mit drei langen Schritten stand Pickel neben ihm. Er griff in seinen Sack. »Hände auf den Rücken!«

Die gleiche Stimme!

Pickel hatte die gleiche Stimme, den gleichen Tonfall wie Granate, der vor ihm stand. Das war jedoch das Letzte, was der Wast mitbekam.

Granate stand ihm auf den Füßen. »Wird's bald! Lade auf! Geld in den Sack! Alles!«

Genau! Dieselbe Stimme. Wie Max Raabe ohne Palast Orchester.

Im Augenwinkel, während er das Tastfeld zum Öffnen der Lade berührte, bekam er mit, wie hinter seinem Rücken Handschellen klickten. Dann verschwanden Pickel und Leo Kirch hinter dem Kleiderständer mit den Rüschenhemden und Leinenbeinkleidern.

Die Schublade fuhr auf. Der Wast kriegte einen Schreck. So viel Knete!

Joschi unterm Ladentisch begann beifällig zu knurren.

»Her damit! In den Sack damit!« Granate hielt den Sicherungsbügel in der Handfläche. Den Stift hatte er in die Tasche seiner Kutte gesteckt.

Der Gachinger Wast fühlte sich so beschwingt wie die junge Witwe bei der Beerdigung ihres Alten. Er schwankte zwischen Trauer, Furcht und Hoffnung. Trauer wegen dem vielen schönen Geld, Furcht vor der saublöden Ananas vor seiner Nase, Hoffnung, dass bei denen etwas schieflief. Dass die Polizei vorbeikäme. Dass der mit den Handschellen irgendwie helfen könnte. Komisch, den hatte er schon gesehen. In der Zeitung, im Fernsehen, bestimmt nicht auf der Straße.

Mit einer Hand, damit es langsamer ging, packte er die vielen schönen Scheine von A nach B, bis die Kasse leer war. Es dauerte Minuten. Eine Chance, sich zu weigern, hatte er nicht.

Joschi kam leise jaulend von seinem Hauptquartier unterm Ladentisch hervor und drängte sich an Pickels Seite. Er hörte auf zu knurren und leckte ihm die Stiefel.

»Aus, Joschi«, zischte Pickel. Er wehrte den Hund ab, der sich an seine Beine herangeschoben hatte. Im Vorübergehen tätschelte er ihm den Kopf.

Der Wast hätte über diesen Vorgang ganz bestimmt länger sinniert, wenn nicht dieselbe Hand, die den Hund liebkoste, weitergefahren wäre und sich die Dirndl-Gachinger'sche Ladenschere gegriffen hätte.

Damit kappte Pickel die Telefonleitung.

»Ihr Handy, bitte«, sagte er.

Wasti langte in die Gesäßtasche und gab es ihm.

»Den Schlüssel, bitte.«

»Welchen Schlüssel?«

»Seien Sie bitte etwas kooperativer«, sagte das Saxofon. »Den zum Hinterausgang selbstverständlich.«

Dann waren sie weg. Mit den Tageseinnahmen. Über zwanzigtausend Euro, schätzte der Gachinger Wast.

Er holte das Handy seiner Frau aus der unteren Schublade, schloss die Tür zum Nebenraum auf – und erschrak. Das, was er da erblickte, war ihm vor lauter Geld-in-den-Sack-Einräumen total entgangen.

Die Turmuhr der evangelischen Kirche gleich hinterm Haus schlug vier Mal.

Es war sechzehn Uhr. Geschäftsschluss.

Artur fühlte sich nicht wohl in seiner Haut. Er hatte das Gefühl, die depperte Weihnachtsmannmaskerade erdrücke ihn und er müsse unter der engen Gummimaske ersticken. Er hatte doch gleich gesagt, er wollte nicht selbst mitmachen. Doch er konnte auch schlecht die anderen für sich arbeiten lassen. Und das Geld brauchte er dringend.

Er vertrat sich die Beine und zählte leise. Es waren dreizehn. Zehn Frauen und drei Männer, die eine Schlange vor dem Geschäft bildeten, dessen Rollläden Hadi wie vereinbart vor Minuten von innen heruntergelassen hatte.

»So eine Sauerei von die Gachingers!«, murrte eine Frau. »Die ham's wohl nicht mehr nötig.«

»Wegen Reichtum geschlossen«, schimpfte ein Mann, der ganz

vorn stand. Er wäre als Nächster drangekommen. Er drehte sich um und ging.

Die Frau schloss sich ihm an, nicht ohne dem freundlichen Weihnachtsmann einen finsteren Blick zuzuwerfen.

Jetzt bin am End noch ich schuld, dass sie das Geld ihrer Erben nicht ausgeben können, dachte Artur bitter.

Zwei Minuten später war niemand mehr da. Alle hatten sich in ihr Auto gesetzt oder waren zu Fuß weggegangen. Der Platz vorm Dirndl-Gachinger war leer geräumt wie nach einem Bombenalarm.

Nun stand der freundliche Nikolaus allein auf dem leeren Parkplatz. Er war erleichtert. Niemand schien Verdacht geschöpft zu haben. Am liebsten wäre er nach drinnen gegangen und zu den anderen gestoßen. Hätte beim Geldzählen mitgeholfen. Aber das wäre gegen die Abmachung gewesen.

Bisher hatte alles wie am Schnürchen geklappt. Hadis verwegener Plan war aufgegangen. Der Rest würde ein Kinderspiel sein. Drinnen, so stellte er sich vor, hatte Hadi die anwesenden Kunden in den vergitterten Nebenraum gesperrt, wo der Gachinger seine Ausbesserungswerkstatt hatte. Sie waren einstimmig der Meinung gewesen, dass dies der schwierigere Part war. Werner dagegen würde sich um den Besitzer kümmern und die dicken, fetten Scheine in den Geschenksack packen. Er musste feixen. Ausgerechnet ein Geschenksack! Wie viel Geld es wohl werden würde? Tausend Euro? Zweitausend?

Quietschende Bremsen, aufwirbelnder Schnee rissen ihn aus seinen Überlegungen. Ein brauner UPS-Lieferwagen hielt knapp neben ihm. Salzburger Nummer. Der Fahrer öffnete die Tür und sprang heraus. Er trug einen dicken Rollkragenpullover und eine knallrote Baseballkappe. Eine Zigarette steckte im Mundwinkel.

»Was'n das?«, fragte der Fahrer beleidigt. »Alles schon zu? Hast du eine Ahnung …?«

»Nein, hab ich nicht.« Manchmal konnte Artur schlagfertig sein, wenn er wollte. »Die haben heut früher weg müssen. Ich soll hier so lang aufpassen und Bescheid geben.«

Der Fahrer stemmte die Arme in die Hüften und musterte ihn lange.

»Hey, was bist'n du für einer? Total maskiert, ey? Ganz schön originell.« Er lachte laut und schob den Glimmstängel in den anderen Mundwinkel.

»Und ich hab am Mittag noch mit dem Gachinger telefoniert. Ich hab's schließlich eilig. Ich komm wegen der Lieferung extra rüber und ...«

»Schon gut, schon gut«, sagte Artur Josef und machte einen Schritt auf den anderen zu. »Ich hab den Schlüssel für den Lagerraum. Stell die Sachen raus, ich räum sie schon ein.« Dabei deutete er mit dem Daumen hinter sich. »Ich steh eh nur dumm rum und hab nix weiter zu tun.«

Wer wäre vertrauenswürdiger als der Weihnachtsmann? Ein Grinsen flog über das Gesicht des UPS-lers.

»Okay, Kumpel, danke. Ich werd schließlich im Akkord bezahlt. Alles Gute weiterhin zu Weihnachten. Und viele schöne Geschenke.«

Er wuchtete drei Pakete vor den schwarzen Nikolausstiefeln auf den Asphalt, ließ sich eine flüchtige Unterschrift geben, legte Zeige- und Mittelfinger an den Mützenrand und verschwand schneeaufwirbelnd am nahen Horizont.

In einer so unerfreulichen Situation hatte sich Josef Ottakring noch nie befunden. Er hatte Mörder in München und im Rosenheimer Land gejagt, Serientäter hinter Schloss und Riegel gebracht, Rivalen vertrieben, sich mit Frauen beschäftigt. Doch noch nie war er aus einer sanften Ohnmacht erwacht und hatte sich mit vier fremden Frauen in einem Raum wiedergefunden, der nicht viel größer als ein Hasenstall war. Noch dazu in Handschellen und mit einem Sprengstoffgürtel um den Leib.

»Wenn Sie den abnehmen oder auch nur lockern wollen, explodiert er«, hatte der Weihnachtsmann mit gleichbleibend freundlicher Miene zu ihm gesagt. »Ich kann ihn jederzeit aus der Entfernung entschärfen oder zünden. Was dann passiert, können Sie sich vorstellen. Also bleiben Sie brav, mein Herr!«

Gott sei Dank konnten die vier Frauen um ihn herum ihre Panik in der engen Kammer nicht voll ausleben. Sie wussten nicht, was sie tun sollten, und das auch noch schnell. Ottakring hatte zwar Angst, dass sich durch die zehn Minuten schrillen Kreischens der Sprengstoff entzünden könnte. Doch das Zeug erwies sich als lärmresistent.

Wer jemals einen scharfen Sprengstoffgürtel um den Bauch hatte, weiß, was das bedeutet. Es ist wie die Sekunde, bevor das Beil auf dem Schafott fällt. Bevor sich die Giftspritze in die Adern senkt. Die Ewigkeit vor dem sicheren Tod. Die Angst des Torwarts vorm Elfmeter.

Ottakring war zwar bekannt, dass sich der Sprengstoffgürtel in bestimmten Kreisen als wichtigstes Navigationsmittel zum sicheren Tod etabliert hatte. Doch das war im Orient, und der war weit weg. Dass er einmal eingesetzt wurde, um ein einfaches Trachtenladerl in einem einsamen Ort zu überfallen, das hatte es noch nie gegeben. Gleichzeitig ärgerte er sich wieder einmal, kein Handy zu besitzen, selbst wenn man's ihm wohl eh abgenommen hätte.

Lola fehlte ihm. Genau in diesem Moment, als ihm das Wasser bis zum Hals stand, musste Ottakring intensiv an seine Frau denken. Wegen ihr war er hierhergekommen. Einen Schal hatte er für sie kaufen wollen, er hatte sich schon für ein elegant-buntes Sondermodell entschieden – mit der Hand gewebt in Wien oder Budapest oder auf der Insel Krim, er wusste es nicht mehr –, nur deshalb war er überhaupt hier. Ihr deshalb die Schuld an seinem Schicksal in die Schuhe zu schieben wäre bestimmt nicht richtig. Andererseits ... nein ...

Er schüttelte die Gedanken von sich und nickte einer Leidensgenossin – um die vierzig, groß, breit, lange erdfarbene Mähne – zu. Wie hätte er sich sonst mit den gefesselten Händen auf dem Rücken bemerkbar machen sollen?

»Würden Sie bitte mal nachsehen, ob an dem Gürtel irgendwo ein Knopf ist? Oder ein Schalter? Aber nicht hinlangen! Nicht anfassen, um Gottes willen!«

Die Frau beugte sich hinunter. Da sie kurzsichtig war und das

Kammerl so eng, sah es aus, als wäre sie von der Gewerbeaufsicht, Abteilung Geruchsprüfung, oder als suchte sie entweder kleine Tiere zwischen Ottakrings Beinen oder wollte ihm sonst wie an die Wäsche.

Der Maskierte hatte ihn Jacke und Hemd ausziehen lassen, bevor er ihm den Gürtel auf der nackten Haut umlegte. Es war eine Art Nierenschützer, wie man ihn auf dem Motorrad benutzt. Keine Taschen mit Dynamit- oder anderen Stangen erkennbar. Keine weiteren Ausbeulungen. Alles glatt. Ottakring tippte auf Flüssigkeitssprengstoff. Ein Nierenschützer als Kühlmittel.

»Kein Schalter, kein Knopf«, sagte die Frau und hob den Kopf wieder aus der Versenkung. Sie hatte Ottakring gebeugten Hauptes umrundet.

Also tatsächlich Fernzündung. Eine Sekunde lang erwog Ottakring die Möglichkeit, dass das, was er umhatte, ein Dummy war, eine Nullnummer, eine Attrappe. Doch selbst wenn, wie hätte er es erkennen sollen?

Zeit zu überlegen, was draußen im Geschäft vorging, ob es Tote oder Verletzte oder nur Fußkranke gab, hatte er nicht.

»Wie hoch werden eure Tageseinnahmen sein?«, fragte er die Gachinger Gretel neben ihm, die völlig aufgelöste Inhaberin.

Da fiel sie in einen weiteren Weinkrampf und stammelte etwas Unverständliches. Doch die Zahl Zwanzigtausend hörte er heraus. Sie prägte sich ihm ein. Wegen zwanzigtausend Euro so ein Aufwand? So ein Risiko? So ein Nervenspiel? Die mussten es bitter nötig haben.

Etwas machte sich an der Werkstatttür zu schaffen. Dann wurde sie so sperrangelweit aufgestoßen, dass Ottakring sich ducken musste, um sie nicht um die Ohren zu bekommen.

Wenig später Sirenengeheul. Die Polizei war da. Sehr zur Freude von Kriminalrat a.D. Josef »Joe« Ottakring. Das hatte er sich immer schon gewünscht, dass Kollegen ihn von Handschellen befreien mussten. Allen voran Rico Stahl, sein Nachfolger im Polizeipräsidium. Der ließ sich zwar nichts anmerken, doch Ottakring konnte sich gut vorstellen, was in ihm vorging.

Auch das hatte er sich immer schon gewünscht.

FÜNF

»… sechsunddreißigtausendvierhundertfünfundzwanzig, sechsunddreißigtausendvierhundertdreißig, sechsunddreißigtausendvierhundertfünfunddreißig … so, das war's! Das gehört jetzt alles dir! Dein Geld!« Hadi machte ein erfreutes Gesicht, das aber auch Fragen offenließ.

So viel Geld hatte Artur noch nie auf einem Haufen gesehen. Er strahlte vor Glück. »Ich bin glücklich«, sagte er zaghaft.

»Ja, ja, dies ist der Moment, in dem dein Unglück fürs Erste aufhört«, sprach Hadi. »Und je größer dein Unglück war, desto größer ist jetzt dein Glück.«

Artur brauchte eine ziemliche Weile, das zu verstehen, dann nickte er. »So viel Geld auf einem Haufen.« Er war kurz davor, in Tränen auszubrechen.

»Ich werde das Geld verwalten«, bot sich Werner an. Wie selbstverständlich fuchtelte er mit seiner Käsesemmel in der Luft herum.

»Genau«, sagte Hadi hinter vorgehaltener Hand. »Wir müssen darauf achten, dass es nicht nur kurz in seiner Tasche haltmacht. Die Versuchung wäre zu groß.« Er hatte sich an den warmen Kamin in Werners Gartenhaus gelehnt und bröselte den Rest seiner Wurstsemmel gedankenverloren in die Glut.

Der Raum war eine Ausgeburt an Purismus. Der Kamin, eine weiße Ikea-Couch, ein hellblauer Kunststoffstuhl aus einem x-beliebigen Seminarraum, ein ausgedientes Stehpult aus König Ludwigs Raritätensammlung, ein Ohrensessel mit Leopardenmuster, eine Stehlampe mit Fliegenschiss auf dem Schweinslederschirm – das war alles. Dazu verbreitete die nackte Glühbirne, die von der Decke baumelte, die Gemütlichkeit des Abtritts in einem Wildwest-Saloon. Seitlich unter der Glühbirne stand ein Grill, darüber war eine Dunstabzugshaube. Es war ein gusseiserner Holzkohlengrill für vier bis sechs Personen. Eine dumme Angewohnheit aus seiner Samerberger Zeit, als zu Hause noch am offenen Herd im Zimmer gekocht und gebrutzelt wurde. Was fehlte zu dieser Jahreszeit, war ein geschmückter Weihnachtsbaum. Doch der wäre hier so fehl am Platz gewesen wie ein Bayer auf Rügen.

»Unsere Premiere ist gut gelaufen«, fuhr Hadi halblaut fort. Seine Gesichtsfarbe schwankte im Schein des Feuers zwischen schneeweißlich und blutrötlich. »Erstaunlich fehlerlos. Hat's euch Spaß gemacht?«

Ein Blick auf die Überfallkollegen genügte.

Na ja, hieß das.

Sie stießen mit Weißbier an. Mit dem unteren Rand des trichterförmigen Weißbierglases, so wie's Sitte war. Jeder war froh. Artur, dass er zu Geld gekommen war, Werner, weil er Stoff für seinen Roman hatte, und Hadi, weil er endlich einmal einen Krimi in die Tat umsetzen konnte. Für diesen Sonderfall ohne Leiche.

»Ein Zusammentreffen von günstiger Gelegenheit, exzellenter Vorbereitung und guten Nerven«, brachte Werner es auf den Punkt. »Vielleicht ein Abfallprodukt des Strebens nach Vollendung.«

Hadi ließ einen anerkennenden Pfiff los und visierte die Glühbirne an.

»Sakramentisch guat!«, rief Artur voller Bewunderung aus.

Als Anwalt war Werner rasch von Begriff, konnte eins und eins zusammenzählen und das Ergebnis mit vorwurfsvollem Gesicht wiedergeben. Er war neuerdings nicht nur ein Diener des Rechts, sondern auch ein Verdiener am Unrecht. Und das hatte Gründe.

»Wird man uns erwischen?«, fragte Artur. »Der Ort ist klein, jeder kennt jedes Schwein, was rumläuft. 's wär doch kein Wunder, wenn sie uns erwischen täten, oder?«

»Nein! Wie sollen sie uns erwischen?«, gab Hadi zurück. »Sie haben doch nichts. Selbstverständlich wird –« Er unterbrach und sah Artur an. »Du hast ja Tränen in den Augen. Was ist?«

Er musste nicht lange auf die Antwort warten. »Meine Bernadette«, flüsterte Artur schluchzend. »Ist doch gar noch nicht lange her. Jetzt ist sie tot.«

Die beiden ließen ihren Spezl eine kleine Weile allein. Klar, wenn einer die Frau verloren hat, mit der er lange Jahre verheiratet war …

»Deine Attrappen haben uns jedenfalls wunderbar geholfen«, sagte Hadi dann zu ihm. »Keine Sau hat gemerkt, dass sie nicht echt sind. Die Handgranate nicht und der Gürtel nicht.«

»Hast du eigentlich mitgekriegt«, fragte Werner, »wem du den Gürtel um den Bauch gelegt hast?«

Hadi stutzte. »Ja, mir kam er so bekannt vor, als tät er gleich in der Nachbarschaft wohnen. Warum? Kennst du ihn?«

Werner sagte es ihm.

»Was? Der Ottakring war da?« Artur sprang aus dem hellblauen Stuhl auf. »*Der* Ottakring? Ogottogottogottogott, da haben wir ja total verwachst. Der war Chef der Mordkommission.«

Hadi sah belustigt auf. »Genau. Er *war*. Außerdem haben wir mit Mord nichts zu tun. Wir sind einfache Straßenräuber.«

Doch er konnte es nicht herunterspielen. Artur stand unter Spannung. Er zwirbelte nachdenklich an seinem bayerischen Schnauzer herum. Eine Backe war von einer falsch getimten Tresorexplosion unsauber vernarbt. Ihm fehlten zwei Finger seiner schmalen, blassen rechten Tresorknackerhand. Die restlichen drei zappelten bedeutungsvoll. Auch die übrigen Gliedmaßen waren ständig in nervöser Bewegung.

Werner kaute auf den Lippen herum. Er selbst, er hätte am liebsten ein Urinal mit sich geführt, oder wenigstens einen Baumstamm, an den er sich hätte stellen können. Dieses dringende Bedürfnis verspürte er an jeder Ecke. Waren es die Nerven oder war es nur eine stinknormale Blasenentzündung?

Hadi aber war die Ruhe selbst. »Was ist los mit euch? Keiner fragt, was es zu essen gibt. Und wann es was zu essen gibt. Werner, du wolltest uns doch einladen.«

Auf die fragenden Blicke antwortete er mit »Ich bin halt verwöhnt von meiner Teresa«.

Der Hausherr hatte sich alle erdenkliche Mühe mit dem Essen gegeben. In Sekundenschnelle schaffte er Stühle herbei und stellte einen Klapptisch auf. Nach dem Anzünden des Grills beobachteten die drei in aller Ruhe, wie sich die Kohle in der flimmernden Hitze des Feuers langsam aschgrau färbte. Werner legte Gambas auf den Rost und Spießchen mit Lachs und Jakobsmuscheln. Dazu gab es ein Elsässer Brot vom Bäcker Pledl und einen Gutedel aus dem Markgräflerland. Beißender Rauch zog durch die Abzugshaube ab.

Hadi hob das Glas und prostete dem Schutzheiligen der Trachtenhausräuber zu. Es gibt bestimmt einen, dachte er, in Oberbayern gibt es Heilige für alles und jeden. Bring uns Glück, wer immer du bist. Und bring vor allem Artur Glück mit dem Geld. Er hat es nötig und verdient.

»Prost!«, rief er also laut aus.

Zwei Köpfe nickten, und beide Herren riefen: »Prost!«

Als sie den Nachtisch verzehrt hatten – süße Bruschetta mit gegrillten Pflaumen und Zimt –, schritten sie zur Tat.

Werner holte die gesamte Maskerade hervor, ein Stück nach dem anderen. Umhänge, Stiefel, Handschuhe, Bärte, Gummimasken, alles.

Und ein Stück nach dem anderen opferten sie den Flammen. Es stank wie bei einem Hexensabbatjubiläum, doch es musste sein. Es war Hadis Idee gewesen, die Polizei derart an der Nase herumzuführen, und die beiden anderen bewunderten ihn dafür.

»Dass mir aber ausgerechnet den KR Ottakring erwischt haben«, sagte Artur, noch immer verblüfft. »Wenn das mal gut geht.«

Zwei Herzensangelegenheiten gab es für den Kriminalrat a.D. Josef »Joe« Ottakring: Lola, seine Frau, und Weihnachten. Da war Ottakring purer Traditionalist.

Er betrog seine Frau nicht, er drehte sich nicht einmal nach einer anderen um, auch wenn sie einen noch so ausgeprägten Hintern hatte. Lola war seine Sklavin – daran glaubte er fest –, der er liebend gern die Ketten hinterhertrug. Mit anderen Worten: Er liebte Lola, er vergötterte sie. Auf seine Art. Das hieß, sein Grummeln, Raunzen und Derblecken hatten abgenommen.

Mit Weihnachten verhielt es sich nicht anders. So verrückt wie Ottakring nach Lola war, so scharf war er auf das große Fest. Im

September machte er sich schon Sorgen, weil er nur mehr fünfzehn Wochen für seine Einkäufe und die Geschenke hatte. Weihnachten war für ihn kein Fest der Stille und der Besinnung. Es war ein hervorragendes Training für den Winterschlussverkauf. Er freute sich so auf Weihnachten, dass ihn die bloße Erwähnung eines geschmückten Christbaums in Verzücken versetzte, in ungeraden Wochen sogar in sexuelle Erregung.

Wer sich kein o du fröhliches kleines Weihnachtsfest bereitete, wenn er es sich leisten konnte, der konnte sich ebenso gut gleich die Steilwand hinunterstürzen. Solche Menschen gehörten entweder den Republikanern an, das war seine ehrliche Meinung, oder sie gehörten ins Wartezimmer einer der zweihundertzwölf PsychiaterInnen, die sich in Rosenheim und Umgebung in schnuckeligen Hütten eingerichtet hatten.

Kein Wunder, dass Ottakring nicht übermäßig viele Freunde hatte. Doch was scherten ihn Freunde? Er hatte Lola, das genügte.

Der wahre Star der Vorweihnachtszeit für ihn? Bevor die Frage sich von selbst beantwortet: Haben Sie je Josef, Maria oder das liebe Christkindlein verkleidet bei Karstadt gesehen, bei OBI oder im Media Markt oder in einem Autohaus? Wer fragt dort die lieben Kinder nach ihren Wünschen und verteilt Geschenke? Wer ist so lieb und nimmt sie in den Arm und setzt sie mit ihrem Popo auf die Handfläche? Na, sehen Sie. Es ist der Allerhöchste, der Weihnachtsmann. Oder der Nikolaus, wie er in Oberbayern heißt. Der liebe, gute Niki.

Legenden stehen immer auf wackligen Beinen. Kinder werden drogenabhängig, weil sie ihren Eltern bei der ersten großen Lüge ihres Lebens geglaubt haben. Es gäbe ein Christkindlein, das durchs Schlüsselloch spitzt, haben Mama und Papa mit glänzenden Augen erzählt. Es gäbe da noch den Weihnachtsmann, der mit fliegenden Rentieren in einem Schlitten aus dem Himmel durch die Wolken ... na, Sie wissen schon. Wie soll ein Kind da je glauben, wenn es so brutal belogen wurde, dass Drogen gefährlich sind und süchtig machen? Dass Alkohol und Rauchen abhängig machen können? Alle strengen Warnungen haben dann die gleiche Glaubwürdigkeit wie solche leichtfertigen Lügen.

Joe Ottakring war einer der ganz wenigen, die sich diesen Kinderglauben bewahrt hatten. Außerdem, empfand er, war der Nikolaus ein Segen für die Welt. Wo sonst könnten Studierende, dicke Menschen und Alkoholiker solch traumhafte Arbeitsstellen bekommen? Wenig Geld, viel Ruhm, das war schon bei den alten Römern so.

Und nehmen Sie die Sache mit den Weihnachtsliedern! Von Tannenbaum über Jingle Bells bis zu Rudolph mit der versoffenen Nase. Ottakring ärgerte sich jedes Jahr darüber, dass die süßen Liedlein erst zu Herbstbeginn in den Geschäften erklangen. Wenn er erst Vorsitzender des Fanclubs würde, dann würde er dafür sorgen, dass Weihnachten den Osterhasen ablösen würd, wie sich das gehörte.

Und so ein Typ wie Joe Ottakring wurde nun ausgerechnet Opfer dieses ausgekochten Winterdirndlüberfalls kurz vor Weihnachten! Dass ausgerechnet ihm dieses Glück zuteil wurde! Er hatte die drei Weihnachtsmänner ja anfangs umarmen wollen, doch kraft Amtes war ihm das strikt untersagt. Stattdessen hatte er sich im weiteren Verlauf die eine oder andere Einzelheit gemerkt, und die teilte er Rico Stahl, seinem Nachfolger als Chef der Mordkommission, mit.

Seit Ottakrings Ausscheiden aus dem aktiven Dienst hatte es kein Tötungsdelikt, kein Kapitalverbrechen mehr gegeben. Sodass der Mordchef aus Kosteneinsparungsgründen herabsteigen musste von seinem Olymp und sich um so etwas Banales wie einen Raubüberfall kümmern.

»Warum überfallen die zu dritt ein Dirndlgeschäft?«, sagte Ottakring und kratzte sich am rauen Kinn. »Und spielen die ganze Palette aus, mit Handgranate und Sprengstoffgürtel. Das war absolut professionell. Die Dinger waren als Dummys nicht zu erkennen. Ihre Beute waren ganze fünfunddreißigtausend Euro, sagt der Gachinger. Und da haben sie schon ein Wahnsinnsglück gehabt, dass es überhaupt so viel war. Zwölftausend für jeden. Und wegen dieser lausigen Beute der ganze Aufwand und das Risiko?«

Rico Stahl, wie immer ganz Gentleman im grauen Anzug mit

einer grünen Krawatte, auf der sich kleine weiße Pinguine neckten, verzog den Mund und nickte. »Es soll ja Menschen geben, die eine Lottostelle wegen viel weniger Geld überfallen haben.«

Rico stand auf, verschränkte die Arme vor der Brust und spazierte hinter Ottakrings Rücken auf und ab. »Herr Ottakring, Sie sind doch ein erfahrener Hase. Einer, der ein Gefühl hat für so eine Tat. Welchen Eindruck hatten Sie?«

»Die zwei im Laden waren bestimmt keine Holzknechte aus dem finsteren Wald. Die hatten Niveau, so wie sie sich bewegten und wie sie sprachen. Freundlich, rücksichtsvoll, gepflegtes Bayerisch. Das hörte man trotz des Sprachverzerrers heraus. Der hat ja nur die Tonhöhe nach unten verändert und die Sprechgeschwindigkeit auf ein Ude-Tempo gebracht. Wie ein Saxofon hat sich's angehört. Aber wissen'S was? Warum fahren wir nicht rüber zum Dirndl-Gachinger? Die Spurensicherung könnte doch schon fertig sein.«

Rico hob sein Handy hoch. »Gute Idee. Die sind noch voll dabei. Haben aber schon Ergebnisse. Also. Backmers.«

Der Gachinger Wast und seine Gretel waren nervös. Hatten sie nicht schon durch den Überfall einen erheblichen Verdienstausfall zu beklagen! Nun wurde ihnen auch noch der Laden geschlossen. Weiß-rote Polizeiabsperrbänder, Männer in weißen Overalls mit schweren Aluminiumkoffern. Wie im Sonntagabendtatort.

Als wenn das nicht schon genug gewesen wäre, war dazu auch noch ein Mansardenfenster im dritten Stock des Hauses auf der anderen Straßenseite ständig geöffnet. Es lachte mitten aus dem schneebedeckten Dach herüber, und ein gelb-grün gestreifter Baumwollvorhang flatterte im kalten Wind, als stünde dort jemand, der freudig zur Begrüßung winkte. Das wäre weiter nicht erwähnenswert, wenn nicht alle ein, zwei Stunden ein Song zu ihnen herübergeflattert wäre, begleitet von heftigem Betttuchschwingen im Rhythmus der Musik.

»Ba-, Ba-, Banküberfall«, dröhnte es.

Und wieder »Ba-, Ba-, Banküberfall – das Böse ist immer und überall!«

»Sie haben's nicht leicht«, sagte KR Ottakring mitfühlend zum Gachinger Wast. Er streckte ihm die Hand hin und drückte sie.

»EAV?«, fragte er.

»Was meinen S'?«, fragte der Wast zurück.

»Ist doch lang vor Herrn Gachingers Zeit«, warf Rico Stahl ein. »Erste Allgemeine Versicherung.«

»Verunsicherung bitte«, korrigierte Ottakring.

»Ist doch völlig wurscht«, polterte der Wast. »Jedenfalls gehen mir die Typen da oben total auf den Geist. Das ist überhaupt nicht mehr lustig.«

»Ist das eigentlich von der Polizei erlaubt?«, warf sich die Gretel dazwischen.

Ottakring machte eine elegante Handbewegung Richtung Rico Stahl. »Sie können sie ja rufen«, sagte er.

Auch hier erbarmte er sich und legte väterlich einen Arm um Gretels Schulter. »Kommen Sie, nehmen Sie's nicht so schwer. Immerhin ist kein Mensch zu Schaden gekommen.«

»Ja scho. Aber unser ganzer Weihnachtsverdienst ...«

Wie halt Frauen so sind, dachte Ottakring. Sie lassen nicht locker. Lächelnd wandte er sich wieder dem Wast zu.

»Der mit der Handgranate, was hat der zu Ihnen gesagt, als er vor Ihnen stand?«

Der Wast wachte aus seiner Lethargie auf. »›Geld her. Alles!‹, hat er gesagt.«

Ottakring schüttelte den Kopf und fragte so lange nach, bis die richtige Antwort kam.

»›Sie waren Pionier‹, hat er zu mir gesagt.«

»Und? Was schließen Sie daraus?«

Der Wast kriegte große Augen. »Woher hat er das gewusst?«, sagte er voller Erstaunen.

»Exakt, das sollten wir uns fragen.«

Rico Stahl wurde kreuzlebendig. »Zwei Möglichkeiten. Entweder hat er es vorher recherchiert oder er wusste es, weil er Sie kennt. Wieder zwei Möglichkeiten: Entweder er ist aus dem Dorf oder Ihr Kunde.«

»Wir verkaufen aber nur Dirndl.«

»Na ja, dann war er halt mit seiner Frau bei Ihnen.«

»Aber deswegen weiß er doch noch nicht, dass ich Pionier war.«

»Herrgott, Herr Gachinger! Das kann man ja im Gespräch einmal einfließen lassen.« Rico Stahl hielt kurz inne, als käme ihm ein neuer Gedanke.

»Können Sie sich erinnern, jemals mit jemandem darüber gesprochen zu haben?«

Der Wast schüttelte traurig den Kopf.

Diese Art der Befragung verlief im Sand.

»Oder er hat die Bemerkung absichtlich fallen lassen, will uns damit einen Bären aufbinden und uns auf eine falsche Fährte locken«, sagte Ottakring. »Es ist einfach zu offensichtlich.«

DNA-fähige Spuren im Geschäft gab es so gut wie nicht.

»Diese Weihnachtsmänner hätten auch in Reaktor Zwei in Fukushima mitarbeiten können«, sagte Bruni, der Leiter der Spusi, ein ellenlanger Kerl mit traurigen Augen und schulterlangem Haar. »Die haben die reinste ABC-Sonderschutzbekleidung getragen, halt in weihnachtlicher Aufmachung. Da war kein einziger Quadratzentimeter Haut frei bei denen.«

»Rauchen taten sie ohnehin nicht, und gesprochen wurde nur das Nötigste«, sagte Ottakring.

»Und die paar Fussel und Haare, die wir gefunden haben, brauchen wir nicht«, sagte Bruni. »Wir haben nämlich ihre ganze Maskerade – die Anzüge, die Perücken und Bärte, die Masken, Handschuhe und Stiefel, zu hundert Prozent sicherstellen können. Auch die elektronischen Sprachverzerrer haben wir in einem Schuppen hinterm Geschäft gefunden, der ironischerweise der Evangelischen Kirche gehört. Dort haben sie sich umgezogen. In dem Häusl haben sie die Klamotten einfach liegen lassen.«

Rico Stahl nickte seinem Spusi-Chef zufrieden zu. »Klar«, sagte er. »An der Innenseite der ganzen Maskerade werden sich die Kerle ja vollkommen abgebildet haben. Da brauchen wir äußere Spuren gar nicht mehr. Das dürfte dann reichen.«

»Ja, aber das Labor braucht ein, zwei Tage dafür, das wissen Sie ja«, wandte der Spusi-Chef vorsichtig ein.

Rico Stahl winkte ab, packte Ottakring am Ellenbogen und zog ihn ins Geschäft. »Kommen Sie.«

Joschi, der Schäfermischling, kam hinter einem vollbehangenen Kleiderständer hervorgekrochen und schmiegte sich an Ottakrings Bein.

Rico beachtete ihn nicht. »Wo haben Sie gestanden?«, fragte er Ottakring.

Der zeigte es ihm. »Hier hat man mir auch die Handschellen angelegt«, erklärte er.

Rico grinste breit und zupfte seine Krawatte zurecht. »Entzückende Vorstellung. Der große Ottakring in Fesseln. In Abführmitteln aus Eisen.«

Sie warfen noch einen Blick in den Werkstattraum. Er wirkte ruhig und friedlich, als hätte er keinerlei Vorstellung davon, was sich vor kurzer Zeit hier drinnen abgespielt hatte, und als hätte er noch nie einen Sprengstoffgürtel beherbergt.

»Die vier Frauen ...«, begann Ottakring.

»Ihre vier Kolleginnen hier drin? Selbstverständlich. Wurden schon befragt. Ebenso wie die Menschen in der Schlange, die sich anfangs vor dem Laden gebildet hatte. Da sind wir noch dabei.«

»Wo die Maskerade herkommt ...«

»Ja freilich, Herr Ottakring. Wir haben uns bei allen in Frage kommenden Geschäften erkundigt, bis über München hinaus, überprüfen das Internet, Flohmärkte ... eben alles.«

»Das ist wie eine Schatzsuche auf dem Grund des Inns. Diese Typen waren Profis.«

Sie hatten das Geschäft verlassen und waren nach draußen gegangen.

Rico Stahl blieb stehen und sah Ottakring aus stählernen Augen an.

»Glauben Sie wirklich?«, sagte er. Er schob das Kinn nach vorn, was ihm den Ausdruck eines unbarmherzigen Scharfrichters verlieh. »Da bin ich anderer Ansicht. Ich glaube, die haben das als Spiel gesehen. Die wollten einmal Räuber und Gendarm spielen. Auf die Höhe der Beute kam's denen gar nicht in erster Linie an. Denen war hauptsächlich der Nervenkitzel wichtig. Wir werden jedenfalls unsere Ermittlungen aufs engere Umfeld konzentrieren und denen anständig einheizen.«

Ottakring hatte plötzlich das Gefühl, als würde ihm der Brustkorb platzen, so pochte sein Herz. Hinter seiner unbeweglichen Miene verbarg sich Wut auf sich selbst und Traurigkeit. Was Rico Stahl da sagte, war genau sein eigenes Gefühl gewesen. Warum hatte er es nicht selbst ausgesprochen? Jetzt stand er wie der Depp da und musste sich von dem jungen Schnösel einschenken lassen.

Er seufzte unhörbar.

Von drüben dröhnte wieder die Spottmusik herüber.

Ich sag »An Hunger und an Durst und keinen Plärrer!
Ich bin der böse Kassenentleerer!«
Der Kassierer sagt »Nein! Was fällt Ihnen ein?«
»Na gut«, sag ich, »dann zahl ich halt was ein!«
Ba-, Ba-, Banküberfall …

Man sollte solch schadenfreudigen Nachbarn doch die Polizei auf den Hals hetzen.

In weiten Sätzen retteten sich die Herren über die viel befahrene Hauptstraße und kamen schwer atmend an den Flusslauf. Die Luft war kalt und frisch. Kleine Eisschollen schwammen den Bach hinab. Ottakring konnte das Wasser riechen und hörte sein leises Wispern. Dort, wo der Fluss das niedrige Wehr hinabstürzte, ging das Geräusch in ein gewaltiges Rauschen über, ähnlich dem Geräusch, das Lola in der Früh beim Zähneputzen machte, nur lauter.

So wenig er mit diesem Rico Stahl anfangen konnte, eines musste er noch loswerden, das gebot die Kollegialität.

»Hat der Gachinger eigentlich erzählt, dass der Hund dabei war?«, fragte er lauernd.

»Der Hund von vorhin? Sie meinen bei dem Überfall?«

»Freilich. Hat der Gachinger davon erzählt?«

»Nein. Nicht, dass ich wüsste.«

»Ja, was ist das denn für eine Befragung? Der Hund ist in diesem Fall ein wichtiger Zeuge.«

Rico Stahl hatte die Hände in die Hosentaschen gerammt. Wahrscheinlich hatte er dort auch die Fäuste geballt.

»Ich höre«, sagte er. Sein Zähneknirschen übertönte das Rauschen des Bachlaufs.

»Der größere der beiden Weihnachtsmänner …«

»Der, der Sie behandelt hat?«

»Japp. Der kannte den Hund, und der Hund kannte ihn.«

Rico plusterte die Backen auf, als wäre er gerade aus hundert Meter Wassertiefe aufgetaucht.

»Joschi schlich um ihn herum, wie ein Hund das nur bei jemandem tut, den er kennt.«

Und zack!, wischte Ottakring ihm noch eine aus. »Das können natürlich nur Hundefreunde beurteilen.«

In normalem Tonfall fuhr er fort. »Er hat ihm sogar die Weihnachtsstiefel geleckt. Im Labor werden sie das herausfinden können.«

Dann schwieg Ottakring, steckte die Hände in die Manteltasche und betrachtete die kommende Mondfinsternis.

»Raus mit der Sprache!«, zischte Rico. »Sie haben doch noch mehr auf der Pfanne.«

»Nichts von Bedeutung«, sagte Ottakring in einem Ton, als spräche er über das Laichen von Süßwasserfischen.

»›Aus, Joschi!‹, hat der Große geflüstert, als der Hund ihm die Stiefel leckte. Also nichts von Bedeutung. ›Aus, Joschi!‹ Er hat nur den Namen des Hundes gekannt. Ein echter Profi eben.«

Damit ging Ottakring zur Seite, zog sein Handy und tippte Lolas Nummer ein. Er wollte sich zum Abendessen entschuldigen, denn der Fall würde ihn bestimmt länger in Anspruch nehmen. Lola musste im Funkhaus sein. Sie hatten Programmkonferenz, hatte sie ihm gesagt, bevor sie nach München gefahren war. Lola hatte den Vorsitz, das heißt, sie war unverzichtbar.

Er war trotzdem überrascht, als man ihm sagte, sie sei heute auf einer Dienstreise. Hatte er etwas überhört oder falsch verstanden? Oder hatte sie den Tag verwechselt? Konnte sein. Lola war in letzter Zeit etwas konfus. Hatte sie zu viel Stress im Beruf?

Was haben sie denn beim Fernsehen schon zu tun, dachte er zum wiederholten Mal. Schon gleich beim Bayerischen Fernsehen. In anderen Sendern müssen sie einen Dieter Bohlen zähmen, einen Raab einfangen, müssen DSDS-, GZSZ-, Telenovela-, Seifenoper-, Marienhof-, Bergdoktor- und Lindenstraßenopern auf Vordermann bringen, Olympiaden und allerhöchste Fußballspiele übertragen und was noch alles. Beim Bayerischen Dritten aber spielt sich doch alles sozusagen im Hinterhof ab. Woher also der Stress?

Aber, lieber Ottakring, schimpfte er sich. Wie oft hatte sie ihn genießen müssen, wenn er wieder einmal Tag und Nacht an einem haarigen Fall zu knabbern gehabt hatte. Jetzt, nach seiner Pensionierung, musste eben er einmal Rücksicht auf seine Frau nehmen.

Doch der Stachel des vergangenen Sommers saß tief. Und zwar dort, wo es am wehesten tat. In der allerallerinnersten Herzkammer.

SECHS

Lola Herrenhaus war das Beste, was Josef Joe Ottakring in zweiundsechzig Jahren passiert war. Sie waren schon lange ein Paar gewesen, bevor sie sich entschlossen hatten, zu heiraten und ein gemeinsames Haus zu bewohnen. Er als Chef der Rosenheimer Mordkommission – des Kommissariats 1 – hatte lange im Rosenheimer Land gelebt, sie als Moderatorin einer eigenen Leute-Sendung, später als Programmchefin des Bayerischen Fernsehens in München. Das ewige Pendeln hatte sich bei ihr nie zu einer Leidenschaft entwickelt. Doch sie liebte ihren Job und ihren Mann.

Lola war eine kluge, schöne und charmante Frau, eine gute Zuhörerin, und sie hatte zu jeder Zeit interessante und abwechslungsreiche Geschichten auf Lager. Sie konnte zärtlich sein, anschmiegsam und erotisch, wenn sie in Stimmung war, und das geschah häufig.

Lola Herrenhaus und Josef Ottakring waren ein attraktives Paar. Ein kerniger reifer Herr mit einer reizenden, eleganten Frau, zwei Menschen mit außergewöhnlichen Berufen. Sie fuhren nach München oder Salzburg und gingen ins Konzert, in die Oper oder ins Theater. Sie besichtigten während einer dreiwöchigen Reise alle romanischen Kirchen entlang des Camino de Santiago, nahmen an Weinproben im Burgund teil und machten eine verregnete Fahrradtour rund um den Müritzsee. Hin und wieder hatten sie sich – aus einer spontanen Laune heraus – in theatralische Abendgarderobe geworfen, waren in ein stinknormales Dorfwirtshaus in ihrer alpenländischen Umgebung gegangen und hatten sich königlich über den Eindruck amüsiert, den sie machten, und das Getuschel. Doch nach einiger Zeit war der Überraschungseffekt vorbei, und sie wurden nur mehr belächelt. Da ließen sie es bleiben.

Im Grunde lebten die beiden ein erfülltes bürgerliches Leben und ließen sich dabei ihre kleinen persönlichen Freiheiten.

Bis der Sommerurlaub kam, den sie auf Malta verbrachten. Ottakring war die Insel wurscht, denn sie besaß keine sehenswerten Kirchen, doch Lola war noch nie dort gewesen und wollte Malta unbedingt erleben. Also erfüllte er ihr den Wunsch mit der Idee, sich gemeinsame Erinnerungen an Malta zu schaffen.

Dass es schiefging, lag nicht allein am Essen auf der britisch geprägten Insel, deren Häuser mit Wäscheleinen zusammengebunden waren, damit sie nicht einstürzten, und auf der es nur zwei Arten von Saucen und eine Sorte Kaffee gab, und die war lausig.

Sie bewohnten kein Hotel mit einem Namen wie Quisisana, Superiore oder Splendid. Sie wollten nicht auftrumpfen. Es war eines jener Durchschnittshäuser mit einem kleinen Mülleimer am Frühstückstisch und silbernen Warmhaltegefäßen auf lauwarmen Herdplatten. In einem Topf schmurgelten gelbe Flocken (»Rührei« stand auf dem Schildchen davor), im anderen lagen ein paar gekräuselte Speckschwarten herum, im dritten kokelten die Würstchen vor sich hin. Ein Orangensaftspender mit verklebtem Zapfhahn und Überlaufrost und ballastreiches Knäckebrot in recycelbarer Klarsichtfolie heizten das Feriengefühl auf der Sonneninsel weiter an. Fröhlichkeit hätte ein geflochtener Korb in Form eines Huhns verbreiten können, wären die frisch gekochten weichen Eier nicht eiskalt und hart wie Stein gewesen. Im Nebenraum unweit des ihnen zugewiesenen Tisches, in dem gewöhnlich das Personal saß und rauchte, plärrte ein Radio.

Als sie sich ans Fenster setzen wollten, schoss eine Dame mit fleckiger Schürze heran: »Bitte hier nicht hinsetzen, da wird für das Mittagessen gedeckt!«

Lola wollte schon flüchten, doch Ottakring, in stoischer Gelassenheit, führte sie zurück an ihren Luxustisch und besorgte ein paar Käsescheiben, die ihren Rand hilfesuchend nach oben bogen, sowie hellrosa Wurstscheiben mit einer Garnitur tropfnasser Gürkchen obendrauf. Auf Kompott verzichtete er, denn der Schöpflöffel war unwiderruflich auf den Grund des Bassins gesunken. Auch der Früchtequark blieb ihm erspart, denn der tatterige Herr vor ihm hatte versehentlich seine Knäckekrümel darübergestreut. Stattdessen rettete er aus dem durchwühlten Brotkorb noch ein Päckchen eingeschweißte Pumpernickelscheiben und brachte sie freudig an den Tisch.

»Klar, wir brauchen schließlich noch etwas zum Füllen unseres Tischmülleimers«, sprach Lola strahlenden Auges.

Schließlich wickelten sie heimlich ein paar halbe Camemberts und den Pumpernickel in ihre gebrauchten Servietten und schmuggelten die Ware zu einer abseits stehenden Bank im herrlichen, sonnendurchfluteten Park mit altem Baumbestand. Jetzt erst fühlten sie sich richtig wohl und konnten ihr Frühstück genießen. Das Knacken, das sie ringsherum vernahmen, stammte nicht vom Specht, sondern von anderen Hotelgästen, die es ihnen nachtaten und unerschrocken ihr Camembert-Knäckebrot zerbissen.

Er machte einen langen Strandspaziergang, sie legte sich in einen Liegestuhl. Sie hatten schließlich Urlaub.

»Was machst du, Liebes?«, fragte er sie, als er zurückkam.

Sie fuhr hoch, als wäre sie von einem Geist aufgeschreckt worden statt von ihrem Mann, und steckte ihr Handy weg. »A… ach nichts«, stammelte sie. »Ich les nur in unseren früheren SMS nach.«

Aus tausend Verhören von Verbrechern hatte der Kriminalrat gelernt zu erkennen, wenn jemand log. Um wie viel leichter musste ihm das bei Laien fallen.

Der Text der SMS, die sie geschrieben hatte, war eindeutig.

Am nächsten Tag, als sie sich mit dem Mietwagen zu einem Shoppingbummel nach Valetta begab, folgte er ihr in einem rammelvollen Bus in halsbrecherischer Fahrt.

Dem Mann, mit dem sie wie frisch verliebt im Restaurant saß, war er in Deutschland schon begegnet, da war er sich sicher, er vermutete in München. Doch er kannte ihn nicht.

»Ach nein, ich hab nichts gekauft«, gestand sie ihm bei ihrer Rückkehr am frühen Abend. »Weil die Geschäfte in Valetta entweder zu abartig oder zu teuer sind.«

»Verdammte Hexe«, murmelte er leise vor sich hin.

Ab der übernächsten Nacht schliefen sie in getrennten Schlafzimmern.

Am Tag der Abreise warf er ein Glas nach ihr.

Was mit den gemeinsamen Erinnerungen an Malta geschah? Ottakring packte sie einfach an die Stelle im Gehirn, die am ehesten kaputtgeht. Er ließ sie mehrere Wochen dort ruhen, bis er sicher sein konnte, dass sie tatsächlich zerstört waren, und konzentrierte sich auf seinen Weihnachtsfimmel. Er begann, Geschenke für seine Lola zu kaufen.

Der Weihnachtsrummel allerorten hatte noch nicht angefangen, da schlug er Lola vor, für die Nacht wieder zusammenzuziehen. Sie war einverstanden.

Dann bot er ihr an, einen romantischen Winterspaziergang zu unternehmen. Sie war einverstanden.

Er nahm sie an der Hand und führte sie ins Dorf. Beim Bäcker Pledl tranken sie einen dampfenden Kaffee vor der Tür und sahen die Straße hinunter. Beim Blumen-Kauser wurden gerade frische Pflanzen angeliefert und mit imposantem Getöse ausgeladen. Drüben der Schlecker-Parkplatz war leer bis auf einen kohlrabenschwarzen Hund, der sich nicht von der Stelle rührte und mit wachem Blick den Eingang im Auge behielt. Es war eine verschlafene Stimmung. Nur das Ärztehaus und die Apotheke rechts von ihnen hatten regen Zulauf.

Ottakring warf einen schiefen Blick auf seine Frau, bevor er die leeren Tassen zurückbrachte. Sie lächelte.

Auf den frisch geräumten Wegen entlang des Kirchbachs und durch den vom Sommersturm zerstörten, tief verschneiten Wald begegneten sie nur wenigen Spaziergängern. Die meisten waren Frauen, die ihre Hunde spazieren führten, Kinder, die von der Schule kamen, und wenige Bahnpendler, die vom Schichtbetrieb zurückkehrten.

Lola und Ottakring unterhielten sich über unverfängliche Themen. Wenn Menschen sich näherten, verstummten sie. Wenn sie gegrüßt wurden, sagten auch sie Grüß Gott.

Die meiste Zeit aber gingen sie schweigend nebeneinanderher und hörten dem Knarzen ihrer Stiefel im tiefen Neuschnee zu.

»Was fangen wir jetzt mit unserer Zukunft an, Joe?«, fragte Lola.

Wir schieben sie weiter vor uns her, dachte er. Doch er sagte diplomatisch, wie es gar nicht seine Art war: »Das werden wir erst wissen, wenn sie Vergangenheit geworden ist.«

Hinter ihnen rasselte ein Pferdeschlitten. Ottakring nahm seine Frau bei der Hand und zog sie sanft an den Wegrand. Sie ließen das Gespann vorbei. Zwei Köpfe unter zerdrückten Filzhüten und mit verdörrten Gesichtern, einem männlichen, einem weiblichen, kauerten unter Lammfelldecken.

Sie gingen weiter im warmen Geruch der Pferde.

Ottakring wusste selbst, dass mit ihm im Moment nicht viel anzufangen war. Er behielt Lola einfach an der Hand. Sie ließ es zu, und er war ein bisschen glücklich.

Das war in diesen Wochen das Leben von Joe und Lola Ottakring. Es war wie das heisere Krächzen der Krähen hoch droben in den kahlen Bäumen.

»Der verdammte Hund hat dich erkannt«, sagte Werner Stuffer zu Hadi Yohl. »Und du hast seinen Kopf gestreichelt und ihn beim Namen genannt.«

Die Worte kamen abgrundtief aus seiner Kehle und klangen wie Messerwetzen und Säbelrasseln zugleich. Sie sollten auch so klingen. Höllenfeuer schwelte in Werners Augen.

»Ja, das ist mir auch aufgefallen«, sagte Hadi sanft. »Alle Hunde im Dorf kennen mich noch aus der Zeit, als ich selbst einen hatte und mit ihm am Bach entlang spazieren ging. Dass ich ›Joschi‹ zu ihm sagte – ich gebe zu, das war deppert, eher ein Reflex. Aber mei, können sie daraus zutreffende Schlüsse ziehen? Wir haben schließlich eingeplant, dass sie unterstellen, dass Eingeweihte den Gachinger überfallen haben und es keine Touristen aus Long Island oder Abu Dhabi waren. Dass also die Täter aus dem näheren Umfeld kommen müssen, dürfte der Polizei recht schnell klar geworden sein.«

Ganz zufrieden schien Werner mit der Erklärung nicht zu sein. Andererseits hatte er damit die perfekte Eröffnung für seinen zukünftigen Kriminalroman gefunden.

Es sollte das letzte konspirative Zusammentreffen der drei Kapitalverbrecher Hadi Yohl, Dr. Werner Stuffer und Artur Josef gewesen sein. Denn Hadi gab die Order aus, sich nicht mehr persönlich zu begegnen. Verständigung nur mehr telefonisch oder – eher selten – per Mail. Dass sie in diesem Zustand der Ermittlungen abgehört wurden, befürchtete er als erfahrener Schreibkriminalist nicht. Dass nicht zu viel Geld auf einmal ausgegeben wurde, dafür sorgte Werner, der es verwahrte und nur bei Bedarf an Artur ausgab.

Bedarf war genügend vorhanden, und Artur wäre seinen gesamten Verpflichtungen am liebsten sofort nach ihrem Beutezug nachgekommen. Er hätte gleich am nächsten Tag die Rechnung für den Leichenschmaus beim Wirt bezahlt, die Begräbniskosten für Bernadette entrichtet und dem Herrn Pfarrer das Trinkgeld in die Hand gedrückt. Doch Werner knöpfte ihn sich vor und rückte nur den Vorschuss für Everls Klinikkosten heraus.

»Mehr geht nicht.«

Als Artur zu knurren anfing, genügte ein scharfer Ton in der Telefonleitung, um ihn wieder zurückzupfeifen.

Hadi allerdings machte Werners Hinweis sehr zu schaffen. Mehr als er nach außen erkennen ließ. Weit mehr sogar, als er sich selbst zugestehen wollte. Nicht, dass er sich wegen seines Hundegrußes einer Schuld bewusst gewesen wäre. Werner behauptete ja sogar, diese Nachlässigkeit könne zu ihrer aller Ergreifung führen. Doch das schüttelte Hadi ab wie trockenes Stroh. Daran war im Traum nicht zu denken.

Ein Verlangen jedoch war geweckt, das nicht vom Herzen, sondern vom Kopf herkam: sein Ehrgeiz. Er hatte lange gebraucht – ausgedehnte Nächte, viele Weißbiere, voll geschriebene Seiten im Computer –, bis er sich doch eingestand, eine Fehlleistung begangen zu haben. Wie konnte er den blöden Hund beim Namen nennen! Selbst wenn dieser Missgriff keinen Schaden anrichten würde, nachträglich konnte er ihn nicht mehr ausmerzen. Er wurde nachdenklich.

Am Dreikönigstag in aller Frühe stand Hadi auf, zog sich an, schlüpfte in seinen dicken braunen Lodenmantel, setzte den Jagerhuat auf, den ihm sein persischer Freund in Tirol geschenkt hatte, öffnete die Haustür und trat in die sternklare Winternacht hinaus. Es tat gut, die frische Bergluft zu atmen. Er machte die Runde rund um den Bauernhof unten im Tal, den Bach entlang, über die kleine Steinbrücke Richtung Autobahn, den Kopf gegen den Wind gesenkt über fast unbegehbare Schneeflächen, die in der warmen Jahreszeit fette Wiesen und Weiden waren, dann wieder zurück, das war seine Route. Im pulvrigen Neuschnee hinterließ er klobige Abdrücke, die schnell wieder verweht wurden. Die Taschenlampe hatte er mit. Wenn er Glück hatte, so wie kürzlich, würde er wieder auf ein Rudel Rehe treffen, die sich an den Menschen gewöhnt hatten.

Es war eine saukalte Nacht, und Hadi war froh, dass er in letzter Sekunde dicke Handschuhe eingesteckt hatte. Lange Unterhosen dagegen lehnte er als unnatürlich ab. Die leichte Bewölkung breitete das Licht des Mondes wie einen Schleier über die tief verschneite Landschaft. Alle fünfhundert Meter waren, wie vom Zufallsgenerator bestimmt, Werberuhebänke an den Weg gestreut. Neben jeder Bank stand ein Papierkorb mit einem Täfelchen, auf dem ein durchgestrichenes gelbes Strichmännchen ein durchgestrichenes schwarzes Etwas in einen durchgestrichenen roten Korb warf. In der schneefreien Jahreszeit lagen Eis- und Milchtüten und Pizzaverpackungen neben dem praktischen Werbepapierkorb. Das brachte Hadi zum Lachen.

Er hatte Wichtigeres, Entscheidenderes zu überlegen. Intensiven Gedanken hing er nach, während er durch den hellen Schnee stapfte. Seine Gedanken sprach er ungeordnet in ein Diktiergerät.

Am Wegweiser »Thann ½ Stunde, Grießenbach 2 km« erlag endlich das Übergewicht seines Ehrgeizes den ständigen Zweifeln im Hinterkopf. Es war stärker als seine Hemmungen, seine bürgerliche Moral, seine Risikoscheu.

Er kam zu einem Entschluss.

Einmal noch, beinhaltete seine Entscheidung. Einmal noch ein Überfall, diesmal ohne Fehler.

Der erste Teil seines frühmorgendlich einsamen Wegs hatte sich um das Ob gedreht. Den Rest des Wegs beschäftigte er sich nur mehr mit einem einzigen Thema.

Dem Wie und dem Wann.

Die Dorfstraße lag still vor ihm. Ein Frühaufsteher in einem alten BMW eierte mit vierzig, fünfzig auf der ungeräumten Straße an ihm vorbei. Die Häuser waren dunkel. Das Gartentor stand noch offen, so wie er es verlassen hatte. Die Uhr der evangelischen Kirche schlug vier.

SIEBEN

Sie kamen nicht weiter. Die Soko »Dirndlüberfall« kam sich vor wie der Hund, der sich anhaltend im Kreis dreht und in den Schwanz beißt. Alles und jeden hatten sie abgesucht und sich vorgeknöpft und angefragt und vernommen und nachgehakt und noch mal das Ganze, und sie kamen immer wieder dort an, wo sie angefangen hatten. Im Nirwana. Die Weihnachtsmannanzüge, Bärte, Stiefel, Handschuhe und die Vollgummimasken waren unverrichteter Dinge in der Asservatenkammer gelandet.

Experten, Gutachter, Sachverständige, Pathologen, Dermatologen, sonstige Mediziner, sogar ein Hellseher von der Isle of Man waren hinzugezogen worden. Sie sollten klären, warum auf der Innenseite der fraglichen Gegenstände keine Täterspuren nachgewiesen werden konnten. An der Innenseite, an der sie getragen worden waren und an der Hautpartikel, Haare, Schweiß, Speichel, Stoffreste, Hustenbonbons, jede Menge Bakterien, Mikroben und sonstige Tierchen hätten kleben müssen. Und wenn das Untersuchungsergebnis schon bei null lag, wie hatten die Täter es dann geschafft, in der ihnen zur Verfügung stehenden Zeit die Anzüge so blitzartig schnell von allen Spuren zu befreien?

Die kriminalwissenschaftliche Welt stand kopf.

Am selben Tag, als Hadi Yohl während seines winterlichen Nachtspaziergangs über den nächsten Überfall sinnierte, saß Rico Stahl in seinem Büro im Polizeipräsidium Rosenheim. Das Fenster zur tief verschneiten Lorettowiese hin war einen Spalt geöffnet. Ein leichter Wind aus Norden blies Pulverschnee über die Dächer der geparkten Autos, die in kilometerlangen Zehnerreihen auf der Herbstfestwiese geparkt waren. Es war kalt und sonnig, und es war elf Uhr in der Früh.

Rico Stahl, der Leiter der Soko Dirndlüberfall, als Chef der Mordkommission arbeitslos geworden, weil Morden in Oberbayern offensichtlich ausgestorben war, blätterte an diesem Samstag beiläufig die Stellenanzeigen in der Süddeutschen durch.

Ihm, als früherem BKA-Agenten, war der Ruf vorausgegangen, eine Art bayerischer James Bond zu sein. Während seiner Zeit im BKA hatte das auch noch gestimmt. Er konnte fliegen und schießen, Rennen fahren und Frauen verführen, Wände senkrecht hochgehen und waagrecht übers Wasser laufen. Nach seiner Berufung zum Mordchef in Rosenheim hatte er nur einen einzigen Fall in gewohnt kurzer Zeit zu lösen gehabt, den Mord am Filmstar Clara Gray. Das war aber auch alles. Selbst seine olympiareife Begabung im Tornadosegeln versandete in einer Einheitsjolle am Chiemsee.

Rico Stahls Anzüge waren dunkler geworden, die Krawatten grauer, selbst die Schuhe glänzten nicht wie früher. Dunkelhaarig, groß gewachsen und athletisch, wirkte er kaum älter als die einundvierzig, die er war. Selbst die Narbe im Mundwinkel, die sein Lächeln immer etwas schief geraten ließ, empfand er mittlerweile als hässlich, um nicht zu sagen lästig. Im Dienst jedoch war er immer noch positiv eingestellt und ganz bei der Sache.

Rico saß mit leicht gespreizten Beinen hinterm Schreibtisch und spielte mit der Dienstwaffe. Er drückte mit dem Daumen den Sicherungshebel am Griff und entspannte den Hahn, spannte ihn, entspannte ihn. Bei diesem Tun war er voll konzentriert, doch in seinem Kopf war Kabelsalat.

Auf eines konnte Rico sich gewöhnlich hundertprozentig verlassen: auf seinen sechsten Sinn.

Rotkehlchen und Brieftauben beispielsweise besitzen einen Magnetsinn, den Rico Stahl nicht besaß. Klapperschlangen verfügen über einen besonderen Wärmesinn, den Rico nur zum Teil hatte, und Zitteraale erkennen im Dunkeln ihre Gegner, indem sie wahrnehmen, wie elektrische Felder sich verändern. Auch auf diesem Gebiet war Rico völlig machtlos.

Doch wenn in einem Puzzle ein Teil fehlte oder falsch lag oder nicht passte, dann war er in seinem Element. Im Dirndlüberfall-Fall waren alle Teile vorhanden, doch zwei oder drei waren falsch platziert.

Aber welche? Und an welcher Stelle?

Es war zum Beispiel vollkommen absurd, dass sie absolut nicht herausfinden konnten, ob die Handgranate, die sie dem Gachinger unter die Nase gehalten hatten, echt gewesen war oder ob es sich um eine Attrappe handelte. Die Rosenheimer Spurensicherung mit dem alten Hasen Bruni an der Spitze war die beste der Welt. Doch an der definitiven Aussage, ob echt, Attrappe oder nicht, waren sie bisher gescheitert.

Und da war noch etwas, das in Ricos Hinterkopf herumgeisterte. Es leuchtete wie ein Fixstern in rabenschwarzer Nacht. Noch konnte er sich kein Bild davon machen, um was es sich handelte. Doch er würde es herausfinden.

Er warf einen Blick auf die Uhr, stand auf, stopfte die Pistole ins Halfter und wischte sich mit der Handfläche den Schweiß von der Stirn.

Er verließ das Zimmer und schloss ab. Sein Blick huschte kurz durch den Flur, nachher durch die Eingangshalle des Präsidiums, in der sich das Sonnenlicht sammelte. Er wollte nicht gesehen werden. Niemand schien da zu sein. Dann stieg er die Stufen hinunter zu seinem Dienstfahrzeug, startete den Motor und fuhr los.

»Da ham'S aber Glück ghabt«, sagte zwanzig Minuten später der Gachinger Wast, »mir schließen nämlich glei.«

Rico wusste das. Deshalb war er jetzt gekommen, nicht erst nach zwölf.

Lederne Kniebundhose, kariertes Hemd, Hosenträger, Strickjanker mit kurzen Ärmeln, runder Kopf mit langen, welligen Haaren, Wadlstrümpf und Stiefel. Der Wast, wie er leibte und lebte.

»Wo ist der Joschi?«, fragte Rico.

Der Wast spitzte die Lippen und pfiff.

Eine halbe Minute später schlappte ein schwermütiger Schäfermischling aus dem Hintergrund in den Vordergrund, stürzte sich tollkühn drei Stufen hinab und verharrte wankend im Kassenraum. Mit wedelnden Ohren und fragendem Blick erwartete er, dass jemand den Hundenotarzt rief.

»Da ist der Joschi«, sagte der Wast nicht ohne Stolz.

»Erklären Sie mir noch einmal, wie das war, als der Größere der beiden den Hund beim Namen genannt hat.«

»Aber das hab ich doch –«

»Ich weiß. Erklären Sie.«

»Na ja, ich hab das nur so am Rand mitgekriegt. Ich war hinter der Kasse, und der Typ mit der entsicherten Handgranate ist direkt vor mir gstanden. Der andere, der Pickel, hat das Schild in die Ladentür gehängt und ist dann nach vorn gegangen. Ich hab –«

»Wie haben Sie den anderen genannt? Pickel?«

»Genau. Ich hab gesehen, wie der Joschi auf den zugegangen ist und gscheit mit dem Schwanz gewedelt hat. Ja, und die Stiefel hat er ihm abgeschleckt. Ich hab mich schon gewundert, denn das macht er bei keinem Fremden sonst. Darauf hat der Pickel ihm über den Kopf gestrichen und so was wie ›Aus, Joschi‹ gesagt. Jedenfalls hat der den Namen von meinem Hund gewusst.«

Rico Stahls graublaue Augen wurden hart wie Kieselsteine.

Das Mittagslicht kroch heran wie kalte Milch und erhellte den halbdunklen, mit vollen Kleiderständern zugestellten Raum.

»Man könnte also sagen, Ihr Hund und der Fremde kannten sich. Das ist es doch, was Sie mir mitteilen wollen?«

Bejahendes Achselzucken.

»Und noch mal: Wie haben Sie den anderen genannt? Pickel? Warum?«

Der Wast lachte auf. »Die hatten doch beide die gleichen Gesichter. Rote, pausbäckige Weihnachtsmanngesichter. Nur der Pickel, der hatte auf der einen Seite einen schwarzen Fleck auf der Backe. Einen Pickel halt. Deshalb hab ich ihn Pickel getauft. Für mich natürlich nur. Und nur im Stillen.«

Rico stellte es die Haare auf. »Ein schwarzer Fleck. Können Sie beschreiben, auf welcher Seite sich der befand? Linke oder rechte Backe?«

»Äh ... warten Sie ...« Der Wast eilte zur Ladentheke, stellte sich so, wie er beim Überfall gestanden hatte, und sah im Geist den Überfall vor sich.

»Linke Backe, linke Backe! Ganz sicher, ich seh ihn richtig vor mir.«

Rico Stahl war sehr ernst. Er ging einen Schritt zur Seite, zog sein Mobiltelefon und tippte eine Kurzwahlnummer.

»Geht in die Asservatenkammer«, flüsterte er hinter vorgehaltener Hand, »und seht nach, ob eine Maske einen schwarzen Fleck auf der linken Backe hat. Oder ... warten Sie ... schauen Sie sicherheitshalber auf beiden Seiten nach. Nein, bei allen dreien. Ergebnis sofort an mich und exakt festhalten!«

Keine halbe Stunde später saß Rico im Präsidium vor Gesichtern, die so ausdrucksstark waren wie ein kahler Zwetschgenbaum. Von der offenen Tür zog es kalt herein.

Der Leiter der Asservatenkammer, ein kleines, kugelrundes Männlein mit randloser Brille und einer dünnen, vergilbten Strähne, die er hinten über den kahlen Schädel gekämmt hatte, stand vorn dran und war hundert Prozent in seinem Element. Er hatte die drei Vollgummimasken über einen flachen Tisch gelegt, der Größe der Träger nach geordnet.

»Und schauen Sie, kheine dieser Maskhen hat auch nur das allerkhleinste Fleckherl«, sagte er mit Tiroler Akzent. »Weder links noch rechts noch ...«

Voller Ungeduld wurde er von Rico Stahl unterbrochen. Der hatte es sich mit dem halben Hintern auf dem Nebentisch bequem gemacht, nachdem er zuvor die Bügelfalten gerade gezogen hatte.

»Sind Sie sicher, dass da noch nie ein Fleck dran war? Könnte es vielleicht sein, dass die Masken gesäubert wurden, auch wenn's nur versehentlich ist? Wir müssen hundertprozentig sicher sein! Also?«

Das Männlein hielt die vorderste Maske empor. Es schien, als grinste sie Rico Stahl besonders frech an.

»Das hier ist die von Ihrem Pickhel, wie Sie ihn nennen. Die kam so, wie sie ist, zu uns. Freundlich, sauber, fast steril.«

Wie in einem Schweinestall, wenn die Ferkel ihre Mutter vor der großen Säugung anglotzen, stierten fünf Augenpaare auf Rico Stahl.

Der blies die Backen auf und holte tief Luft. Dann ballte er beide Hände zur Faust und knirschte mit den Zähnen.

»Die haben uns ganz schön geleimt. Die hatten zwei Garnituren Ausrüstung. Die, die sie anhatten, haben sie mitgenommen, und uns haben sie die zum Fraß hingeworfen, die sie nicht benutzt haben.«

Als Hadi aus tiefem Schlaf erwachte, war sein erster Gang zur Toilette, sein zweiter zum Kühlschrank. Teresa, seine Haushaltshilfe, hatte ihm eine Delikatesse hinterlassen.

Teresa stammte aus Andalusien und hatte sich in einer abenteuerlichen Irrfahrt über Verwandtschaft, Männer und Beruf nach Oberbayern verirrt. Ab und zu, wenn ihre Gemütslage es zuließ, kochte sie Hadi etwas oder brachte ihm eine Kleinigkeit mit. Heute stand Gazpacho vor seinen Augen, eine kalte Gemüsesuppe, die eigentlich für den heißen Sommer Andalusiens gedacht war. Teresa hatte eine Schüssel davon in den Kühlschrank gestellt und die Einlagen dafür in kleinen Schälchen auf dem Küchentisch platziert: geröstete Brotwürfel, gehacktes Ei, Zwiebeln, Tomaten, Gurke und in feine Streifen geschnittene rote und grüne Paprikaschoten. Hadi lief das Wasser im Mund zusammen. Am liebsten hätte er gleich zugeschlagen, doch sein Auge fiel auf das Oberbayerische Volksblatt.

Es war voller Empörung über den unverfrorenen und rätselhaften Raub, der »am helllichten Tag vor unserer Haustür« stattgefunden hatte. Wo war eigentlich die Polizei gewesen? Wieso gab es noch keine Spur von den drei Weihnachtsmännern? Die gestrige Pressekonferenz hatte sich in vagen Andeutungen erschöpft. Kein Verdacht, nicht die Spur davon, schon gleich keine Festnahmen. War das der Beginn einer Kriminalitätswelle, die die ehrbaren Geschäfte in ganz Oberbayern überschwemmen würde? Hieß das, dass keine Tank-, keine Lottoannahmestelle und keine Reinigung mehr sicher war? Hatte sich das Verbrechen statt wie früher den Banken nun den Kleingewerbetreibenden gewidmet, weil die Geldhäuser elektronisch zu gut geschützt waren?

Hadi verzog sein Gesicht zu einem breiten Grinsen.

Sein Grinsen erstarb, als er weiterblätterte und zwischen der drittletzten und vorletzten Seite der Zeitung einen handschriftlichen Zettel fand. Er stammte von Teresa und war kaum zu entziffern.

»Was habe Sie mit inhorgenta zu tun, *señor*? Wolle Sie Schmuck kaufen? Oder habe Sie Schmuck zu verkaufe? In beide Fälle wenden Sie bitte fertrauenfoll an mich. Teresa.«

Hadi stürmte ins Arbeitszimmer. Nein, der Prospekt von der Schmuckmesse lag unberührt im Unschlag auf seinem Schreibtisch. Doch woher sonst wusste Teresa, dass er sich mit der Messe beschäftigte?

Diese meerwasserumspülten und sonnenverwöhnten Frauen von dort unten hatten doch wirklich den Teufel im Leib!

ACHT

Jeder will schließlich das lesen, was er gern mag. Leute, die zum Beispiel ungern Geschichten lesen, in denen das Wetter schlecht oder kalt oder das Essen ungenießbar ist und den Figuren immer wieder schreckliche Dinge passieren, solche Leute sollten dieses Buch unverzüglich weglegen.

Speziell an dieser Stelle fühle ich mich verpflichtet, den Fortgang der Geschichte zu unterbrechen, um Sie ein wirklich letztes Mal zu warnen. Es könnte vielleicht der Eindruck entstehen, dass es allen gut geht. Hadi genießt seine gute Suppe, das Everl ist am Genesen, Lola und Ottakring werden schon wieder zueinanderfinden, und Rico Stahl hat endlich den Schlüssel zur Lösung gefunden.

Aber so ist es nicht.

Es wird alles noch viel schlimmer.

Also – Sie wissen Bescheid! Es ist Ihr ganz persönliches Risiko, wenn Sie weiterlesen. Ich überlasse Sie Ihrem Schicksal.

Es begann damit, dass es dem Artur langweilig geworden war, als er während der Arztvisite aus Everls Zimmer geschickt wurde. Er hatte sich schon lange nicht mehr untersuchen lassen und da dachte er, wenn ich schon einmal hier in der Landklinik bin, kann ich das ja flugs nachholen.

Das Ende vom Lied war, dass er, als er am nächsten Tag aufstand, zwei Anrufe bekam. Einen von Hadi und einen von der Landklinik.

Kaum hatte er nach Hadis überraschendem Anruf tief Luft geholt und schwebte vor Freude an der Decke, schmetterte ihn das zweite Telefonat in die tiefsten Tiefen. Es hätte ja durchaus sein können, dass bei Arturs Routineuntersuchung alles gut ging – Blutwerte, Gamma GT, Herzecho, EKG, alles in Ordnung. Leber, Lungen, Nieren, Prostata okay. Kein Alkohol im Blut und kein Blut im Urin. Aber so geht die Geschichte nun mal nicht weiter.

Denn der Anruf aus der Klinik hatte einen einzigen Zweck: neuer Termin! Nachuntersuchung! Man habe sich geirrt. Was das bedeutete, konnte sich Artur an den Fingern abzählen. Schonungslos, wie Ärzte nun mal sind, wurde ihm das Nachuntersuchungsergebnis eröffnet.

Man hatte die Streifen des EKGs verwechselt. Er habe eine gravierende Herzmuskelschwäche, eine sogenannte Kardiomyopathie. Im Lauf der Zeit vergrößere sich bei diesem Makel der Muskel, werde dicker und versteife sich. Das Herz könne das Blut nicht mehr ausreichend in den Körper pumpen, was gewöhnlich Herzversagen bedeutete.

»Das kann jederzeit zum Tod führen. Muss nicht, aber kann. Sie können vorher grauenhafte Schmerzen haben, das muss aber nicht sein. Im schlimmsten Fall muss eine Herztransplantation durchgeführt werden. Aber da wird ein Spenderherz gebraucht.«

Sorgenvolles Wiegen des Arztkopfes.

Die feinfühlige Schonungslosigkeit der Ärzte. Artur war, als würde ihm ein Bagger über den Kopf fahren. Er sah nur mehr zwei Möglichkeiten für sein Leben: Steilwand oder Wirtschaft.

Artur entschied sich für Letzteres. Er ging hin und bestellte sich seinen Depressionsdrink, nämlich einen halben Liter Edelvernatsch, unterspült mit drei Sorten heimischem Birnenschnaps, einem Zwetsch und einem gemeinen Obstler. Das Ganze ohne Eis und Wasser, gerührt und geschüttelt.

Am Tisch nebenan saß der Kriminalrat Ottakring. Offenbar hatte er das gleiche Bedürfnis gehabt. Artur kriegte heiße Ohren. Eine Zeit lang saßen die beiden still und friedlich und getrennt voneinander unter all den anderen Gästen beim Schmiedwirt.

An einem langen Tisch hatte sich die Blaskapelle einquartiert, lauter junge Leute in Tracht, zwei Burschen trotz der Kälte in kurzen Hosen. Am runden Stammtisch saßen die alten Herren. Im Moment schwiegen sie und schauten zustimmend in ihr Bier. Wem ihre Zustimmung galt, darüber waren sie sich wohl nicht so recht im Klaren. Hinten in der Ecke links hockte Guggi Schmeißl. Eine berühmte Volksschauspielerin aus München, die jedes Jahr zum Skifahren herkam. Artur erkannte sie sofort. Eine Frau Mitte der sechzig mit imposantem Kopf und üppigem Rotschopf. Auch sie hatte ein Schnapsglas vor sich.

Es war wieder lauter geworden in der Wirtschaft. Doch Artur war entschlossen, sich zu behaupten und weiter etwas gegen seine Depression zu tun statt nach Hause zu gehen und sie zu schüren. Herzmuskelschwäche! Transplantation! Er konnte es nicht glauben. Was stand ihm bevor? Ein Leben ohne Herz? Überhaupt ein Leben, welches und wenn ja, wie lange noch?

Er nahm einen tiefen Schluck. Sein Glas war fast leer. Artur nahm den Kriminalrat aufs Korn und raffte sich zu einem etwas herb klingenden »Auch mal wieder im Land?« durch.

Ihm war durchaus klar, welches Risiko er damit einging. Dieses Treffen war von höchster Brisanz. Er und der Kriminalrat kannten sich, außerdem war Ottakring das am meisten betroffene Überfallopfer beim Dirndl-Gachinger gewesen. Täter und Opfer so dicht beieinander, dichter ging's nicht.

»Wie geht's Ihnen, Herr Kriminalrat?«

Der ältere Herr mit den zugeschwollenen Augen, der aussah wie Leo Kirch, winkte wortlos ab und blickte stumpf in sein Glas.

Schweigen ist schon die halbe Einwilligung, dachte Artur, sonst selbst der große Schweiger, und begab sich weit hinaus auf unsicheres Eis.

»Sie waren doch bei dem Überfall auf den Dirndl-Gachinger dabei?«, fragte er. »Diesmal in ungewohnter Rolle. Als Opfer.«

Ottakrings Kopf fuhr herum. Der Kriminalrat bohrte seine Augen in die des anderen, als wollte er sie durchlöchern. Doch aufgrund von Arturs standhaftem Blick schien er zu begreifen, dass er alles falsch machte, wenn er die harte Tour wählte.

»Hören'S auf damit!«, sagte er leise, dennoch mit warnendem Unterton.

»Hat die Kripo schon eine Spur?«, setzte Artur nach. Er spürte, wie ihm der Alkohol in den Kopf stieg.

Eine ganze Weile ging es noch hin und her. Dann gab sich der Kriminalrat einen Ruck und setzte sich zu Artur an den Nachbartisch, wie es in Oberbayern so üblich ist. Artur lächelte ihn auf seine unbeholfen herzliche Art an. Der Rest des Abends verlief harmonisch, und die beiden leidgeprüften Herren schütteten sich gegenseitig ihr Herz aus, obwohl das überhaupt nicht ihre Art war, weder die von Artur noch die von Ottakring.

Ein Indiz dafür war der Anruf, der am nächsten Morgen bei Rico Stahl im Polizeipräsidium einging.

»Herr Stahl, wissen Sie, dass der Herr Kriminalrat in einer tiefen Krise steckt?«

Artur hatte sich mit vollem Namen gemeldet und wurde gleich zu Rico Stahl durchgestellt. Er wusste, dass er sich in die Höhle des Löwen begab. Doch er hatte die ganze Nacht nicht geschlafen und nur an zwei Dinge denken können. An seinen Herzmuskel und an das Gespräch mit dem Kriminalrat beim Schmiedwirt.

»Herr Ottakring steckt in einer tiefen Weihnachtskrise«, säuselte Artur in Ricos linkes Telefonohr. »Weihnachten ist vorbei, und er kommt nicht dazu, seine gesamte Weihnachtspost zu beantworten und sich für das Meer von Geschenken zu bedanken, das er erhalten hat.«

Ehrlich gesagt, hatte Artur erwartet, dass der Chef der Mordkommission sofort wieder auflegte oder etwas murmelte wie »Wieso rufen Sie mich deswegen an?« oder »Wieso gerade Sie?« oder »Was geht mich das an?«.

Doch Artur hörte Rico Stahl schwer atmen und sagen: »Natürlich. Gut, dass Sie mich deswegen ansprechen. Er kann mit seinem Nachweihnachtsstress nicht richtig umgehen. Deshalb helfen wir ihm. Wir gehören schließlich alle zur großen Familie der Kriminalbeamten, auch unsere verdienten Pensionisten. Polizeiarbeit ist Teamarbeit. Herr Ottakring leidet unter einer schweren posttraumatischen Belastungsstörung, das sei wie im Lehrbuch, sagt der Polizeipsychologe. Lassen Sie sich, verehrter Herr, einmal einen Sprengstoffgürtel um den Bauch binden, von dem Sie nicht wissen, ob er Sie in der nächsten Sekunde in kleinen blutigen Fetzen an die nächste Wand pappt oder nicht.«

Artur wurde das Gespräch langsam peinlich. Er wollte Ottakring helfen, brachte mit diesem Anruf aber Rico Stahl in die prekäre Lage, nicht zu wissen, dass er über den Raubüberfall mit einem der Täter sprach, die er selbst aufwendig suchte. Das hatte er nicht beabsichtigt.

Eigentlich hatte er die Weihnachtskrise nur als Einleitung benutzt, um im Gespräch das Thema mit Ottakrings Ehe anzuschneiden. Ottakring hatte es beim Schmiedwirt nur in ein paar Nebensätzen anklingen lassen. Doch bei Artur war genügend Feingefühl vorhanden, um die Schwingungen zu empfangen. Ottakring und seine Lola – das war der eigentliche Grund für Arturs Anruf gewesen.

Er ließ die Absicht fallen. Ottakring hatte ihm nicht gesagt, dass er in Behandlung eines Polizeipsychologen sei, sonst hätte er wahrscheinlich gar nicht erst angerufen. Nun aber war alles gut. Rico Stahl wusste Bescheid, Ottakring war in besten Händen, und Artur konnte sich wieder seinen eigenen Problemen zuwenden.

Davon gab es reichlich. Seine Krankheit war nur ein Problem, wenn auch das wichtigste.

Für Hadi war es der Super-GAU. Artur hatte eine lebensgefährliche Herzerkrankung! Also konnte es passieren, dass er für das nächste Vorhaben ausfiel. Sollte er es allein mit Werner versuchen? Es konnte gut gehen, aber es war gegen die Abmachungen. Artur war der Nutznießer des Projekts, also hatte er auch dabei zu sein.

Artur hatte Angst vor der bitter notwendigen Operation. Hadi versuchte, ihm diese Angst zu nehmen. Er brauchte den Mann. Die inhorgenta in München fand von Freitag, dem 25., bis Montag, dem 28. Februar statt.

Werner und er konnten die Recherchen und die Vorbereitungen für den Überfall übernehmen. Aber das Schmierestehen wie beim ersten Mal und ein bisschen Einweisung und Training musste Artur schon selbst übernehmen.

Das hieß: so schnell wie möglich unters Messer mit dem Kerl!

Am übernächsten Tag war es so weit. Der Chirurg war nicht nur ein erfahrener Herzchirurg, sondern auch ein höflicher Mann. Er klopfte seinem Patienten auf den Bauch, bevor er hereinkam.

Dann operierte er Arturs Maschine, ohne den Motor anzuhalten. Und wieder einmal wunderte er sich, wie viel man aus einem Menschen herausschneiden konnte, ohne ihn umzubringen.

»Sakramentisch!«, murmelte Artur etwas undeutlich, als er aus der Narkose erwacht war.

Die Faschingszeit war angebrochen. Sie begann in Rosenheim beim Rosenball mit dem Schaulaufen der Großkopferten und mit dem TUS-Faschingsball in jedem Dorf. Dann waren die Betroffenen am nächsten Morgen müde, am Abend wieder tatendurstig und, wenn's endlich vorbei war, nach dem Aschermittwoch arbeitsunfähig.

Wäre Ottakring so versessen auf Fasching gewesen wie auf Weihnachten, wäre er aus dem Stress überhaupt nicht mehr herausgekommen. Sein Klagelied beim Schmiedwirt, das er dem Artur vorgesungen hatte, betraf nur Danksagungen. Danksagungen auf Glückwünsche, Grüße, Wünsche und Geschenke, die ihn und Lola zu Weihnachten erreicht hatten. Immer noch kamen Melodiekarten, E-Mails mit geheimnisvollem Anhang, süße Plüschhündchen und englischsprachige Paperback-Gifts wie »Indian Torture Slaying« vom Optimist-Verlag oder »Gedanken zum Fest der Beschneidung Christi« vom Tränen-Verlag zum Vorschein, auf die er noch reagieren musste. Allein damit hätte er schon genug zu tun gehabt.

Doch der Polizeipsychologe kehrte sein Innerstes nach außen. Joe Ottakring hatte gar nicht gewusst, wie sehr er selbst jetzt im reifen Alter von Mutter und Vater abhängig war und wie viel Respekt er ihnen noch schuldete, obwohl sie beide längst tot waren. Was aber das Bedeutendste und Erstaunlichste war: Bisher hatte er sich immer für einen relativ unproblematischen, geradeaus und einfach denkenden Menschen gehalten. Doch dieser Mann verlieh ihm zum ersten Mal in seinem Leben das erhabene Gefühl, ein kompliziertes Wesen zu sein.

»Wenn Sie diesen Sprengstoffgürtel nicht hätten tragen müssen, wäre dann Ihr Leben anders verlaufen?«

»Hatten Sie schon jemals das Gefühl, ein Versager zu sein?«

»Wachen Sie öfters nachts schweißgebadet auf, weil Sie von Ratten träumen, die Sie anknabbern?«

»Können Sie Ihre Frau umarmen, ohne gleich an Sex zu denken?«

Für Ottakring war schon nach der zweiten oder dritten Sitzung klar: Dieser Mann betreibt eine Wissenschaft, die seinen Patienten Dinge lehrt, die er längst weiß, in einer Sprache, die keiner versteht.

Mehr Sorgen bereitete ihm Lola.

Seit den Ereignissen auf Malta waren sie beide wie verändert. Ihre unendliche Vertrautheit hatte sich in distanzierte Höflichkeit verwandelt, das vorher Unausgesprochene musste ausgesprochen oder verschwiegen werden. Manchmal bewegten sie sich wie Fremde nebeneinanderher.

Selbstverständlich hatte Ottakring in Erfahrung gebracht, wer der Mann war, mit dem sie sich in dem maltesischen Restaurant getroffen hatte. Dieser Dierk Weimar war Redakteur beim Bayerischen Rundfunk und hatte tatsächlich wegen einer Dokumentation in Valetta zu tun gehabt. Doch nie würde Ottakring die Blicke vergessen, welche die beiden geteilt hatten. Dieses Händchenhalten bei einem sogenannten Geschäftsessen war nichts anderes als ein Ruhekissen der Leidenschaft.

Seine Lola! War es ihr mit ihm zu langweilig geworden? Hatte er sich zu wenig um sie gekümmert? Wollte sie ihm etwas beweisen?

Lola hatte den Hang, übers Ziel hinauszuschießen, das wusste er aus über zehn Jahren Erfahrung. Selbst nach all diesen Jahren war er sich noch immer nicht klar darüber, ob das ein Laster oder eine Tugend war. Feststand, dass es zu ihren unveränderlichen Charakterzügen gehörte. Als er sie damals zur Rede stellte, hatte sie diesen wild entschlossenen Blick bekommen, der für sie in solchen Situationen typisch war. Seine Stimme allerdings hatte scharf und gehetzt geklungen, was wiederum typisch für ihn war. Er konnte sich nicht verstellen und trieb allein mit seinem Ton oft Leute zur Weißglut.

Über sein Verhältnis zu Lola hätte er gern mit dem polizeilich gestellten Psychologen geredet. Doch seine privaten Probleme wollte er da heraushalten. So sprachen die beiden zweimal in der Woche weiterhin über die Angst des Kriminalrats vor der Sprengung.

NEUN

Was die Messe Hannover für die Technologie, ist die inhorgenta für die europäischen Juweliere. Einmal abgesehen von russischen oder ukrainischen Schrankkoffern, dürfte diese Fachmesse die wertvollste Anhäufung von Schmuck, Uhren, Gold, Silber, Platin, Perlen und Edelsteinen auf engem europäischen Raum sein.

Und das vor unserer Haustür in München, sagte sich Hadi kopfschüttelnd zum x-ten Mal. Er war noch nie auf der Messe gewesen. Er hatte nicht einmal ihren Namen gekannt. Inhorwas? Wie und warum auch? Das war wirklich kein Platz für einen unterschätzten und unterbezahlten Kriminalschriftsteller. Er hätte sich verloren gefühlt.

Nun aber, mit leichter Verzögerung und wuchernden Plänen im Hirn, fühlte sich die inhorgenta auf einmal ganz anders an. Ungefähr so, als würde er an einer Höllenmaschine herumspielen oder mit drei Stangen Dynamit in der Tasche einen zerklüfteten Berg besteigen. Wobei Hadi Wert darauf legte, festzustellen, dass es ihm nicht um den Nervenkitzel ging.

Erstens wegen Artur.

Zweitens handelte es sich um eine praktizierte, mordlose Krimihandlung.

Wie beginnt man einen Plan zu schmieden, wenn man die Münchner Schmuckmesse als Plattform für einen Überfall hernehmen möchte?

Er stellte sich wahrhaftig vor, das Messegelände wäre von zwanzig Meter hohen Palisadenmauern und Wassergräben umgeben, von Beobachtungstürmen bewacht und von Flugabwehrstellungen gegen Angriffe aus der Luft geschützt. Kompanien schwer bewaffneter Sicherheitskräfte würden vierundzwanzig Stunden am Tag patrouillieren. Doch ein Blick ins Internet genügte. Es handelte sich um nichts anderes als um eine Messe wie für Heim und Garten, fürs Semmelbacken oder einen Mopsschönheitswettbewerb. Kauf dir eine Fachbesucherkarte und du kommst rein.

Er sah sich die Produkte und die einzelnen Aussteller im Internet an. Messestände von Edelsteinschleifereien, Schmuckdesignern, von Perlen-, Uhren- und Juwelenhändlern waren abgebildet. Sie lagen mitten unter und zwischen anderen Ständen in Halle C1, Gang F, Stand 730 oder Halle Q 21, Gang X, Stand 2478.

»Kannst du vergessen«, sagte Werner freundlich. »Du kriegst, selbst wenn du es schaffst, dir ein paar Handvoll Steine zu greifen, die Ware nur bis zur nächsten Biegung, dort wo es zu den Toiletten geht. Kannst du vergessen.«

Wie sonst?

»Lass mich nachdenken«, sagte Hadi. »Und denk du auch nach. Dann treffen wir uns wieder.«

Es war die Woche des Eingriffs. Artur erwies sich als Wunderwerk der Natur. Am Abend nach der Operation stieg er aus dem Bett. Am zweiten Tag besuchte er das goldige Everl. Sie lag in der Kinderchirurgie im gleichen Stockwerk des überübernächsten Hauses, das mit dem Haupthaus über vier Nebenhäuser verbunden war. Er musste zwei Kilometer zurücklegen, bis er sie auf die Stirn küssen konnte. Am dritten Tag holte er sich eine Zeitschrift vom Kiosk zwei Etagen tiefer. Am sechsten Tag wurde er entlassen.

»Wieso bist du nicht zu Haus?«, fragte er Hadi am Mobiltelefon. »Du willst doch planen?«

»Eben«, sagte Hadi. »Deshalb bin ich nicht zu Haus.« Dann erklärte er Artur in aller Ruhe die Situation.

»Ich freu mich sehr«, sagte er abschließend, »dass es dir so gut geht, alter Freund.«

»Sakramentisch!«, jubelte Artur. »Ich bin dabei.«

Wenn Hadi etwas aussprach, hatte das gewöhnlich Hand und Fuß, und man glaubte ihm. Wenn einer wie er verkündete, er verbringe ein paar Tage auf der Latschenbodenalm im Tirolerischen in zweitausend Metern Höhe, um nachzudenken, gab es niemanden im Gäu, der das anzweifelte. Wobei die Frage offenstand, wie man im Winter überhaupt zu so etwas Entlegenem wie der Latschenbodenalm hoch droben im Wilden Kaiser kommen konnte. Dort, wo's keinen Lift, keine Zahnradbahn und keine geführten Skitouren gab. Die perfekte Unerreichbarkeit.

Doch statt wie überall verkündet zur Latschenbodenalm zu reisen, checkte er im Garstigen Bären ein. Der Garstige Bär war ein Tiroler Viersternehotel mit Whirlpool, Bar und kostenlosem WLAN. Als Vorbereitung für den nächsten Coup ist's gar nicht schlecht, dachte er sich, wenn man schon vorher seine Spuren verwischt. Deshalb unterschrieb er den Gästezettel auch nicht als Hadi, sondern er nannte sich Chris Brandenburg und machte sich sechs Jahre jünger.

Was er Artur und Werner natürlich verschwieg.

Sein Zimmer lag im ersten Stock, am Ende eines langen, breiten Korridors. Er holte die Chipkarte aus der Tasche, öffnete die Zimmertür und knipste das Licht an. Er stellte fest, dass man ihm eines der besten Zimmer des Hotels gegeben hatte, mit dem Fenster nach Süden zum Bergmassiv auf der jenseitigen Talseite. Der Hotelhang fiel sanft zu einem Wäldchen ab, das in eisige Watte gewickelt war, und das Hotel selbst lag so hoch auf dem Hang, dass der gezackte Horizont über den höchsten Zweigen der Bäume lag. Es war gerade noch hell genug, um die Horizontlinie zu erkennen. Hadi hatte das Fenster geöffnet, um die kalte Luft zu atmen, und die langen, blau karierten Vorhänge flatterten in der abendlichen Brise wie schlecht gesetzte Segel.

Er machte die Tür zu, ging zum Fenster und schloss es wieder. Das große, mit viel Holz behaglich ausgestatte Zimmer erinnerte eher an die Atmosphäre eines Schlafzimmers in einem gepflegten Landhaus als an ein anonymes Hotelzimmer. Vor einem Kamin standen zwei gemütliche Sessel, auf einem Beistelltisch ein Fernseher, daneben eine Minibar. Auf dem Kaminsims leuchtete ihm ein Strauß Blumen entgegen, auf einem der beiden Nachttische neben dem Kingsize-Bett lockte eine Kristallschale mit Südfrüchten.

Er schaltete das elektrische Feuer im Kamin ein. Die Holzscheit-Attrappen begannen sofort zu glühen.

Dann packte er den Laptop und den Drucker aus, öffnete einen Reißverschluss am Koffer und griff sich den inhorgenta-Katalog, eine Straßenkarte, einen linierten Block und einen Stift. Er warf alles aufs Bett und setzte sich mit dem Rücken zur Wand daneben. Es war die Stellung, die er gern einnahm, wenn er einen neuen Roman entwarf. Nur würde es diesmal kein fiktives Verbrechen sein, sondern eines aus Fleisch und Blut.

Hadi, äh, Chris Brandenburg leckte sich die Lippen. Auf geht's, sagte er leise und setzte den Stift an.

Wenn Rico Stahl den ersten Überfall erfolgreich bearbeitete, würde es keinen nächsten geben. Rico hatte sich eingebildet, die Tatsache, dass die Räuber zwei Garnituren Maskerade verwendet haben mussten, würde ihnen, der Kripo, weiterhelfen. Doch er irrte.

Jeden Quadratzentimeter in Oberbayern, Niederbayern und in den angrenzenden österreichischen Bundesländern Tirol, Salzburg und Oberösterreich hatten sie abgesucht beziehungsweise um Amtshilfe gebeten, um eine Spur von den Weihnachtsmannanzügen zu finden, die während der Tat getragen worden waren. Denn im Inneren dieser Maskerade musste es nur so wimmeln von kleinen grünen DNA-Tierchen. Selbstverständlich zog Rico auch in Betracht, dass die Anzüge und die anderen Teile versenkt, gesprengt, vergraben oder einfach nur versteckt oder verbrannt worden waren. Aber weiter half es ihm nicht. Er hätte aus Asche ebenso wenig die Wahrheit zu lesen vermocht wie aus Kaffeesatz.

Es gab keine Fingerabdrücke. Es gab keinerlei tatrelevante DNA-Spuren. Es gab kein Video, denn der Dirndl-Gachinger wurde nicht überwacht. Kein Zeuge hatte etwas anderes gesehen als fröhliche Weihnachtsmänner, auch der UPS-Fahrer nicht. Und was half ihnen schon die Aussage, der eine der beiden Räuber hätte einen Pickel an der Backe gehabt? Auf dem Fußboden im Laden hatten sich ein paar Krümel Dreck eingefunden, doch die konnten von jedem stammen. Und selbst wenn sie dem Gachinger Wast und seiner Gretel Glauben geschenkt hätten, die beide felsenfest davon überzeugt waren, dass die Handgranate echt gewesen war – was hätte es geholfen? Die Täter hätte das auch nicht hergezaubert.

Rico Stahl begann bereits, an Hexerei, Wahrsagerei und Voodoo zu glauben. Es war zum Verzweifeln. Jeden Agenten, Terroristen, Vergewaltiger, jeden Mörder und jeden Serienkiller, auf den er angesetzt gewesen war, hatte er zur Strecke gebracht. Er hatte sich einen fabelhaften Ruf als Mordermittler und Profiler erworben. Er war über Türme geflogen, hatte Meere durchtaucht und konnte Wasser in Wein verwandeln.

Doch er war nicht in der Lage, drei weißbärtige Weihnachtsmänner einzufangen.

Die Soko Dirndlüberfall stand so nackt und jungfräulich da wie ein Baby von sechs Monaten.

Alles hatte Hadi durchgespielt. Jede mögliche Variante eines Überfalls im Zentrum der inhorgenta. Karten, Skizzen und Notizen lagen überall auf dem Boden und auf dem Bett seines Zimmers im Hotel herum. Bücher, Magazine und alte Zeitungen, die er gesammelt hatte, stapelten sich auf dem Kaminsims und auf dem Beistelltisch. Den Fernseher hatte er auf den Boden verlagert. Zwischendurch sammelte er brav alles wieder ein, bevor die Zimmermädchen das Zimmer sauber machten. Niemand durfte Verdacht schöpfen. Nichts durfte darauf hindeuten, dass der nette ältere Herr in stiller Abgeschiedenheit ein Verbrechen plante.

Je mehr Hadi zu den Details vordrang, desto entsetzter war er. Panikanfälle peinigten ihn. Sein Herz schlug so schnell, als wollte es zerspringen. Die Informationen, die ihn in dieser Nacht und an diesem Vormittag ansprangen wie Raubtiere, führten zu einer Orgie der Verzweiflung und der Selbstaufgabe. So großartig hatte er es sich vorgestellt. Ein Raub mitten in der Höhle des Löwen. Doch nachdem er das gesamte Material über Tage und Nächte gedreht und gewendet hatte, kam er zu dem Schluss, dass ein Raubüberfall im Inneren der Schmuckmesse aussichtslos war. Sie hätten keine Chance, ein Scheitern wäre vorprogrammiert. Das reinste Harakiri.

Der Bergwind war heftiger geworden. Wenn Hadi spazieren

ging, um neue Gedanken zu fassen, strich der Wind messerscharf über sein Gesicht und durch seine Haare. An diesem Morgen marschierte er ein geräumtes, schmales Sträßchen bergaufwärts, auf dem der Schnee nur eine Handbreit hoch lag. Er kam an einen zugefrorenen kleinen Teich, über dessen Eis ein Stockentenpärchen eng aneinandergedrängt mühsam watschelte. Als er den Skilift ein Stück weit entfernt hörte, dämmerte ihm langsam die rettende Idee. Vor Anstrengung musste er keuchen, doch es tat ihm gut, und die scharfe, kalte Luft tat ihr Übriges. Das Dämmern im Gehirn wurde zu Licht, in seinem Kopf begann es zu kochen, und als er wieder auf dem Heimweg war, wusste er genau, was zu tun war.

Das Glockengebimmel in seinem Rücken hörte er zu spät. Besser gesagt, als er es hörte und sich erschreckt umdrehte, war der Schlitten schon von hinten in ihn hineingerast.

»Huiiiii!«, rief die junge Frau und nahm ihn mit.

Sie umklammerte seinen Oberkörper, er umklammerte den Rahmen des Holzsitzes, und zwanzig Meter weiter wälzten sich beide vereint im tiefen Schnee und wurden nur vom dürren Geäst eines Baums von einem Abgrund ferngehalten.

»Spinnen Sie?«, zischte Hadi hinter einem Schneeball hervor, der sich in seinem Mund gesammelt hatte.

»Wieso? Ich find's schön«, rief die Frau. »Huiiiiii!«

Mit dicken Fäustlingen strich sie ihm den Schnee aus dem Gesicht und klopfte ihm die Eiszapfen aus dem Haar.

Hadi betastete seinen Körper. Er schien in Ordnung. Bis er merkte, dass er ihren Körper betastet hatte, nicht seinen.

»Kleiner Lastenausgleich, wie?«, sagte sie und lachte sprudelnd, wobei sie zwei Reihen blitzblanker Zähne freilegte. »Kommen Sie, wir müssen hier weg. Sonst folgen wir dem Schlitten.«

Sie deutete nach unten. Hadi registrierte eine kurze Spur und aufgewirbelten Schnee. Der Schlitten war weg. Er war in den Abgrund gerauscht.

Hadi hinkte, als er sich endlich mit ihrer Hilfe aufgerappelt hatte. Sein rechtes Knie funktionierte nur schleppend.

»Macht nix«, rief sie fröhlich. »Kommen Sie. Gehen wir eben

zu Fuß.« Sie sah ihn an. Wieder dieses übermütig-scheppernde Lachen. »Oder soll ich Sie tragen? Wiegen Sie mehr als sechsunddreißig Kilo? So viel wiegt mein Hund, und den schaff ich spielend.«

Nach dem Schreck war der Zorn gekommen, auch darüber, wie leicht die Frau die Sache nahm. Keine Entschuldigung, kein gar nichts. Doch er konnte ihr nicht böse sein. Im Gegenteil.

Er sah sie aus schmalen Schlitzen an. Das Erste, was ihm auffiel, waren ihre Augen. Sie waren von einem so durchscheinenden Grünblau, dass er an von einem Gebirgsbach glatt geschliffenes Glas denken musste. Ihre Iris war ein goldener Ring. Das Gesicht war von einer bunten Strickmütze halb eingehüllt. Er war überrascht, wie außergewöhnlich symmetrisch es war.

Eine Zeit lang versuchte er, sich allein auf den Beinen zu halten. Doch er kam nicht weit. Als sie vor ihm herging, tat sie das mit dem lässigen Gang, der typisch ist für Menschen, die keiner regelmäßigen Beschäftigung nachgehen. Ihre Hüften wiegten sich träge unter einem grellweißen Anorak, der hinten ein schwarzes, undefinierbares Muster hatte.

Er musste sich setzen. Ihm war schwindlig geworden. Er sah eine Schneeflocke vor sich niederschweben, dann eine zweite, eine dritte, dann wieder viele. Hadi blieb ruhig sitzen, er spürte die nassen Flocken auf Gesicht und Händen. Es schneite lautlos, das Gestöber der dicken Flocken füllte den Raum zwischen den Baumstämmen und über dem Weg, auf dem er saß. Die weibliche Figur vor ihm entfernte sich und löste sich in einem schwachen Grau auf.

»Hey, wo bleibst du?«

Er hatte Mühe, ihr Rufen zu verstehen. Das Du schien ihm selbstverständlich. Mit beiden Händen stützte er sich ab, um hochzukommen. Da stand sie neben ihm und zog ihn in die Senkrechte.

»Wie weit muss ich dich schleppen?«, fragte sie.

Erst jetzt bemerkte er ihre gepflegt rauchige Altstimme.

Sie legte ihm einen Arm um die Hüfte und stützte ihn mit dem anderen.

Er wehrte sich nicht. »Was war doch noch gleich mit dem Schlitten?«, fragte er, nur um etwas zu sagen.

»Huiiiiii«, juchzte sie. Für zwei Sekunden ließ sie ihn los und warf, umwirbelt von Schneeflocken, die Arme in die Luft.

Eine perfekte Romanfigur, dachte Hadi. Mindestens. Er nahm sich vor, sie zu skizzieren, sobald er im Hotel war.

Für die kurze Strecke benötigten sie mehr als eine halbe Stunde. Er genoss die Zeit und ihre Wärme. Sie lieferte ihn in der Halle des Garstigen Bär ab.

»Ciao«, rief sie ihm zu, »ich heiß Pauline. Auf französisch ›Polín‹, mit Betonung auf der zweiten Silbe. Und wie heißt du?«

Sie wartete drei Sekunden.

Er blieb die Antwort schuldig.

Sie küsste ihn mit kalten Lippen und warmer Zunge auf die Nasenspitze.

Er war so verdutzt, dass er einen Schwächeanfall bekam. Als er sich auf eine Fensterbank setzte und danach wieder hochsah, war sie verschwunden.

Er nahm erst einmal ein Weißbier an der Hotelbar und sah sich laufend um, vergeblich. Dann ging er auf sein Zimmer und schloss sich ein.

Für den Augenblick wusste er nicht recht, was ihn mehr beschäftigte. Polín oder sein Projekt.

Er drückte auf Teresas Kurzwahl, informierte sie in kurzen Worten und meldete sich für zwei, drei weitere Tage bei seiner Haushaltshilfe ab.

»Si, señor«, rief ihm die Andalusierin fröhlich zu. »Bleibe Sie sauber!«

ZEHN

Ein wenig ähnelte Rico Stahl dem Politiker zu Guttenberg oder auch dem jungen John F. Kennedy. Einerseits war er eitel (wenn ein Mann ein Wochenendseminar mit dem Titel www.Gel-für-das-Haar.de belegt, wird er wohl als eitel gelten dürfen, oder?). Andererseits füllte er einen Raum, sobald er durch die Tür trat. Charisma und Empathie lassen sich nicht durch zehn Seminare erlernen. Dabei konnte er durchaus arrogant wirken. Und – was die wenigsten bei seinem Auftreten vermutet hätten – er besaß auch eine soziale Ader. Er war in einer Jesuitenschule erzogen worden. Die christliche Einstellung mit ihrem Gebot zur Nächstenliebe war haften geblieben.

Rico Stahl war keiner, der jeden Tag sein Tischgebet sprach oder jeden Sonntag die Kirche bevölkerte. Doch er war einer, der, wenn er das Gefühl hatte, dass geholfen werden musste und er helfen konnte, half.

Nun haben Sie sich, liebe Leserinnen und Leser, trotz meiner Warnungen schon so weit durch dieses traurige, depressive Buch geschleppt. Endlich haben Sie einen Haken, an dem sie sich festhalten können. Eigentlich – ich betone es noch einmal – sollten Sie dieses Buch zuklappen und die sehr unglückliche Geschichte, die noch folgen wird, einfach vergessen. Doch für den Fall des Falles: Hier ist jemand, der Sie hie und da ein bisschen positiv stimmen könnte, obwohl es als Chef einer Mordkommission nun wahrlich nicht seine Aufgabe sein kann. Wenn Sie also wirklich meinem Rat nicht folgen wollen, empfehle ich Ihnen, sich an Rico Stahl zu halten, den Herrn mit dem stählernen Blick und dem Hang zum Gutmenschen.

Wie gesagt, Rico wollte helfen, wenn er das Gefühl hatte, es müsse sein. Gegenüber seinem Vorgänger, dem Kriminalrat Joe Ottakring, war dieses Gefühl so stark wie bei einem hungrigen Hund, der sich einem Wurstnest nähert.

An Ottakrings Gesicht musste man sich erst gewöhnen. Doch mehr und mehr erschien es Rico angenehm und freundlich. Wie jeden Pensionisten hielt er ihn für einen sorgenfreien Menschen, die Dinge schienen ihm zu glücken. Er hatte eine attraktive Frau, die ihn liebte, er trieb Sport, hatte sein tägliches Weißbier, er war kein Spießer. Doch in letzter Zeit hatte er sich verändert. Nicht erst seit dem gut gemeinten telefonischen Hinweis neulich fiel ihm das auf. Auch nicht erst seit dem Tag, als er als Kurzzeitgeisel in den Dirndlüberfall geraten war und seither vom Polizeipsychologen behandelt wurde. Nein, vorher schon war ihm etwas Trauriges, Finsteres und viel zu Verbrauchtes ins Auge gefallen. Das sah man an Männern in Ottakrings Alter in Oberbayern zwar öfter, doch an ihm schien es ihm besonders ausgeprägt.

Er wollte der Sache nachgehen.

Naheliegend wäre gewesen, sich an den Psychologen zu wenden. Doch der hatte sich ausschließlich auf die posttraumatische Belastungsstörung konzentriert. Dass der große Ottakring an so etwas litt, nur wegen dem bisserl Sprenggürtel um den Bauch, daran glaubte Rico eh nicht. Ottakring hatte in langen, langen Berufsjahren wahnsinnig viel erlebt und mitmachen müssen. Wenn dem ein Gorilla ein Bein abbiss oder er nach Wochen aus einer hundert Meter tiefen Gletscherspalte gerettet würde, säße der am nächsten Tag schon wieder im Kino und schaute sich einen Gruselfilm an.

Also musste der Grund für sein Anderssein etwas anderes sein.

Der Weihnachtsfimmel, sein Spleen, von dem er gerade gehört hatte? Wohl kaum. Niemand ist traurig oder gar depressiv, wenn in den Kaufhäusern nicht mehr »O du fröhliche« geplärrt wird und ein neues Jahr beginnt.

Vorsichtshalber lud er Ottakring noch einmal als Zeuge vor und machte sich ein Bild von ihm. Bedrückt, wortkarg, humorlos. Eine seltsam hohe metallische Stimme ohne Modulation. Alles in allem ein Erscheinungsbild wie bei einem Politiker nach seiner Abwahl. Ein ganz anderer Ottakring als der, dem er damals zum ersten Mal begegnet war. Die Ursache für diesen neuen Ottakring konnte nur im sehr privaten Bereich liegen.

Ottakring war verheiratet. Seine Frau war Lola Herrenhaus, Programmchefin des Bayerischen Fernsehens. Die Ehe galt als glücklich.

Rico Stahl ließ seine Beziehungen spielen und fand einiges heraus.

Lola Herrenhaus war spür- und erkennbar jünger als ihr Mann. Eine kühl-elegante, attraktive Frau mit Selbstbewusstsein und melodischer Stimme. Rein äußerlich passten die beiden nicht zusammen. Ricos Quelle berichtete von dem Malta-Urlaub. Seither schien Lola sich verändert zu haben. Ottakrings Veränderung schien ihrer zu folgen. Sie hatten getrennt gewohnt. Ottakring war aus-, dann wieder eingezogen. Weihnachten hatte er ihr Geschenke gekauft.

Der Mann, mit dem sie in München öfter gesehen wurde, hieß Dierk Weimar. Er stammte aus Mecklenburg, war Redakteur beim Bayerischen Fernsehen, sozusagen ein Kollege von Lola Ottakring.

Im Sender war es ein offenes Geheimnis, dass die beiden etwas miteinander hatten, obwohl sie sich alle Mühe gaben, es zu vertuschen.

Doch an diesem Punkt fiel bei Rico Stahl, als ihn die Meldung erreichte, sofort eine Klappe. Er wurde skeptisch. Zu oft hatte er schon erlebt, dass die Firma sich irrte, dass die Kollegen einfach geil auf Sensationen waren.

Er ließ den nächsten Kontakt zwischen Weimar und Herrenhaus abhören und aufzeichnen. Dienstag in der Früh um zehn Uhr zweiundzwanzig. Er selbst hörte über den Lautsprecher des Handys mit.

Weimar: »Grüß dich, Lola.«

Herrenhaus: »Servus, Dierk, mein Paladin.«

Weimar (lacht): »Nu mach's halblang. Hast du den Abend gut verdaut?«

Herrenhaus: »Wunderbar! Auch die Dekoration war ausnehmend gut. Wo bist du gerade?«

Weimar: »... (geht in Autolärm unter)«

Herrenhaus: »Wie bitte? Ich kann dich nicht verstehen.«

Weimar: »Blöde Baustelle. Beinahe wär mir … egal. Sag mir bitte: Ist mein Golgatha-Projekt schon durch? Oder scheitert's auch diesmal wieder an den Kosten? Weißt du da schon mehr?«

Herrenhaus (kurze Pause): »Ich hab mich beim Intendanten weiß Gott wie dafür eingesetzt, das kannst du mir glauben. Aber wie die nachher entscheiden, das liegt einzig in Gottes Hand. (kichert) Nicht in meiner.«

Weimar: »Hmmm. Nicht in deiner kleinen zarten Hand. (räuspert sich) Ja, also … Ich finde, das Cello ist ein reizendes Lokal. So richtig wie für uns geschaffen. Wir sollten dort wieder einmal einchecken. Wann ginge es denn bei dir?«

Und so ging es weiter. Was steckte dahinter? Es war kein Liebesgesäusel. Es konnte das unentschlossene Hin und Her zweier Menschen sein, die beruflich miteinander verbandelt waren. Aber sie trafen sich. Dierk Weimar war verheiratet, Lola Herrenhaus war verheiratet. Beide hatten vielleicht Gefallen aneinander gefunden – mehr war nicht herauszuhören.

Rico Stahl verordnete sich Ruhe. Der Grund für Joe Ottakrings depressives Verhalten musste woanders liegen.

Ottakring graute ein bisschen vor dem Kreuzverhör, dem Lola ihn unterziehen würde. Bevor er ins Haus ging, setzte er sich trotz der Schneedecke auf der Bank im Garten hin. Er atmete schwer. Auf dem Dach gegenüber sah er vier oder fünf Krähen hocken, schwarz wie ein Scherenschnitt gegen den dunkler werdenden Himmel.

Das Sprichwort fiel ihm ein, das ihm einmal jemand im Präsidium gesagt hatte. Chili Toledo, glaubte er sich zu erinnern, war es gewesen. »Eine Frau«, hatte sie zitiert, »ist so etwas wie ein Koffer ohne Handgriff. Man weiß nicht recht, wie man sie halten soll. Außerdem muss man ständig befürchten, dass sie einem entgleitet.« War es ein italienisches Sprichwort gewesen? Ein portugiesisches? Ein kirgisisches? Er lächelte gequält. Ja, Chili hatte Humor, die Kleine. Trotzdem: Damals hatte er es originell gefunden. Jetzt war es nur schal.

Er erhob sich und ging zur Haustür.

Lola drückte ihm einen zerstreuten Kuss auf den Mundwinkel.

»Wo warst du?«

»Im Präsidium. Rico Stahl wollte mich sprechen. Warum fragst du?«

»Heute ist Sonntag«, sagte sie nur. Sie wandte sich ab und ließ ihn stehen.

»Was hast du?«, rief er ihr hinterher. »Warum fragst du mich das überhaupt?«

Mehr und mehr befürchtete er, etwas Falsches zu sagen. Er kam sich vor, als hätte er die Haut gewechselt. Er hatte Angst, sie zu verlieren. Denn etwas stimmte nicht mit seiner Frau. Etwas stimmte sakramentisch nicht! Absolut!

Mit funkelnden Augen kam sie zurück.

»Warum ich das frage? Heute ist Sonntag, und du treibst dich bei deiner geliebten Polizei herum. Bestimmt hast du mit irgendwelchen Sekretärinnen geflirtet, oder Assistentinnen, wie sie heute heißen. Du, der Pensionär, der in Pantoffeln hier zu Hause hinterm Ofen sitzen sollte. Wenn ich mit dir rede, tust du so, als würdest du zuhören, und grunzt dann nur irgendwas Unverständliches vor dich hin! So wie jetzt auch wieder!«

Ottakring traute seinen Ohren nicht. War das seine Lola, die so mit ihm sprach? Die liebenswerte Frau, die er geheiratet hatte, weil er sie liebte?

Vor Tagen hatte sie erklärt, es störe sie, dass er sich so lange im Bad rumtreibe und immer die Zeitung mitnähme. Anfangs hatte er gelacht und gemeint, sie sei kindisch. Doch als sie den Vorwurf am nächsten und am übernächsten Tag wiederholte, nahm er sie ernst und ließ die Zeitung weg.

Ihre Vorwürfe – »Der Müll steht noch immer vor der Tür! Du wechselst deine Unterhosen nur dreimal wöchentlich! Wann lässt du dir endlich die Haare schneiden?« – rissen nicht ab.

Ottakring verteidigte sich kaum noch. Ihm fiel ein französischer Film ein, den er einmal auf ARTE gesehen hatte. Es ging um ein junges Paar, das so lange glücklich war, bis die Frau von einem Nachbarn eine exotische, gummibaumähnliche Pflanze geschenkt bekam, die angeblich sehr sensibel war und Stimmungsschwingungen spürte. Bei positiven Schwingungen wuchsen ihre Blätter unglaublich schnell und stark, bei negativen fielen sie zusammen. Schnell merkte der Mann, dass der Ficus tatsächlich so reagierte. Jedoch nur auf Stimmungsschwingungen ihr, der Pflanze selbst, gegenüber. Fühlte sie sich vernachlässigt, bestrafte sie die Frau mit gelben, hängenden Blättern. Sie schenkte ihr immer wieder neue, strahlende Blätter, sobald sie regelmäßig gegossen wurde, die Frau mit ihr redete und sich in ihrer Nähe aufhielt.

Schließlich schlief die Frau mit ihrem Gummibaum im selben Zimmer, um seine Gunst zu gewinnen und zu behalten. Mit der gleichen Intensität vernachlässigte sie ihren Mann. Das Ende war, dass die Frau unter der Pflanze, die inzwischen den gesamten Raum überwuchert hatte, starb, der Mann die Pflanze verbrannte, das Haus aufgab und wegzog.

Besessenheit, das war das Thema gewesen. Die Frau war von dem Ficus besessen wie von einem bösen Dämon. Freilich, eine Parabel. Doch ebenso besessen kam ihm Lola vor. Besessen und höchst ungerecht und aggressiv. Wie die Frau im Film ihrem Mann gegenüber von dem Zeitpunkt an, als sie der Pflanze hörig geworden war.

Wem zum Teufel war Lola hörig geworden?

ELF

Hadi Yohls Telefonat mit Werner Stuffer war kurz und ergiebig gewesen. Er hatte eine Idee, weigerte sich aber, nähere Fragen zu beantworten.

»Du musst es dir selbst ansehen«, hatte er gesagt. »Schwing dich in dein Auto und komm her.«

»Geht nicht«, sagte Werner.

»Warum nicht? Geht nicht, gibt's nicht.«

»Du hast es selbst angeordnet. Kein Treffen untereinander. Du bist der Boss.«

Oh, oh! Eins zu null für Werner.

»Okay. Besondere Gelegenheiten erfordern – na ja, du weißt schon. Also was ist?«

Das Wetter hatte am Abend zuvor gewechselt. Schnee war vorhergesagt gewesen, doch es kam völlig anders. Graue, windgepeitschte Regenschauer, Sturzbäche, die sich vom Überhang des Ziegeldachs auf dem Hotel Garstiger Bär nach unten ergossen und mit lautem Gurgeln den Rinnstein der schmalen Anfahrtsstraße hinabfluteten.

Hadi fühlte sich für das Wetter persönlich verantwortlich. »Das tut mir leid, Werner«, sagte er. »Ist heute kein besonders schöner Anblick.«

Er war ihm entgegengefahren. Er wollte nicht, dass Werner in den Garstigen Bär kam. Doch sie hatten sich verfehlt.

»Wegen deiner schlechten Wegbeschreibung«, schimpfte Werner, am Hotel angekommen. Sein Birnenkopf schwebte über den schmalen Schultern wie der Vollmond über dem Inntal mit Blick nach Süden.

»Weil du null Orientierungssinn hast«, bellte Hadi zurück.

Da sie nun schon einmal am Hotel waren, beschloss er, in die Tiefgarage zu fahren. So konnten sie den Konferenzraum Kleiner Traithen mit dem Lift wenigstens trockenen Fußes erreichen. Den Kleiner Traithen hatte Hadi schon vor Tagen ausgewählt, falls es einmal zum Äußersten kommen sollte. Zu einem internen Meeting. Der Raum war von innen abschließbar.

Werner glitt elegant durch die Tür. Sein Kegelformkopf wankte, aber fiel nicht. Unternehmungslustig schwang er ein Bein über eine Stuhllehne und setzte sich in die zweite Reihe. Er strich vorsichtig das nasse weiße Haar der einen Oberseite glatt, als wolle er es kleben. Die Strähnen auf der anderen Seite standen frech und feucht in die Höhe.

Dass Werner das linke Ohr fehlte, war Hadi noch nie so aufgefallen wie jetzt. Er breitete eine Karte auf dem langen Vortragstisch aus und beugte sich darüber.

Werner trat neben ihn.

»Hör zu«, sagte Hadi. »Ich habe einen Plan.«

»Was ist eigentlich mit dem Artur?«, fragte Werner dazwischen. »Ist der noch mit dabei?«

Statt einer Antwort zückte Hadi sein Mobiltelefon und rief Artur an. Er drückte die Lautsprechertaste, damit der andere mithören konnte.

»Hi, Artur, wie geht's dir?«

Heftiges Räuspern und Schnauben. »'tschuldige. Ich glaub, ich hab mir eine Erkältung eingefangen. Aber die setzt mir nicht zu. Also, gut geht's mir. Sakramentisch guat. Wie einer Forelle nach dem Ausnehmen. Hahahaha.«

Hadi warf Werner einen vielsagenden Blick zu, der so viel heißen sollte wie: A Hund isser scho. Und Humor hat er.

»Außer der Erkältung geht's dir also gut? Du hast deine geistigen und körperlichen Kräfte voll im Griff? Also bist du dabei. Bitte bestätige, Werner steht neben mir. Du bist dabei?«

»I bin dabei. Und wia I dabei bin! Ohne mi kennts ihr zwoa iberhaubt nix ofanga!«

Der Konferenzraum Kleiner Traithen war ausgestattet wie jeder andere Konferenzraum eines besseren Hotels auch. Schlichte Stühle mit gepolsterter Sitzfläche, Rednerpult, Magnet- und Pinnwand, ein Laptop stand herum, ein geöffneter schwarzer Aktenkoffer ohne Inhalt. An der den Fenstern abgewandten Seite stand ein wuchtiger Schrank mit Walnussfurnier und geschwungenen

Füßen. Ein Teil der Vorderwand war aufgeklappt und diente als Schreibpult. Im Inneren waren einige mit rotem Samt bezogene Fächer für Briefpapier und Stifte. Das beherrschende Element aber war die Spiegeltür an der Oberseite. Das alte Spiegelglas reflektierte ein verschwommenes, verzerrtes Bild des Saals. Das war ungewöhnlich und passte so gar nicht in den nüchternen Raum.

Hadi Yohl setzte sich Werner Stuffer gegenüber und erklärte ihm die Sache mit der inhorgenta. Dass ein Überfall dort lohnte, leuchtete Werner auf den ersten Blick ein. Dass es äußerst kompliziert, wenn nicht unmöglich war, auch.

»Warum sind wir dann hier?«, fragte er.

»Deswegen!«

Hadi ließ die geballte Faust wie einen Hammer auf die Karte fallen. Es war ein ewig langes Messtischblatt im Maßstab 1:25.000, welches die Gegend zwischen Rosenheim, Bad Aibling, Grafing, Ebersberg und München darstellte. Eine Karte, auf der vier Zentimeter einem Kilometer in der Natur entsprachen, die daher übersichtlich war und bei Wanderern sehr beliebt. Er erläuterte seinen Plan. Besonders auf das Wegenetz nördlich von Schloss Maxlrain schien sein spezielles Interesse gerichtet.

Werner war Feuer und Flamme. »Ich kümmere mich um das Fluchtfahrzeug«, rief er begeistert aus. Er führte sich auf wie ein Kind, das ein neues Spiel geschenkt bekommen hatte. »Da hab ich zwei Mandanten, die kennen sich aus.«

Hadi hob die Hand. »Vorsicht, Kamerad! Wir weihen um Gottes willen keine Dritten ein. Wenn wir was machen, dann machen wir es selbst. Drei Eingeweihte reichen. Alles andere wäre tödlich.«

Werner blähte die Backen auf. »Klar doch! Ich hol mir die Informationen, die ich brauche. Kleine Betriebsanleitung zum Autoklau. Keine Angst. Von mir erfährt kein Schwanz ein Wort!«

Trotzdem war Hadi besorgt. Die Dimension, in der sie sich bewegten, war haarsträubend neu. Jeder der drei war gut auf seinem Gebiet. Doch das hier war vermintes Terrain.

In der nächsten Sekunde lief es ihm kalt über den Rücken.

Er war an den alten Schrank gegangen und in Gedanken mit der Hand über das kalte, glatte Holz gefahren. Dabei fiel sein Blick auf ein farbiges Hochglanzheft, das offen auf der heruntergeklappten Lade lag. Fünf Frauengesichter und -körper waren auf der aufgeschlagenen Seite abgebildet, als ob sie lebten.

Pauline! Polín! Sie stand im Mittelpunkt des Hochglanzfotos. Ein strahlendes Lächeln, die funkelnden grünblauen Augen mit der goldenen Iris, die Deckungsgleichheit, die Symmetrie ihrer beiden Gesichtshälften. Auf dem Bild war sie noch schöner, als er sie in Erinnerung hatte. Polín war die einzige Europäerin unter Asiatinnen auf einer Werbeseite für japanische Gesichtscreme. Und diese Frau hatte ihn mit dem Schlitten über den Haufen gefahren und mit ihrem Charme bezaubert. Wenn das keine Bestimmung war. Auch dass dieses Heft ausgerechnet jetzt geöffnet vor ihm lag ... Er begann wieder an den Weihnachtsmann zu glauben und hatte Mühe, seine Gedanken zurück in geordnete Bahnen zu lenken.

»Hey! Und? Was ist mit dir?« Werner holte ihn aus seinem Traum. »Was machen wir mit Artur? Was wird seine Rolle sein?«

»Artur? Der steht mitten im Geschehen. Den brauchen wir. Der soll was tun für sein Geld. Übrigens war der Gerichtsvollzieher schon wieder bei ihm.«

Werner schmunzelte selbstgefällig. »Gut, dass ich die Pranke auf dem Haufen Geld aus dem Dirndlüberfall habe.« Er machte einen Schritt auf Hadi zu und zog die Stirn in Falten. »Was, wenn wir bald noch mehr Geld haben werden? Noch viel mehr Geld.«

Hadi konnte den Blick nicht von Políns Foto wenden. Gedankenverloren sagte er: »Das ist Arturs Geld. Er denkt momentan immer an Geld, weil er keines hat. Aber wenn er dann einmal Geld haben wird, wird er nur noch an Geld denken. Davor müssen wir ihn bewahren.«

Werner war Rechtsanwalt und gewohnt, schnell und logisch zu denken. Ein Spezialist im Spalten von Haaren. Diesen Ausspruch Hadis hätte er gern schriftlich gehabt, um ihn zu analysieren. Er sah das Weiß von Hadis Augen im Dämmerlicht.

Gegen halb zehn Uhr abends verließ Werner Stuffer den Konferenzraum und das Hotel. Kurz vor zehn telefonierte Hadi mit Artur Josef. Gegen elf Uhr trat Hadi vors Hotel, um Luft zu schnappen.

Der Himmel war aufgerissen. Zwischen schweren Wolkenbänken hing die weiße Mondscheibe, die fast rund war. Ein, zwei Tage vor Vollmond. Hinten, gegen ein verwaschenes Dunkelgrau, ragten die Zacken der Ackerlspitze wie die Zacken einer Säge in den Himmel.

Er stapfte über die geräumte Zufahrt, nur um sich zu bewegen. Seine Gedanken vagabundierten, er konnte sie nicht bändigen. Er brauchte ein letztes Bier.

Auch um diese Zeit war die Bar des Garstigen Bären überfüllt. Aufmerksame Barkeeper im gestärkten Hemd mit Fliege. Die Mienen der männlichen Gäste zwischen munter und verdrossen. Die Mädchen trugen Schwarz. Sie hatten kunstvoll zerzauste, abstehende Haare, blasse Gesichter über zu großen Lederjacken und schwere Schuhe an den Füßen. Selbst die anmutigsten Beine wirkten in diesen Tretern klobig. Warum waren sie nicht in ihren Skiklamotten geblieben?

Am anderen Ende der Bar versuchte ein erkennbar osteuropäisches Paar bei einem Barmann zu bestellen, der vor ihnen stand und das beliebte Skihüttenspiel des totalen Nichtverstehens aufführte.

»Skosch!« Der Mann hielt zwei Finger hoch. »Skosch!«

»Wie?«

»Skosch!«

Der Barkeeper zuckte mit den Schultern. »I versteh di net.«

Der Mann nahm die Getränkekarte in die Hand, blätterte Seite fünf her und presste den Zeigefinger auf die Mitte.

»Skosch!«

»Aha. Whisky.«

»Äà, Äà. Whisky. Skosch Whisky.«

Erleichtertes Nicken, während sich der Barkeeper schlängelnd seinen Weg durch die Menschenmenge suchte.

Hadi folgte ihm mit den Augen. An einer Person – weiblich,

fröhlich, extravagant – blieben sie haften. Sie stand in einer Gruppe junger Leute und hielt ein Glas in der Hand.

Wie elektrisiert sprang er vom Hocker.

Da hatte sie ihn schon längst erkannt. Wie einem alten Bekannten, besser: Wie einem guten Freund, winkte sie ihm und hauchte ihm einen Kuss von der Handfläche zu.

Was sollte er tun? Er war hier, um ein Gute-Nacht-Bier zu trinken, nicht um zu feiern. Er war unschlüssig.

Da löste sie sich aus ihrer Gruppe und kam mit offenen Armen auf ihn zu. Kleine, perlige Zähne, bunt gestreifter Missoni-Pulli, lange Beine in engen Jeans, die Füße steckten in blutroten Pantoletten.

»Hadi!«, rief sie ihn beim Namen. »Hadi Yohl! Deshalb kamst du mir gleich so bekannt vor. Hadi Yohl, der berühmte Kriminalschriftsteller. Und ausgerechnet dich fahre ich über den Haufen!«

Sie legte ihm die Arme um den Nacken und küsste ihn feucht auf die Wange.

»Hallo, Polín«, sagte er leise. Er war hingerissen. »Was tust du hier im Hotel?«

Sie lachte ihn an und wickelte sich eine weiche Locke um den Finger. Wunderbares Platinhaar, entblößter, porzellanweißer Hals, aufgeworfene Unterlippe, sanfter Atem, ein zarter Duft nach weißem Flieder.

Die rote Sonne der Begierde machte sich in ihm breit.

»Ich wohne hier«, sagte sie.

»Hier im Hotel?« Inzwischen hatte er sein zweites Bier in Arbeit. Er trank es in einem Zug leer und war kurz davor, sich vor Aufregung zu verschlucken.

»Ja«, sagte sie. »Immer mal. Und jetzt gerade wieder.«

Sie warf ihm einen neckischen Blick aus ihren Zwielichtaugen zu, drehte sich ab und rief ihm im Weggehen zu: »Du kannst ja wieder mal mit mir Schlitten fahren.«

Er sah ihr nach. Die leicht angehobenen Schulterblätter, der hauchzarte Flaum am Halsansatz und ihr straffes Gesäß brachten ihn zum Schaudern. Seine Gesichtsmuskeln zuckten. Er kratzte sich laut an seiner sandigen Backe. Zu gern hätte er sie noch einiges gefragt, zum Beispiel wie sie in das Modeheft und wie das Modeheft in den Konferenzraum gekommen war. Doch er blieb standhaft und schlüpfte wenig später allein auf dem Zimmer in seinen kanariengelben Pyjama. Mit der Bleistiftspitze fuhr er auf dem Messtischblatt die Straßen und Sträßchen nördlich von Schloss Maxlrain bis Ebersberg nach. Dann ging er zufrieden zu Bett und löschte das Licht.

Der erste Traum ist der tiefste, sagt man. Hadis Traum spielte sich in einem orientalischen Bazar ab. Er saß mit den Händlern auf dem Boden, links und rechts die Handelsgassen mit Teppichen, Vasen, Wandbehängen und Vitrinen billigen Schmucks. Gerade war er dabei, einem kleinen, runden Dicken mit schwarzem Schnauzer ein Halsband abzuschwatzen, da schlug ihm ein anderer eine Messingglocke über den Kopf. Mit jedem Treffer bimmelte die Glocke, immer und immer wieder.

Bis er aufwachte.

Er hatte vergessen, das Handy leise zu schalten. Es klingelte, immer und immer wieder. Hatte er die Uhrzeit falsch eingestellt? Es war kurz vor halb zwei. Vor einer Stunde war er zu Bett gegangen. Er drehte sich zur Seite und griff nach dem Telefon. Es war ein Anruf. Die Nummer kam ihm unbekannt vor. Wer zum Teufel rief um diese Zeit an? Es konnte nichts Gutes bedeuten.

Oder war es etwa Polín?

Es war Artur.

»Unmöglich«, krächzte er ins Telefon. »Ich kann unmöglich mitmachen. Ich habe Fieber, und mir geht's sauschlecht. Ich glaub, das ist doch die verdammte Nachwirkung, die hab ich unterschätzt. Wenn nicht ein Wunder geschieht, müsst ihr das Ding allein durchziehen. Ist ja nicht mehr lang hin.«

Das stimmte. Heute war der dreißigste Januar, die Messe begann in nicht einmal vier Wochen.

»Und du glaubst nicht, dass du bis zum Fünfundzwanzigsten wieder fit sein wirst?«

Ein nervöses Husten. »Rechne zumindest nicht mit mir. Es tut mir so leid. Ihr setzt euch wegen mir dem ganzen Risiko aus und ich kneife jetzt. Willst du nicht die ganze Sache abblasen?«

Hadi hatte Artur in Kenntnis gesetzt, dass es um die Schmuckmesse ging. Doch im Detail war er nicht informiert.

»Auf keinen Fall. Wir müssen nur zusehen, wie wir dich ersetzen können.«

Ein heiseres Lachen kam vom anderen Ende. »Ich bin unersetzlich! Sakramentisch unersetzlich.«

Danach schlief Hadi durch wie ein Stein.

Es war ein seltsames Gefühl, von der Sonne geweckt zu werden. Die feinen Vorhänge konnten nicht verhindern, dass sie ihm mitten ins Gesicht schien. Ein paar Sekunden lang rätselte er, wo er sich befand. Er blickte aus dem Fenster. Weißer Morgendunst lag über dem Tal, darüber breitete sich ein wolkenloser Himmel aus, ganz entgegen der Vorhersage.

Das Alpendorf unter ihm lag da wie das Sandkastenmodell eines Architekten. Adrette weiße Wattebäumchen, Häuschen mit weißen und andere mit roten Dächern, denen der Regen den Schnee weggewaschen hatte. Sie waren gleichmäßig über den Talboden verstreut. Er sah die Kirche, die Schule, hörte von weither das Vieh blöken. Im Sommer würde es draußen auf fetten Wiesen weiden, zusammen mit Hirschen, Maultieren und Einhörnern.

Das Zusammentreffen mit Polín kam ihm in den Sinn. Und – schockartig – die schlechte Botschaft von Artur. Er wollte erst das eine regeln, dann das andere.

Der Empfangschef des Hotels war ein Mann mit einem langen, knochigen Gesicht unter einem braunen, gescheitelten Haarschopf. Er stand an herausgehobener Stelle hinter der Rezeption neben zwei uniformierten Kollegen und einer Kollegin.

»Eine Dame, die sich Polín nennt«, begann Hadi etwas umständlich. »Wahrscheinlich ein Model. Sie wohnt hier im Hotel. Darf ich fragen, wer sie ist?«

Der Knochige räusperte sich und warf wie hilfesuchend einen Blick auf seinen Nachbarn.

Der zuckte die Achseln und sah Hadi vielsagend an. Dann griff er hinter sich, öffnete ein in der Wand versenktes Messingkästchen, entnahm ihm einen niedrigen Stoß Farbfotos, ließ die Fotos durch die Finger rauschen, stoppte, entnahm ein Foto und reichte es Hadi über den Tresen.

Polín! Ihre blaugrünen Augen sahen ihn an. Sie zeigte ihre blendend weißen Zahnreihen und lachte verführerisch.

Wie in Trance wendete er das Bild. Auf dem Fotorücken war eine Handynummer aufgedruckt. Ein scharfer Blitz durchzuckte ihn. Auf der dunklen Innenseite seiner Augenlider erschien ein Abbild der Frau, der er im Schnee und an der Bar begegnet war. Diese hier war eine andere Person. Er schüttelte den Kopf und legte das Foto wieder auf den Tisch.

»Nein danke«, sagte er leise mit gesenktem Kopf.

Er ging nach oben und rief Werner an. Sie vereinbarten, sich wieder im Gartenhaus zu treffen, sobald er mit seinen Überlegungen fertig war.

Das andere zu regeln bedurfte nicht nur eines Anrufs.

Binnen zweiundsiebzig Stunden besaß Hadi alle Informationen, die er benötigte. Im Wesentlichen waren es drei.

Es war nicht schwer gewesen, die Nummer des Verbands bayerischer Omnibusunternehmer herauszukriegen. Zweimal hatte er Pech. Er rief außerhalb der kargen Dienstzeiten an. Beim dritten Mal um halb elf Uhr in der Früh klappte es. Er benutzte das Festnetztelefon und spannte ein nasses Taschentuch über das Mikrofon. Das taten sie in seinen Romanen, wenn sie ihre Stimme nasal verstellen wollten.

»Grüß Gott, ich heiße Lehmann und bin privater Schmuck- und Steinehändler. Sie kennen die inhorgenta?«

Ein Moment Pause. Dann brüllendes Gelächter am anderen Ende. »Sie wissen doch, wo Sie anrufen, verehrter Herr Lehmann. Und da fragen Sie, ob in unserem Verband die größte Fachmesse dieser Art bekannt ist?«

Hadi blieb cool. Es ging schließlich um Steine, die man mit Fassung zu tragen hatte.

»Is ja gut. Ich wollte mich nur erkundigen, ob aus dem Rosenheimer Raum ein Bus zur inhorgenta fährt. Ich fahre da ungern mit dem eigenen Wagen.«

»Einen Moment, bitte.«

Er hörte das Klappern der Tastatur.

»Sie haben Glück. Es fahren sogar vier Busse.«

Er konnte also wählen. Die Busse fuhren alle an der Loretowiese in Rosenheim ab. Er schrieb sich die Abfahrts- und voraussichtlichen Ankunftszeiten auf. Er bedankte sich und legte auf.

Am nächsten Tag rief er wieder an. Diesmal antwortete eine weibliche Person.

Er meldete sich mit abgrundtiefer Stimme und sprach langsam wie einer, der Deutsch auf einer Berghütte gelernt hat. Er kaute die Buchstaben einzeln hervor.

»Griaß Good, i bin a Schmucktandler und mecht am Samstag, den sechsundzwanzigsten Februar vo Rosenheim zur inhorgenta af Minga nauf mitm Bus fahrn. Gibt's da no a Platzl?«

Er solle sich doch an den entsprechenden Omnibusbetrieb wenden. Er erhielt eine Telefonnummer. Es war eine mobile Nummer.

»Griaß Good, i bin …« Er leierte denselben Spruch herunter. Und bekam spielend einen Platz.

»Ja, wir haben noch Plätze frei. Es ist ein mittelgroßer Bus. Normalerweise ein Flughafentaxi. Lauter Italiener.«

Der nächste Tag musste die Entscheidung bringen. Dieselbe abgrundtiefe Stimme. Die gleiche schleppende Sprechweise.

»Griaß Good, i hab bei eich an Platz zur inhorgenta gebucht. I wollt amal zwengs der Sicherheit …«

»Ja, ja, Sie sind nicht der Erste, der sich erkundigt. Freilich, Sie haben Wertsachen dabei. Deshalb fährt ein Busbegleiter mit. Vielleicht zwei, wir wissen es noch nicht. Im Übrigen ist jeder Fahrteilnehmer für die Sicherheit seiner eigenen Ware zuständig.«

Was das bedeutete, konnte Hadi sich vorstellen. Alle waren bewaffnet.

»Und wann fahrmer zruck? Am nämlichen Tag?«

»Ja, natürlich, Messeschluss ist um achtzehn Uhr. Wir fahren danach am selben Tag innerhalb der nächsten Stunde zurück. Also spätestens um neunzehn Uhr. Sie werden gegen zwanzig Uhr zwanzig in Rosenheim sein. Ihre Buchung lautet Hin- und Rückfahrt.«

Das war's, was Hadi Yohl wissen wollte.

Er hängte sich ans Telefon und vereinbarte einen Termin mit Werner Stuffer. Er war überrascht zu hören, dass sich Artur bei Werner gemeldet hatte. Sozusagen gesund gemeldet. Das passte Hadi sehr gut ins Konzept. Wenn es stimmte und die Gesundheit anhielt.

Der Grill in Werners Gartenhaus glühte verlockend wie das Auge von Polín an der Bar im Garstigen Bär. Auf einem Drahtgestell daneben lag ein Stapel würzig duftender Bratwürstchen. Die drei Männer saßen auf den Klappstühlen rund um den Grill in dem puristisch ausgestatteten Raum. Die nackte Sechzig-Watt-Glühbirne baumelte verloren unter der Decke.

Hadi Yohl erschrak, als er Artur Josef sah. Er war abgemagert, hatte hohle Wangen und Schatten um die Augen.

»Kannst du denn wirklich … bist du sicher … wir dürfen kein Risiko eingehen …«

Tapfer schlug sich Artur an die Brust. »Unersetzlich bin ich«, sagte er, ohne rot zu werden. »Ohne Übertreibung.«

Heimlich nahm Werner Hadi zur Seite. »Sakramentisch! Ich glaube, wenn wir ihn jetzt fallen lassen, ist es aus mit seinem rührenden Selbstbewusstsein. Wir veranstalten die Sache ja für ihn …«

Er fischte Hadis kritischen Blick und die hochgezogene Augenbraue auf.

»Ja gut«, fuhr Werner fort, »ein bisserl auch für uns. Für deine Romanpraxis und für meine Krimihandlung. Aber hauptsächlich doch, um ihn von seiner Geldnot loszueisen.« Nur für eine Sekunde hielt er inne. »Lass uns ihn einfach so einsetzen, dass er nichts kaputt machen kann. Ungefähr so, wie ein Entwicklungsminister im Bundeskabinett.«

Hadi machte eine Miene, als dächte er über Werners Bemerkung nach. In Wirklichkeit aber dachte er an gar nichts. Seine Entscheidung war längst gefallen.

Arturs Augen glichen dunklen, unterirdischen Gängen.

Nebenbei hatte Werner jedem ein Weißbier eingeschenkt. Alle drei stießen sie an. »Auf uns und unser Projekt.«

»Also gut«, sagte Hadi, als sie sich Artur wieder zuwandten. »Du bist dabei. Wie geht's dir eigentlich? Was tust du gegen dein Leiden?«

Ein gekünstelt breites Lächeln erschien auf Arturs Gesicht. »So eine Herzgschicht ist heute wie Grippe. Selbst eine Transplantation ist nichts Besonderes mehr. Es dauert eine Zeit, dann ist es wieder vorbei.«

Die zwei anderen warfen sich einen skeptischen Blick zu.

»Also«, griff Hadi ein. »Kommen wir zum Eingemachten. Ich habe mir die Sache wie folgt vorgestellt.« Er breitete sein Messtischblatt aus. Die Bodenfläche des Gartenhauses reichte dafür gerade.

»Hier ist Rosenheim. Hier ist München und hier die inhorgenta. Der Omnibus wird diese Route nehmen.« Er deutete auf Schloss Maxlrain und den danebenliegenden Golfplatz.

»An dieser Stelle«, Hadi zeigte mit der Stiftspitze auf einen roten Punkt an einer gelben Straße, »wird der Bus halten, um mich zusteigen zu lassen. Und gegen zwanzig Uhr zwanzig oder kurz danach wird er mich auch hier wieder abladen.«

Hadi richtete sich auf und blickte gewichtig in die Runde. »Dieses Sträßchen, das in den Maxlrainer Forst führt. Das ist unser Ausgangspunkt.«

Ein vielsagender Unterton lag in seiner Stimme.

»Werner, du kümmerst dich bitte um die Maskerade und das Zubehör. Wir wollen schließlich etwas davon haben, dass du Friseur gelernt hast.«

Hadi gab Werner die Hand. »Sammer wieder guat«, sagte er und blickte ihm treuherzig in die Augen.

»Und du, Artur, besorgst uns das Fluchtauto. Ich kenne keinen, der dafür besser geeignet wäre als du. Okay?«

Artur nickte erfreut. Er befand sich auf vertrautem Terrain. »Klar«, sagte er glockenhell, ohne exakt zu wissen, was auf ihn zukam. »Mach ich.«

»Und für dich, Werner, habe ich jetzt noch einen Spezialauftrag.«

Hadi war aufgestanden und marschierte mit hinter dem Rücken verschränkten Armen ein paar Schritte auf und ab. Dann sah er den Rechtsanwalt bedeutungsvoll an.

»Ich bitte dich, den direkten Überfall von außen zu leiten. Nur du und Artur, ihr seid das Team. Ich selbst werde mich im Bus befinden.«

Danach erläuterte er die Einzelheiten. Er ging auf jedes Detail ein und ließ Artur wiederholen, was er zu tun hatte.

ZWÖLF

Mit dem Klauen des Fluchtautos hatte es begonnen. Selbstverständlich hätte Artur Josef über genügend Erfahrung verfügt, vom Fiat Punto bis zum dicksten Daimler jedes Fahrzeug aufzubrechen und zu stehlen. Doch diesmal wollte er, dem Anlass entsprechend, etwas Extravagantes landen. Außerdem fühlte er sich Hadi Yohl so sehr verpflichtet, dass er ihm – ähnlich einem Hund seinem Herrn – zu Gefallen sein wollte.

Die leichteste Aufgabe war, die Nummernschilder zu besorgen, eines für vorn und eines für hinten. Noch in der Nacht der Besprechung in Werners Gartenhaus beschaffte er sie aus der Tiefgarage eines Einkaufszentrums. Er schraubte sie von einem verstaubten Peugeot im Unterdeck ab, der bestimmt schon lange da stand und noch weiter dort stehen würde.

Der Autoklau selbst war ein anderes Kaliber. Eine Woche lang, jeden Tag in der Früh und am späten Nachmittag, kreiste Artur die möglichen Schauplätze ein. Unweit der Autobahnausfahrt im Süden Kufsteins auf Tiroler Boden blieb er hängen. Russen, Weißrussen, Ukrainer, Bulgaren, Serben und einen Tschetschenen machte er auf dem diskreten Abstellplatz vor der Rotlichtbar aus, die, umgeben von einem überdimensionalen Holzzaun, auf dem Seitenparkplatz eines Gewerbezentrums mit angrenzendem Autohof massenweise Kunden anzog. Vierundzwanzig Stunden am Tag bei Helligkeit und Dunkelheit standen die Männer hier ihren Mann. Alles Recken, die vierradgetrieben in ihren kleinen Panzern zwischen Kitzbühel, Innsbruck und Zermatt über die Hochalpenstraßen kachelten. Und der Weg von Kitzbühel bis hierher war gar nicht weit. Vielleicht hundertfünfzig Liter Super Plus für die fünfunddreißig Kilometer.

Vermutlich kommen so viele Osteuropäer her, weil sie sich in ihrer Landessprache mit den Mädels unterhalten können, stellte Artur sich vor. Das war ein Grund, der ihn davon abhielt, es einmal selbst auszuprobieren. Er sprach kein Russisch, kein Serbisch, er sprach nicht einmal richtig Deutsch. Alles, was er beherrschte, war Bayerisch. Auch weil er an Bernadette dachte, unterließ er den Versuch. Nicht aus Rücksichtnahme oder Scham, sondern weil er ihren Atem selbst aus dem Grab heraus im Genick spürte.

Trotzdem: Wenn Artur Josef in den Spiegel blickte, stellte er eine Veränderung fest. Ja, er hatte sich seit Bernadettes Tod verändert. Erstaunlich, fand er, in der kurzen Zeit war er richtig aufgelebt. Es kam ihm vor, als seien die Wangen etwas weniger gerötet, die geplatzten Äderchen etwas weniger sichtbar. Auch die Tränensäcke waren nicht mehr so gedunsen, das ganze Gesicht wirkte straffer, der ganze Kerl unternehmungslustiger. Und, wie er fand, jünger.

Vielleicht, dachte Artur Josef, hat jetzt endlich meine Glückssträhne begonnen.

In dieser Stimmung war Artur Josef, und an diesem Abend versuchte er, wenn auch in begrenztem Umfang, ein neues Leben zu beginnen. Er aß nichts außer einem dürftigen Salat, dazu trank er eine dünne Gemüsebrühe. Hoffentlich wird mir davon nicht schlecht, dachte er, der Fleisch und Knödel und Krautsalat gewöhnt war, dazu ein Bier. Um vorzubeugen, aß er noch eine Tomate.

Er versuchte, das Positive seiner neuen Situation zu beleuchten. Kardiomyopathie war kein Todesurteil. Das Leben hatte ihn lediglich gewarnt. Wenn er allerdings in Zukunft froh weiterleben wollte, musste er ein paar Änderungen in seinen Gewohnheiten vornehmen.

Zuerst versuchte er, sich anhand der Diätrezepte, die er gesammelt hatte, einen Speiseplan für die nächsten Tage aufzustellen.

Er aß noch eine Tomate, diesmal weniger hastig. Und diesmal ohne Salz.

Wenn er sein Auto einfach stehen lassen und alles Mögliche zu Fuß und in der warmen Jahreszeit mit dem Radl machen würde? Statt am Sonntagnachmittag vor dem Fernseher zu hocken würde er lange Spaziergänge machen.

Na, wie wär das, Artur?

Als er vom Küchentisch aufstand, wehte ein schwacher Wind durch die gekippte Balkontür herein. Er schloss die Tür wieder. Stockfinster war es geworden. Wir schreiben den neunzehnten Februar, dachte er, in ein paar Tagen bin ich reich (wobei er keine Vorstellung davon hatte, wie reich, und auch noch nicht wirklich davon, wie der Überfall ablaufen sollte).

Seine zwei neuen Freunde gingen ihm nicht mehr aus dem Kopf. Warum taten sie das für ihn? Seit er den Schriftsteller beim Leichenschmaus für Bernadette getroffen hatte, setzte der sich für ihn ein. War das noch normal? War er in eine Falle geraten? Diente er, ohne es zu wissen, als Werkzeug oder Spielball für andere?

Er ging in die Küche, um sich einen Kaffee zu machen. Wischte derweil den Tisch ab und wartete, bis der Kaffee durchlief.

Das Telefon schellte. Es war Hadi Yohl.

»Artur, kannst du mal zu mir kommen? Werner ist auch da. Wir wollen hören, wie weit du mit dem Fluchtauto bist.«

Der Februar narrte die Forsythien. Keiner der Alteingesessenen hatte je solche Wärme in dieser Jahreszeit erlebt. Artur sah es im Vorüberfahren. Sein linker Scheinwerfer – der rechte war seit Wochen ausgefallen – tauchte die Büsche in einer Linkskurve in flammendes Gold. Darum herum war es dunkel.

Hadi Yohl wohnte in 8c. Es war ein zurückgelegenes Haus mit einer eigenen Kieseinfahrt und einem ausladenden Giebel wie bei einem Schweizer Chalet. Sonst aber ganz nett, wobei Artur nicht wusste, ob die Wohnung gemietet war oder Hadis Eigentum. Nirgendwo brannte Licht.

Hoffentlich ist er zu Haus, dachte er und drückte auf die Klingel. Am hölzernen Türrahmen waren scharfe Umrisse und tiefe Löcher zu sehen, die darauf schließen ließen, dass hier ursprünglich ein schmiedeeiserner Glockenzug in Betrieb gewesen war.

Das Dielenlicht ging an, Hadi öffnete.

An seinem Gesicht war nicht abzulesen, in welcher Laune er war. Er trug wieder dieses schmutzgrüne Borstensakko und eine hellbraune Wildlederjeans.

»Komm rein.« Hadi winkte ihn herein. »Bitte.«

Drinnen wartete Werner, ein Weißbier vor sich. Er saß in einem Sessel mit Armlehnen, die Beine von sich gestreckt. Vor sich auf einem runden Tischchen ein Backgammon-Set.

»Noch sieben Tage.«

Hadi. Wirkte er besorgt? Er sah schlecht aus. Falten, Flecken im Gesicht, Ringe unter den Augen.

»Setz dich, Artur. Und sag uns, wie weit du bist. Hast du Fotos dabei?«

Artur hatte. Er hatte zwei Hände voll Fotos. Alle zeigten Riesenautos und Zuhälterschlitten vor einem Tiroler Puff.

»Spinnst du?«, schimpfte Hadi. »So einen willst du uns vorführen? Mit dem sollen wir nachher unbemerkt entkommen? Da könnten wir grad so auf rot umwickelten Stelzen weglaufen. Spinnst du, Artur?«

So nicht, kamen sie überein. Artur musste seinen Stolz über die geilen Energy-Cars beerdigen. Am Freitag, dem Tag vor dem Überfall, sollte er ein unauffälliges Auto – aber nicht so unauffällig, dass es auffiel – beschaffen und vorführen.

An diesem Abend erfuhr er weitere Details, wie was und wann geschehen sollte. Hadi hatte in Erfahrung gebracht, dass nur sieben Teilnehmer mit dem Bus fahren würden. Die Zahl hatte sich drastisch verringert. Den Grund dafür konnte Hadi nicht nennen. Auch ob einer von ihnen ein Sicherheitsmann sein würde, war nicht klar.

Mit ihm waren es also acht Personen, die in einem umgetauften Flughafentaxi nach München fahren würden. Das machte die Sache einfacher. Auch die Route, die der Bus nehmen würde, hatte sich bestätigt. Er konnte wie telefonisch besprochen am Maxlrainer Forst zusteigen. Sie wollten wieder fröhliche Masken benutzen und ähnlich wie beim Dirndl-Gachinger vorgehen. Nur ganz anders. Im Verhältnis ungefähr so wie ein Eisenwarengeschäft zu einem fahrenden Zirkus.

Eine kurze Diskussion kam auf, als Artur die Frage stellte, ob der Bus nicht schon bei der Hinfahrt gekapert werden sollte.

»Was machen wir dann mit den ganzen Wertsachen?«, gab Werner zu bedenken. »Mit dem Schmuck, den sie mitführen werden, mit den Juwelen, den Uhren? Wir sind doch nicht in der Lage, dieses Zeug zu verhökern.«

Hadi nickte. »Werner hat recht. Dazu kommt, dass unsere Freunde ihre Wertsachen sicher nicht in der Jackentasche transportieren werden. Sie werden gesicherte Transportkoffer, sozusagen kleine Safes, dabeihaben. Die müssten wir wegschaffen und extra knacken.«

Damit war die Diskussion erledigt.

Zum Schluss legten alle drei die Hände übereinander und wünschten sich Glück. Der Bargeldüberfall auf dem Rückweg war beschlossene Sache. Und Werner, der gelernte Friseur, sollte aus Hadi Yohl einen perfekten oberbayerischen Schmuckhändler machen.

DREIZEHN

Es war eine warme, feuchte Nacht gewesen. Schwere Wolken verhüllten Mond und Sterne. Es war sehr dunkel, und es nieselte, als die Scheinwerfer des neun- bis zehnsitzigen schneeweißen Opel Vivaro die dunklen Fichten hinter dem Mann ausleuchteten, der mit aufgespanntem Regenschirm, einem Rucksack und einer gewaltig aufgeblähten Sporttasche an der Einbuchtung der Bushaltestelle wartete. Der Opel hielt. »Flughafentaxi« stand quer über die Außenseite geschrieben.

Der Fahrer war ein hoch aufgeschossener Dreißigjähriger mit dünnem Haar, ohne Baseballkappe und mit einem breiten Grinsen im Gesicht. Er stieg aus, ließ sich von dem Mann die Internet-Bestätigung zeigen, öffnete die Heckklappe und stapelte die Sporttasche auf die anderen Gepäckstücke. In dem kleinen Laster lagen bereits eine zweite Tasche mit einer abgerissenen Schlaufe, mehrere mittelgroße Schalenkoffer und Musterkoffer, eine mittelgroße Kühlbox, die auch ein Safe sein konnte, ein Gitarrenkoffer, mehrere Stangen Zigaretten und eine bauchige Chiantiflasche vom Umfang eines Getreidesilos.

Man hätte es riechen können, dass es ein nagelneues Fahrzeug war, hätten nicht die Ausdünstungen der Fahrgäste nach Knoblauch, Tabak und Rasierwasser diesen Geruch unterdrückt. Der Zugestiegene verzog das Gesicht, als er einen Guten Morgen wünschte und einstieg. Mit lautem Aaahhh und Oohh, mit Armeschwingen und Klatschen wurde er von den Italienern begrüßt.

Der Mann hatte eine Mordswampe, einen grauen Siebentagebart im Gesicht, einen grünen Jägerhut mit Gamsbart auf dem Kopf, und er trug einen forstgrünen Wolljanker über einer bestickten Kniebund-Lederhose. Die Füße steckten in schwarzen Haferlschuhen. Das entsprach exakt dem Bild, das sich Italiener vom Trachtenbayern, dem Gott des Münchner Oktoberfests, machten. Er winkte päpstlich in die Runde, lupfte kurz den Hut und lächelte.

Vor Hadis inneren Auge war das Bild des Frühherbstes entstanden, wenn am zweiten Oktoberfestwochenende Karawanen von Wohnwagen mit italienischen Kennzeichen die Brennerautobahn nach München bevölkerten, um die Landeshauptstadt gnadenlos zu unterjochen. Die jährlich wiederkehrende Italienerinvasion! Kein Eingeborener findet mehr einen Parkplatz in der Stadt, geschweige denn ein Flascherl Bier im Supermarkt. Bäcker haben Hochbetrieb und richten sich schon Wochen vorher auf eine Brezn-Produktion ein, die alle Armeen dieser Welt für viele Kriege versorgen könnte. In den Biertempeln auf der Wiesn wird Italienisch zur Landessprache, Politessen klemmen zweisprachige Zettel unter die Wischblätter, Taschendiebstahl wird zum Volkssport. Für Italiener war die Wiesnzeit wichtiger als das Urbi et Orbi im Vatikan, die Festspiele von Verona und der Karneval in Venedig zusammen. Für einen Platz auf der Wiesn ließen sie alles sausen.

Als Hadi Yohl kurz hinter Beyharting den Janker ablegte, kamen ein weißes Leinenhemd und orangefarbene Hosenträger zum Vorschein. An den Bund der Lederhose war ein Futteral für eine Sonnenbrille geklemmt. Er schlüpfte an einem schulterklopfenden Italiener vorbei in die letzte Reihe und quetschte sich schwer atmend auf den einzig freien Sitz. Der Mann vor ihm grinste ihn an und schob die Tür wieder zu.

Die Fahrt verlief wie jede Fahrt in der dunklen Früh. Man schlief, plauderte leise, der eine oder andere presste, wenn's nottat, die Luft aus dem Gedärm.

Hadi Yohl fragte sich, warum er nur von Männern umringt war. Hatten Frauen kein Gefühl für Schmuck? Fassten sie Schmuck erst an, wenn der Geliebte ihn um ihr Hälschen hängte oder an ihr Fingerchen steckte? Frauen handelten doch mit allem Möglichen. Mit Immobilien, Wertpapieren, mit Kosmetik, Kunststoffgeschirr, Schweinehälften und mit Möbeln oder Schuhen. Aber hat man schon einmal eine Weihnachtsbaum- oder eine Autoverkäuferin gesehen? Oder von einer weiblichen Koksdealerin gehört? Genauso schien es sich mit der Ware Schmuck zu verhalten.

»*Ciao, Monaco!*«, rief plötzlich einer laut.
»Allo, Munken, gruß Gotte!«, folgte der andere.
Sie hatten die Autobahn verlassen und fuhren über die Ramersdorfer Kreuzung, als das große Jubilieren anhob.
»Bald isse die Fruhling, ah! Bald isse Oktoberfeste!«
»Sisiii, viele Blumen! Gruuun!«
»Sonne und warme und Gelati. Aaah!«
»Si, unde amore, amore, amore! Auf Oktoberfeste!«
Der Mann in der Tracht in der letzten Reihe wurde angesteckt. »Nix Oktoberfest in Fruhling!«, sagte er missmutig wie ein echter Bayer. »Oktoberfest in September.«
»Ooohhhh«, kam es in einem Chor des Bedauerns. »Viele zu lange!«
»Ja!«
Der Bayer war geneigt, sich zu erheben. Doch er knallte mit dem Kopf gegen das Autodach. Das schickte ihn in die Knie. »Ja, aber vorher Biergarten«, rief er aus.
Der Fahrer ohne Baseballcap bekräftigte. »Genau!«, rief er nach hinten. »*It's Biergarten time. Giardino di birra.*«
Sie hatten eine Mordsgaudi.
Dann waren sie da.
In Gedanken war Hadi Yohl ständig bei seinem Rucksack und der Sporttasche. Beide lagerten in Griffweite hinter ihm. Er musste dafür sorgen, dass das auch auf der Rückfahrt wieder so war.

Der Bierkönig im Zentrum der inhorgenta war rammelvoll. Schuhplattler, Goaßlschnalzer, Volksmusik. Ein Mini-Oktoberfest. Hadi Yohl in seiner kracherten Bayernuniform hatte seine Busbesatzung dorthin gebracht. Zwischendurch gingen sie abwechselnd einmal fort, um ihre Ware anzubieten und zu verkaufen. Je mehr das Geld im Säckel klingelte, desto mehr wurde im Bierkönig ausgegeben.
Hadi legte es darauf an. Er wusste inzwischen, wie versessen seine Freunde auf bayerische Bierseligkeit waren, und schmiss eine Maß Festbier nach der anderen. Um zu bezahlen, nahm er eine Anleihe auf den zu erwartenden Gewinn. Bald wussten Ha-

dis italienische Freunde nicht mehr, wo ihnen der Kopf stand. Er war entzückt. Alle waren glücklich und, bis auf den Fahrer, stockbesoffen. Das machte die Sache einfacher. Einfacher für die Räuber und einfacher für die Opfer.

Hadi Yohl fühlte sich locker und gelöst, kein bisschen nervös oder aufgeregt. Freudig erregt wie im vergangenen Jahr vor dem Empfang des Krimipreises.

Bis der Anruf kam. Sofort schlug seine Stimmung um.

Ein Hyundai war es gewesen, den Artur aufbrach, mitnahm und an den er die verstaubten Nummernschilder des verstaubten Peugeot aus der Tiefgarage montierte. Ein Hyundai mit vier Türen, zerschlissenen Polstern und wenig PS. Für das, was sie vorhatten, war es wurscht, wie das Auto aussah und wie schnell es war, waren Hadis Worte gewesen. Sie wollten ja nur damit wegfahren. Quasi ein Alibi-Auto.

Zu jeder vollen Stunde an diesem Samstag probierte er das Fahrzeug aus. Er hatte es halb voll getankt und so präpariert, wie Hadi es ihm angeschafft hatte. Er ließ es an, drehte eine Runde, kam zurück, parkte wieder ein. Es musste ja nur anspringen. Das tat es jedes Mal. Trotzdem hatte Artur ein ungutes Gefühl. Etwas stimmte da nicht.

Er stellte sich vor das Auto und lauschte. Er hörte nur das freundliche Knacken, nachdem ein warm gelaufener Motor abgeschaltet wurde. Lag es an ihm? War er nervös? Das Auto war okay. Es gab keinen Grund zum Meckern.

Um halb fünf Uhr kam Werner.

Er führte Werner das Auto vor, und Werner war zufrieden.

»Die Farbe ist ein bisschen blass«, meinte er. »Aber für unsere Zwecke ausreichend.«

Artur wusste nicht, ob das als Scherz gemeint war oder nicht.

Trotzdem. Etwas stimmte nicht. Er wusste, dass es keine Einbildung war. Eine innere Warnuhr begann zu ticken. Wenn etwas mit dem Auto schiefging, war das ganze Unternehmen gefährdet. Doch was sollte er tun? Er spürte eine wachsende Erregung. Nach seiner Operation hatte er schon schlimmere Bauchschmerzen gehabt. Doch die Schlangen, die jetzt durch seine Innereien krochen, waren auch nicht von Pappe.

Um siebzehn Uhr stiegen sie beide ein, Werner und Artur. Er wusste nicht, warum, aber er sah Werner in die Augen, bevor er den Hyundai startete. Er drehte den Zündschlüssel.

Nichts.

Er drehte noch einmal. Ein zartes Trrrrr. Noch einmal. Ein liebliches Prrrrrrr.

Werner sah ihn an, Vorwurf im Blick.

»Was ist?«

Das war der Augenblick, als Hadis Handy klingelte.

Er befand sich im Bierkönig inmitten übertrieben fröhlicher Italiener. Sie hatten sich mit ihm und er sich mit ihnen angefreundet. Um sie auszunehmen, bedurfte es eines Autos. Dieses Auto, hörte er gerade, gab es nicht mehr.

Hadi Yohl war Kriminalschriftsteller. Er hatte alles schon erlebt, wenn auch nur in seinen Romanen und in der Vorbereitung dazu. Er wusste, dass unerwartete Wendungen eine Geschichte spannend machen. Und dies war so eine Wendung. Das Fluchtauto sprang nicht an. Es wollte auch nicht anspringen, als zuerst Artur, anschließend Werner zuerst gegen die Reifen, anschließend gegen die vordere Stoßstange traten.

Das bedeutete, seine Protagonisten versagten! Was tut ein begabter Kriminalromanautor, wenn die Hauptpersonen zu blöd sind, ein Auto, das dringend gebraucht wird, zum Anspringen zu bringen?

Er spielt Gott.

Er gibt einen göttlichen Ratschlag.

»Besorgt sofort ein anderes Auto!«

Wir haben eine halbe Stunde, überlegte Werner. Maximal!

Artur sah ihn an und nickte.

Dann hatte Werner die göttliche Idee.

Werner war begeisterter Bergwanderer (jeder, der am Samerberg aufgewachsen ist, ist notgedrungen ein begeisterter Bergwanderer). Als solcher wusste er, dass Bergwanderer, wohl um Gewicht für die Tour zu sparen, den Autoschlüssel oft auf den Hinterreifen ihres Autos legen. Ob auf dem linken oder rechten, hängt von Sonneneinstrahlung oder Erdumdrehung ab. Und wer ...

»Auf geht's!«, rief er Artur zu. Sie jagten zu Werners Wagen, im Rennen den nächsten Waldparkplatz erinnernd.

Sie schlitterten über die schmale, vereiste Straße, wichen einem entsprungenen Pferd aus, brachten den Kies vor dem Haus mit den blauen Fensterläden zum Knirschen, das an der Einfahrt zum Parkplatz stand, und waren da. Nicht viele Autos parkten an diesem trüben Februarsamstagspätnachmittag am Fuß des Berges. Es waren drei. Ein silberfarbener VW Passat, ein sumpfbrauner Mitsubishi Pajero, ein ehemals schwarzer Ford Fiesta, dessen linker hinterer Kotflügel fehlte.

Artur stürzte auf den rechten Hinterreifen des Fiesta zu.

Wenn er hätte wetten müssen, hätte Werner die Chance, den Wagenschlüssel auf dem Reifen zu finden, auf eins zu zehntausend geschätzt. Hätte es eine Lotterie gegeben, hätte Artur haushoch gewonnen. Wie der Spielführer eines Champions-League-Siegers den Pokal, so reckte er den Schlüssel in die Höh.

Der alte Fiesta sprang an und ratterte los.

Sie hatten gewonnen.

In weniger als fünfundvierzig Minuten, dem Gegenwert einer Halbzeit, sollten sie im Maxlrainer Forst sein. Werner sandte eine Erfolgsmeldung an Hadis Mobiltelefon. Der musste sich, wenn alles normal gelaufen war, bereits mit seinen Schmuckhändlern auf dem Weg zum Checkpunkt befinden.

VIERZEHN

Oft weiß man nicht, woher die Bilder kommen. Sie sind einfach da. Hadi Yohl kannte das vom Schreiben. Zuerst kamen die Bilder, die Worte folgten danach. Und schließlich hörte er auch die Worte, er sah sie auf beschriebenen Seiten vor sich. Das war dann der Beginn einer neuen Geschichte, eines neuen Kapitels, einer neuen Wendung, einer unvorbereiteten Figur.

Während die Italiener Mühe hatten, nach der inhorgenta lärmend in den engen Opel zu klettern, musste Hadi plötzlich an Polín denken, die ihm im Hotel Garstiger Bär über den Weg gelaufen war. Doch ihr Bild erschien nur kurz. Es wurde von einem anderen weggewischt, das zuerst verschwommen und grau, dann immer schärfer und farbiger auf die Rückseite seiner Iris projiziert wurde.

Der Fahrer stand gebückt vor der halb geöffneten Beifahrertür. Er hatte die Arme auf den Rahmen gestützt, seine Lippen bewegten sich lautlos. Er zählte seine Kundschaft ab und nickte jedes Mal kaum merklich, wenn wieder einer in den kleinen Laster plumpste. Er zählte sieben Italiener und den aufgebrezelten Bayern. Es konnte losgehen.

Noch keine Nachricht von den beiden. Hadi wurde etwas nervös. Er hatte sein Handy in der Hand behalten und wartete auf das Vibrieren einer SMS-Empfangsnachricht.

Nichts. Er musste sich ablenken, um nicht nervös zu werden.

Er dachte an Marlena. Sie hatte ihn vor acht Jahren verlassen, nach fast zehn Jahren Ehe. Er war jetzt neunundfünfzig, sie wäre im Augenblick also sechsundvierzig. Marlena hatte von einer eigenen Karriere als Fitnesstrainerin in der warmen Jahreszeit und Skilehrerin im Winter geträumt. Ihr Sportstudium hätte sie eigentlich an ein Gymnasium befördern sollen. Doch nach zwei Jahren Kampf mit den Schülern und Ärger mit dem Lehrerkollegium gab sie ihren Beamtenstatus auf und wechselte in ein Fitnesscenter in München. Dort hatten sie sich kennengelernt.

Dann hatte Marlena den Drang nach Süden. Sie jobbte in Italien, dann in Spanien. Schließlich bekam er eine E-Mail aus Paraguay: »Ich arbeite auf einer Farm und reite schon ohne Sattel.«

Er war sich darüber im Klaren gewesen, dass sie ein unruhiger Geist war, als sie sich entschlossen zu heiraten. Das kriegen wir schon hin, hatten sie gedacht, unsere Liebe ist stark. Aber sie hatten sich getäuscht. Als er einmal von einer Lesereise durch Norddeutschland zurückkam, war sie nicht mehr da. Er fand einen kurzen Brief, in dem sinngemäß stand: »Hadi, es tut mir leid. Es hat einfach nicht geklappt mit uns. Es war trotzdem eine wertvolle Zeit. Gut, dass wir keine Kinder haben. Mach's gut. Meld dich mal.«

Besser als eine SMS, dachte er.

Er meldete sich nicht. Er hätte nicht einmal gewusst, wo er sie hätte erreichen können. Ebenso wenig nahm sie wieder Kontakt auf.

Als ein paar Monate später die Scheidungspapiere kamen, unterschrieb er sie und stieg tags darauf in einen Flieger nach Oslo, von dort in einen kleineren nach Bodö ganz oben im Norden. Er wollte nichts wie raus. Nur mehr Füchsen und Hasen und Elchen begegnen. Am besten nur männlichen.

Sie hatte nichts verlangt außer ihrer Freiheit, und er hörte nie mehr etwas von ihr.

»Ey, was isse loss mit dir? Schlafs du?«

Er wurde wachgerüttelt. Jedenfalls schien es so. In Wirklichkeit war Hadi hellwach und hatte jede Bewegung im dunklen Auto verfolgt. Bei allem Tumult hatte er wieder seinen Platz in der letzten Reihe ergattern können. Er griff hinter sich, rüttelte an seiner eingeklemmten Sporttasche und zog sie an den langen Schlaufen aus dem Laderaum auf seinen Schoß. Der Rucksack lagerte auf dem Boden vor ihm. Er hatte beide Füße darauf gestellt.

Sein Handy vibrierte.

»Alles okay«, las er. »Ersatzformel gefunden.«

Er schnaufte durch, nickte zufrieden und sah nach draußen. Er hatte registriert, wie sie bei Haar auf die Bundesstraße eingebogen waren. Sie hatten Grafing umfahren, wo seine Freunde Lucie und Günther Haschler in einem wunderschönen Haus lebten, und folgten der wenig befahrenen Straße nach Süden.

Es überraschte Hadi, mit welcher Selbstverständlichkeit alles glattlief. Dass Artur problemlos ein Ersatzauto besorgen würde, davon war er ausgegangen. Dennoch: Zwischen Vorstellung und Wirklichkeit klaffte eine gewaltige Lücke. Nun war es also klar. Das Leuchtzifferblatt seiner Uhr zeigte zwanzig Uhr eins. Der Fahrer hörte Nachrichten auf Arabella. Zu leise, um mitzubekommen, was in der Welt geschehen war. Artur und Werner würden schon am Checkpunkt sein und warten.

Alles war bisher so glattgegangen, dass er sich für ein paar Sekunden sogar die Unkonzentriertheit eines Gedankenausflugs zu seiner Ex hatte genehmigen können. Doch nun sammelte er sich schlagartig. Jede Faser seines Körpers und jede Synapse in seinem Gehirn waren bereit. Seine kriminalistischen Instinkte waren wachgerüttelt und munter.

Der Nachbar links neben ihm schnarchte. Seine Kumpels in den zwei Reihen vor ihnen prahlten lauthals mit ihren Verkaufserfolgen des Tages, führten sich gegenseitig dicke Geldbündel vor, hauten sich ausgelassen auf die Schulter und gossen sich den Rest des Chianti ein, den sie mitgebracht hatten. Zum Glück hatte der Fahrer das Rauchen in seinem Fahrzeug strikt verboten. Er saß ruhig hinter dem Lenkrad, beobachtete die Straße im Licht der Scheinwerfer und hörte Musik.

Mit einem leisen, gleichmäßigen Surren öffnete sich der Reißverschluss der Sporttasche. Der Rucksack stand schon offen. Hadi musste nur die Füße zur Seite nehmen, was er nun tat.

Draußen, unweit von Aßling, rauschte das Ortsschild der bedeutenden Ortschaft Lorenzenberg, Sitz des Kindergartens Spatzenberg und des Sportvereins Diana, vorbei.

Zehn Minuten später, in Hohenthann, kurz bevor die Straße in einer lang gezogenen Rechtskurve der Flurbereinigung folgte, wurde die Busbesatzung durch einen grässlichen Schrei irritiert. Er klang wie »Carachitipivedere!«

Das war etwas Italienisches und bedeutete so viel wie: »Schaut euch den Typ an! Ist der nicht zum Schreien?«

Alle Köpfe fuhren herum. Brüllendes Gelächter.

»Isse wie Oktoberfeste!«

Hadi hatte sich eine weibliche Gummimaske eng übers Gesicht gezogen. Ein Mädchen mit Kulleraugen, Stupsnase, knallrotem Mund, rosaroten Wangen und Zöpfen, das ausgezeichnet zu seinem kracherten Burschenoutfit passte. Etwa so ausgezeichnet wie eine Kuh auf den Balkon einer Almhütte.

»Hastu noch mehr von dene? Wolle wir auch eine!«

Ja, Hadi hatte. Er brauchte nur in seinen Rucksack zu greifen.

Fünf Minuten später wankte und torkelte ein seriöser Opel Vivaro, besetzt mit einer Schar total durchgeknallter, Oktoberfestlieder singender, bayerisch-bezopfter Italienermädels den knackigen Berg hinunter auf Schönau zu, bekannt durch seine Kirche, seinen Friedhof und das Dorfwirtshaus. Oft hatte Hadi die fünfundvierzig Grad steile Anhöhe auf- oder abwärts mit dem Rennradl bezwungen. Abwärts pfeifend, aufwärts hechelnd. Links und rechts der Straße geisterten die Scheinwerfer – eigene und entgegenkommende – durch gespenstisch tote Fichtenwälder. Der Borkenkäfer hatte im vorletzten Jahr Einzug gehalten.

Allein der Fahrer machte Hadi Sorgen. Sein breites Grinsen war erloschen. Er kratzte sich am halb kahlen Kopf und unter der Achsel. Bestimmt nicht nur, weil er dort Ungeziefer vermutete. Auffallend häufig blickte er über den Rückspiegel nach hinten.

Hatte er Verdacht geschöpft? Aber wie sollte er. Alles war mit rechten Dingen zugegangen.

War er bewaffnet? Die Frau im Reisebüro hatte so etwas angedeutet. Ein Bewaffneter sollte die Reise begleiten.

»Hrrrmmpfff!«

Artur und Werner schnauften beide fast gleichzeitig aus, als der alte, klapprige Fiesta ohne quälendes Keuchen ansprang. Artur hatte problemlos das Nummernschild auswechseln können, und beide hatten eine angenehme Sitzposition gefunden, als Artur in stockdunkler Nacht den Wagen mit einem aufgeblendeten und einem halb erblindeten Scheinwerfer über die kurvige Landstraße Richtung Bad Aibling lenkte.

»Hoffentlich hält uns die Polizei nicht an«, warnte Artur ohne Vorwurf.

Der Anwalt lächelte schmal. »Nicht im Februar um diese Uhrzeit. Das wär ihnen zu unbequem«, versuchte er die Zweifel auszuräumen.

Immer wieder warf Artur verstohlene Blicke auf seinen Beifahrer. Werner sollte nicht merken, wie sein Hirn gegen den Schädel hämmerte. Auch seine Augen schmerzten, und in Nase und Mund hatte er einen widerwärtigen Geschmack wie nach dem übermäßigen Genuss von Schnupftabak und Obstler.

Die Lichter dahinrasender Pkws und Laster zogen vorüber wie Sternschnuppen, als sie bei Dettendorf die Autobahn unterquerten. Längst hatten sie die Berge hinter sich gelassen. Der Mond stand tief und warf lange Schatten über weiße Schneefelder. Es war nicht mehr glatt, die Temperatur war offenbar gestiegen.

Als sie bei Berbling – dem Ort mit der barocken Leibl-Kirche – auf einer langen Geraden nordwärts fuhren, begann Artur zu stöhnen.

»Was ist?«

Artur legte den Leerlauf ein und ließ den Wagen ausrollen. Er schnaufte tief, als ob er Atem schöpfte.

»Hrrrmmpfff!«

Er schnaufte und schniefte und lief so rot an, dass es beinahe schon ins Violette überging. Sein Kopf sackte Richtung Lenkrad.

»Um Gottes willen!«, rief Werner. »Fahr wenigstens rechts ran.«

Langsam, mit einem letzten Keuchen, hielt der Wagen an.

Werner rannte ums Auto und riss die Fahrertür auf. »Brauchst du etwas? Deine Medizin?«, rief er. »Tabletten?«, verbesserte er sich.

Doch Artur schien ihn nicht zu hören.

Werner warf einen Blick auf sein Leuchtziffernblatt. In fünfundzwanzig Minuten sollten sie am Ziel sein. Hadi verließ sich auf sie. Sollte er ihn ansimsen und das Problem schildern? Er verwarf den Gedanken. Es würde ihn nur nervös machen.

Artur rührte sich kaum, als er ihn auf den Beifahrersitz zu schieben versuchte. Eigenhändig musste er das Bein über die Handbremse lupfen und den Spezl unsanft auf den Sitz pressen. Er konnte nicht beurteilen, ob Artur ohnmächtig war, kurz davor stand oder erst später werden würde.

Werner wurde schlecht. Er dachte an Erbrechen. Nur Zeitdruck und Erfolgszwang hielten ihn davon ab. Mit Erbrechen war's wie mit diesem Überfalljob. Schön, wenn's vorbei war. Ein eiskalter Schauer ratterte ihm den Rücken hinunter. Lief denn alles bei ihnen schief, verdammt? Er konnte nur hoffen, dass Hadi mehr Erfolg hatte.

Sie waren da. Vier von sieben Italienern schliefen. Das sah putzig aus mit ihren Masken. Hadi war hellwach. Seine Augen funkelten durch die Schlitze des Mädchengesichts.

Der Opel hielt wie vorgesehen am Rand der kleinen geteerten Nebenstraße, die kurz vorm Golfplatz in den Maxlrainer Forst führte.

»Also, bitte steigen Sie aus, Herr Lehmann«, rief der Fahrer nach hinten. Er sah über die Schulter zurück.

Die drei wachen Italiener johlten.

»Morge komme wieder. Grosse Oktoberfeste.«

In dem ganzen Tumult war es Hadi gelungen, sich grüne Latexhandschuhe überzustreifen, seinem schlafenden Nachbarn den Sprengstoffgürtel um den Leib zu binden und die Jacke wieder drüberzuzerren. Nach menschlichem Ermessen hatte der nichts gemerkt.

Jetzt stemmte er für alle, die wach oder Fahrer waren, die Handgranate empor und schnitt eine furchterregende Grimasse. Er hatte vergessen, dass er eine Gesichtsmaske trug.

»Fahren Sie in den Wald!«, befahl er dem Fahrer. Dieser war der Einzige, der begriffen hatte. »Ich mache ernst. Das Ding geht los, wenn Sie nicht spuren. Also fahren Sie! Links, jetzt links! Ja, genau. Da hinein.«

Seine eigene Stimme war ihm fremd. Sie klang, als stünde er außerhalb seines Körpers.

Hadi musste darauf vertrauen, dass Artur und Werner mit dem Fluchtauto zur Stelle waren. Längst schon hätte er eine SMS von Werner erhalten sollen. Doch da war keine Nachricht auf Hadis Handy. Typisch war das nicht für Werner.

Hadi spürte Hitzewallungen aufsteigen. Stand er nun etwa allein da? Es wäre ein Ding der Unmöglichkeit, die Mission allein zu stemmen. Er hätte ein Polyp mit achtzehn Armen sein müssen.

»Motor abstellen! Licht aus. Innenlicht an!« Hadi senkte die Stimme und bemühte sich wie ein Sheriff im Western um eine furchterregende Tonart.

Draußen wurde es erschreckend leise und dunkel. Innen aber taghell.

Alle maskierten Italienermädels waren aufgewacht. Sie sahen einen verrückten Bayern, der aussah wie sie und der mit einer *bomba a mano* krampfhaft in der Luft herumfuchtelte. Was wollte er?

»Ähe ... ähä ... ähi ...«, kam ein unsicheres Lachen aus einer der Mädchenmasken.

»Passt auf«, schrie der Fahrer, dem alles Blut aus dem Gesicht gewichen war. »Der ist zu allem bereit. Wir fliegen sonst alle in die Luft!« Seine Stimme war so hoch und schrill, dass sie kippte.

Entweder die Besatzung verstand den Mann nicht oder sie nahmen ihn nicht ernst. Sie riefen durch ihre Maskenmünder wild durcheinander, redeten mit Händen und Füßen, blieben aber sitzen.

Hadi, der immer noch den Arm mit der Attrappe erhoben hatte wie die Freiheitsstatue in Lauerstellung, verstand unter all dem Unverständlichen so etwas wie tschokaloto. Wollten sie Schokolade? Oder boten sie ihm Schokolade? Hilfesuchend sah er zum Fahrer.

»Nein, kein *giocattolo*!«, rief der seinen Fahrgästen zu. »Das ist kein Spielzeug, ihr Deppen. Die Handgranate ist echt!«

Hadi wollte sich gerade über den unerwarteten Komplizen freuen, der die Sprache der Mafia verstand. Doch dazu kam es nicht.

Die Schiebetür wurde von außen aufgerissen.

Zwei Gestalten streckten die Köpfe herein. Beide mit einer Vollgummimaske über dem Gesicht. Kulleraugen, Stupsnase, knallroter Mund, rosarote Wangen, blonde Zöpfe ... Und gelben Latexhandschuhen.

Nun waren sie schon zu zehnt.

»Thomas!«, rief Hadi. Und: »Kalle!«

Innerlich musste er grinsen. Er dachte daran, welchen Eindruck es später auf die Kripo machen würde, im Besitz der Namen seiner Komplizen zu sein.

Ein Italiener plärrte etwas hinaus, was wie »gulaschsupporapina!« klang. Es sollte wohl »Ich glaube, wir sind in einen Überfall geraten. Haltet euer Geld fest!« bedeuten.

»Geld her!«, schrien Werner und Artur gleichzeitig. »Alles! Los, macht schon!«

Werner streckte eine Pistole in den Wagen, Artur setzte dem Fahrer eine Mündung auf die Brust.

Auch Hadi hatte sich nun aus dem Fahrzeug gequetscht. Den dreien in der ersten Reihe, die mit ihren Geldbündeln geprahlt hatten, brauchte er sie nur aus der Hand zu nehmen. Er steckte sie in einen Beutel.

Die Handgranate hielt nun Artur in die Höhe. Die zweite Freiheitsstatue.

Hadi wandte sich der nächsten Reihe zu, um sie abzusahnen, nie näher als eine halbe Armeslänge von den Kerlen entfernt, aber auch nie weiter. Er sah in all die fröhlich lächelnden Mädchengesichter und erkannte sich selbst darin.

»Hattumoschinadiomonetacriminale«, rief der Mittlere der ersten Reihe in klagendem Ton. Was wohl so viel heißen sollte wie: »Ogottogottogott, mein ganzes schönes Geld ist weg. Fasst die Verbrecher!«

Die anderen fühlten sich angeregt. Sie jammerten mit.

»Lamentamafiacatschomilamentareitalia!«

Hadi ahnte, was sie auszudrücken wünschten: »Leck mich am Arsch, man könnte grad meinen, wir sind in Süditalien!«

Einer wollte sich die Maske vom Gesicht reißen. Sofort blickte er in die Mündung von Werners Waffe. Er ließ es bleiben.

»Kalle, übernimm du«, sagte Hadi möglichst laut. Jeder sollte den Namen hören. Er trat zur Seite, in den Schatten, und zählte das Geld. Es dauerte eine Weile.

»Was soll das?«, fragte der Fahrer. Seine Gesichtsfarbe hatte in zartes Rosa gewechselt. Doch seine Miene war finster wie die Nacht. »Kann ich jetzt weiterfahren? Ich habe meine Zeiten einzuhalten. Gleich wird die Zentrale anrufen, wo ich bleibe.«

Das machte Sinn. Sag ich's doch, dachte Hadi, der ist ein zuverlässiger Mitarbeiter. Er selbst war mit Geldzählen fertig. Fast dreihunderttausend Euro. Das sollte reichen. Er gab den anderen beiden einen Wink zum Rückzug.

In den nächsten Sekunden war alles vorüber. Es folgten die einzigen Programmschritte, die sie in Werners Gartenhaus perfekt eingeübt hatten.

»Waffen und Handys raus!«, bellte Werner.

Hadi und Artur gingen mit einem mitgebrachten Sack herum, wie sie es als Ministranten gelernt hatten.

Niemand reagierte.

»*Pistola*! Handy. Äh, *Mobile*!«

Hüsteln. Kurze Korrektur.

»Telefono!«

Werners Sprachkenntnisse von seinen Kurzaufenthalten am Gardasee waren nicht sehr ausgeprägt.

Ein Raunen ging durch die Menge.

»Oh. Aha.«

Fünf Händler und der Fahrer trugen Waffen.

Eine *pistola* und ein *telefono* nach dem anderen wurden versenkt. Der Sack wurde unter all dem Eisen schwerer und schwerer.

Hadi stolperte nach hinten und zerrte seinen Nebenmann heraus. Er stellte ihn ins richtige Licht und lupfte seine Jacke. Der Italiener hob die Hände über die Schulter und sah mit fröhlicher Miene in die Runde. Der Sprengstoffgürtel kam zum Vorschein.

»Um Gottes willen«, rief der Fahrer. »Ein Terrorist. Das muss ich melden.« Er griff zum Mikrofon.

Artur riss das Kabel aus der Fassung.

Bisher war alles perfekt gelaufen. Trotzdem wurde Hadi nervös. Was hieß Sprengstoffgürtel auf Italienisch? Wie sollte er denen beibringen, dass sie sich nicht vom Fleck zu rühren hatten, weil sie sonst gesprengt würden? Ihm wurde heiß unter der Gummimaske. Doch das kannte er schon vom Dirndl-Gachinger.

»Ahhhh!« Ein lauter, entsetzter Schrei.

Artur lief mit dem Funkkabel in der einen Hand im Kreis herum. Mit der anderen griff er sich an die Brust.

Hoffentlich erschießt er sich nicht, dachte Hadi für einen Augenblick. Dann wär der ganze Aufwand umsonst gewesen. Bis ihm eine halbe Sekunde später wieder ins Bewusstsein drang, dass das, womit Artur in der Luft herumfuchtelte, eine täuschend echte Glock war, die Waffe, die der FBI trug. Er kam sich vor wie in einem nicht besonders gut gemachten Film. Trotzdem musste gehandelt werden. Sie waren nicht auf dem Oktoberfest.

Jetzt erst bemerkte Hadi das Fahrzeug im Hintergrund. Beide Türen standen weit offen. Als hätte das Auto die Arme für sie ausgebreitet.

Werner hatte die Situation rasch kapiert. Er griff sich den taumelnden Artur, während Hadi, unterstützt vom Fahrer, der dümmlich grinsenden Opel-Besatzung klarzumachen versuchte, dass sie in die Hölle (*inferno*, übersetzte der Fahrer) fahren würden, wenn sich auch nur einer (*uno*) rührte. Einschließlich Fahrer (*io*).

Apropos Fahrer. Hadi griff sich ein kleines Bündel Scheine aus dem Geldsack und zählte fünftausend Euro ab. Damit ging er zurück zum Opel, nahm die Hand des Fahrers vom Lenkrad, öffnete sie, drückte das Geld hinein und schloss sie wieder.

»Pssst!«, flüsterte er ihm zu. Sein Gesicht war eine Handbreit von dem des Fahrers entfernt. Er konnte seinen Atem spüren. »Schweigegeld.«

Der Fahrer spreizte die Finger. Er warf einen kurzen Blick auf seine offene Hand und bewegte den Daumen über das Papier. Er schluckte, seine Nase zuckte.

Er weint ja, dachte Hadi erstaunt. Und er nickt dabei. Das ist gut.

Drüben, ein paar Schritte entfernt, stand das Fluchtfahrzeug. Hadi wunderte sich, dass es der alte Schinken bis hierher geschafft hatte. Er warf sich auf den Rücksitz. Ein Chor wütender, kreischender, krächzender Stimmen begleitete ihn wie rauschender Beifall in der Allianz-Arena.

»Maledettomerdasaltomortalehundoverreckzo!«

Hadi lächelte vergnügt, als er die Tür zuschlug, sich die Maske vom Gesicht riss und Werner den Motor starten ließ. Hatte er richtig verstanden? Es klang wie Zustimmung. Wie ehrlicher Applaus. Die Kerle besaßen einfach zu viel *moneta*. Gut, dass es jetzt etwas weniger war.

Die drei konnten sich auf die Schulter klopfen. Sie hatten über zweihundertsiebzigtausend Euro erbeutet! Trotz des unliebsamen Zwischenfalls mit Artur. Sie hätten Millionen einsacken können. Doch nachdem sie drei Mann im Bus erleichtert hatten, hatte Hadi zum Rückzug geblasen.

»Das langt. Wir wollen uns ja nicht bereichern. Wir wollen lediglich Artur zu einem erträglichen Leben verhelfen!«

Arturs Anfall ging wieder einmal erstaunlich rasch vorbei. Zwei Tabletten und ein unerschrockenes »Sakramentisch!« hatten ihn in einen kühnen Krieger zurückverwandelt. Außerdem hatte er Angst vor Hadis Rache. Dessen Augen glühten verdächtig. Artur war gewarnt.

Der alte Fiesta hustete, ratterte und schnaufte zum Verenden schön. Dreizehn Minuten lang fuhren sie durch den Wald und über die Dörfer, bis sie vorsichtig auf einen Kirchenparkplatz rollten. Dort hatte Werner seinen eigenen Wagen geparkt. In Windeseile wechselten Werner und Hadi hinüber, Artur blieb hinterm Lenkrad des Fiesta.

Wenig später fuhren die beiden Fahrzeuge feierlich hintereinander durch eine Enge in eine geheimnisvolle Schlucht ein. Die Schlucht erwies sich als Steinbruch. Die Umgebung ringsum war ideal für ihr Vorhaben. Zerklüftete Felswände, die hoch bis in den dunklen Himmel ragten. Tote Maschinen standen wie Skelette wahllos aufgereiht. Mächtige Granitquader lagen einzeln und in

Haufen herum, als hätten gewaltige Riesen mit ihnen Tennis trainiert. Die Scheinwerfer erfassten meterbreite Wasserpfützen, in denen verendete Ratten, Schildkröten und Warane schwammen. In einiger Entfernung bellte irgendwo ein Hund. Sein Bellen wurde von den Steilwänden reflektiert. Sonst war es geradezu unheimlich still.

Hadi und Werner sprangen aus ihrem Auto und reichten Artur eine randvolle Tüte durchs Wagenfenster.

Der warf einen kurzen Blick hinein. Drei bezopfte Gummimasken grinsten ihn an. Er wühlte sich bis zu den Handschuhen durch, darunter befand sich noch Hadis Bayernburschenmaskerade einschließlich des Kissens für die Wampe. Alles da, okay.

Er fuhr wieder an und stellte den Fiesta in hundertzwanzig Metern Entfernung seitlich einer besonders großen Lache ab. Er holte die Brandsatzkombination aus dem zerbeulten Kofferraum und brachte sie im Fahrgastraum an. Behutsam schob er einen mitgebrachten Glassplitter unter die Fußmatte, musste laut auflachen und gab den Komplizen ein Zeichen. Zuerst stakste er vorsichtig auf Zehenspitzen am Pfützenwasser vorbei. Dann nahm er die Beine unter die Arme und spurtete so schnell er in seinem Zustand konnte zu den anderen.

Er selbst sah nicht, wie hinter ihm unter lautem Zischen die riesige Stichflamme in die Höhe schoss. Blechteile wirbelten durch die Luft, es heulte, quietschte und krachte. Die Sprengung des Fiesta war ein besonderes Spektakel und hätte mehr Zuschauer verdient gehabt als nur die drei. Sie alle wären geblendet gewesen.

»Daschauherdasfuocomaledettoinfernalespuracaputto«, schrie Hadi voll Übermut hinaus, als er auf dem Beifahrersitz von Werners Auto über die Schulter nach hinten blickte, eine weit ausladende Handbewegung machte und nach vorn durch die Enge in die Freiheit fuhr.

»Das ist vielleicht ein tolles Höllenfeuer. Wir können stolz darauf sein. Und alle Spuren sind verwischt.« So oder so ähnlich musste es in Werners Ohren geklungen haben.

»SAKRAMENTISCH!«, übersetzte Artur.

Die Ratten verließen das sinkende Schiff. Zufrieden und im Reinen mit sich selbst machten die drei sich schließlich auf den Heimweg, jeder in seine Richtung. Der eine nach links, der andere nach rechts. So richtig auf geradem Pfad bewegte sich keiner.

FÜNFZEHN

Die Montagausgaben der Süddeutschen, des Abendblatts, der Bild-Zeitung und des Oberbayerischen Volksblatts waren voll empörter Bewunderung über den rätselhaften und tollkühnen Überfall, der am frühen Abend des Samstags südlich von Grafing in einem Waldstück bei Schloss Maxlrain stattgefunden hatte. Ein Kleinbus, der sich mit acht Schmuck- und Juwelenhändlern auf der Rückfahrt von der inhorgenta, der bedeutendsten europäischen Schmuckmesse, befand, war ausgeraubt worden. Die Händler waren in der Hauptsache Italiener gewesen und hatten ihre Ware – Schmuck, Juwelen, Uhren, Edelmetalle – während des Tages auf der Messe verkauft. Mit Bündeln von Bargeld in der Tasche seien sie wieder zurückgereist und hätten die Flaschen kreisen lassen.

Wie konnte das passieren? Wo war die Polizei gewesen? Wieso konnten die Räuber unerkannt entkommen?

Es gab aber Stimmen, Kommentare und später auch Leserbriefe, die man nur als wohlwollend bezeichnen konnte.

»Gut, dass es endlich einmal die Mafia getroffen hat. Sonst ist es eher umgekehrt.«

»Schmuckhändler aus Süditalien? Ist doch gut, dass denen endlich auch mal etwas abgezwackt wurde.«

»Wie haben die Täter es bloß geschafft, einen Bus voller bewaffneter Mafiosi zu überwältigen und auszurauben? Ausgesprochen genial! Sehr sympathisch! Könnt ihr mir den Trick verraten?«

»Super! Hoffentlich werden die nicht erwischt! Meine Frau und ich drücken die Daumen.«

Für die Presse war der Überfall ein gefundenes Fressen – der Überfall selbst und seine Folgen. Zwei Tage später war folgender Wortlaut zu lesen:

»FLUCHTWAGEN GEFUNDEN! – In einem Steinbruch nahe des Inns wurde das Wrack des Autos gefunden, das die Schatzräuber von Maxlrain offensichtlich für ihre Flucht benutzten. Wie es dort hinkam und warum es komplett ausbrannte, ist zunächst unklar. Die Polizei geht jedoch davon aus, dass die Schatzräuber das Fahrzeug absichtlich zerstörten, um mögliche Spuren zu verwischen, so Dietmar Pratzold, Sprecher des Polizeipräsidiums Oberbayern Süd.

Der Fall ist nach wie vor absolut verwirrend. Wie berichtet, war ein Kleinbus mit acht italienischen Schmuckhändlern, die von der Fachmesse in München kamen, überfallen und ausgeraubt worden. Es sollen Handgranaten, Sprengstoffgürtel und Tretminen im Einsatz gewesen sein. Daher kann nicht ausgeschlossen werden, dass es sich um einen Terroranschlag gehandelt hat. Darüber hinaus tappt die Polizei vorläufig noch im Dunkeln.

Für die Täter muss es ein Leichtes gewesen sein, die Händler zu überwältigen, denn diese hatten einen durchschnittlichen Blutalkoholgehalt von 1,57 Promille, einer sogar von 2,28 Promille. Einzig und allein der Fahrer war nüchtern. Er steht noch immer unter Schock und ist nicht vernehmungsfähig. Sieben Italiener waren vor Ort, als die Polizei endlich eintraf, der achte fehlt spurlos. Man geht davon aus, dass er im Schock das Weite gesucht hat. Er wird noch gesucht.

Ferner heißt es, dass die Gesichter der Händler hinter Vollgummimasken versteckt waren. Nach ersten Angaben waren ihnen diese von den Tätern übergestreift worden. Auch die Diebe sollen solche Faschingsgesichter getragen haben. Zu welchem Zweck, steht nicht fest. Es soll sich um lächelnde Frauengesichtsmasken handeln.

Für Hinweise ...«

Kriminalrat Joe Ottakring las den Bericht mit erheblichem Stirnrunzeln. In Radio Charivari hatte er in den Kurznachrichten von dem Überfall gehört. Er schüttelte den Kopf.

Nicht so sehr, weil ihn der Inhalt der Notiz überraschte, sondern weil er aus den Medien davon erfahren musste. Wäre er an

Rico Stahls Stelle gewesen, hätte er seinen Vorgänger ganz sicher informiert. Zumal der – erst zwei Monate war's her – selbst Opfer eines ähnlichen Maskenüberfalls gewesen war.

Sein erster Gedanke: Hingen die beiden Taten irgendwie zusammen? Handgranate. Sprengstoffgürtel. Das Tatmuster legte es nahe.

Weiter kam er nicht. Sein Festnetz schellte. Lola war dran. Seine Miene verdüsterte sich mit jeder Silbe, die er aus ihrem Mund hörte.

»Ich komm heute nicht nach Hause«, begann sie. »Ich habe ein Geschäftsessen und danach ein Meeting im Sender. Keine Ahnung, wie lange das wieder dauern wird.«

Längere Pause.

»Hallo? Joe? Hast du mich gehört? Hast du verstanden? Ich komme nicht nach Hause.«

Joe hatte verstanden. Das war auch der Grund für die Pause gewesen. Er hatte ein untrügliches Gespür dafür, dass er dabei war, Lola zu verlieren.

Wut quoll in ihm auf. Er spürte, wie er dunkelrot anlief, wie seine Augen hervorquollen, wie er vor ohnmächtigem Zorn zitterte. Dieses Gefühl kannte er bisher nur dienstlich. Dennoch wusste er, wie gefährlich es war. Er war unheimlich gut darin, in solch einem Zustand die Beherrschung zu verlieren. Doch wenn er Lola etwas Unbeherrschtes an den Kopf warf, liefe die Dauer ihres Bleibens gegen null.

»Weimar«, sagte er halblaut und ohne dass er den Namen eigentlich nennen wollte. »Dierk Weimar.« Nur den Namen. Keinen Zusammenhang. Wie bei einem Wiederkäuer schwappten die Buchstaben einzeln aus seinem Mund.

Sonst sagte er nichts. Doch schon allein dadurch hatte sich seine Wut etwas abgekühlt.

»Lola, sei ehrlich«, fuhr er in normalem Ton fort.

»Du … du … du …«, flüsterte sie keuchend.

Längere Pause.

Er sah sie vor sich. Sie bekam kaum Luft. Sie wollte etwas sagen. Doch er hörte nichts.

»Lola?« Er schüttelte den Telefonhörer und klopfte mit dem Fingernagel gegen die Membran. »Hörst du mich?«

Sie hatte eingehängt.

Die Nummer ihres Handys musste er erst nachschauen. Er wählte sie.

»Hier ist Ihr freundlicher Service von Alpha One. Bitte hinterlassen Sie eine Nachricht.«

Stocksteif und wortlos stand Joe Ottakring da. Er ließ den Hörer eine Weile in den Händen kreisen, unfähig, einen klaren Gedanken zu fassen. Dann wandelte sich sein Gesichtsausdruck erneut. Er wirkte beinahe zufrieden. Er spielte weiter mit dem Hörer, lächelte sogar auf ihn hinunter. Und als er den ersten Schritt tat, um das Telefon aufzulegen, schüttelte er bedächtig den Kopf.

»Dieser Fahrer ist ein kompletter Idiot«, stieß Rico Stahl aus. Die Wortwahl war sehr untypisch für ihn. »Aus dem ist nichts herauszukriegen. Ich glaube, der simuliert. Aus welchem Grund auch immer. Und die Italiener können wir nicht ewig hierbehalten.«

Zu fünft saßen sie im kleinen Besprechungsraum des Präsidiums wahllos im Kreis. Rico Stahl wie immer im feinen Zwirn mit rot-weiß gesprenkelter Krawatte, der knochige Bruni mit kragenlangen Haaren, Chili Toledo trotz der Kälte in einem Kleidchen, das über den Knien endete, und zwei weitere grimmig blickende Figuren.

»Was wissen wir denn schon? Chili, würden Sie bitte kurz zusammenfassen?«

Die Kommissarin fuhr hoch, als wäre sie nicht bei der Sache gewesen. Doch das täuschte. Chili war das typische Understatement-Girl, das immer für eine Überraschung gut war. Sie hatte weit auseinanderstehende, dunkle Augen, hohe Wangenknochen und geschwungene Nasenlöcher. Ihre Wimpern waren so lang und dicht, dass sie keine Tusche brauchte. Das Haar fiel ihr, wenn es einmal nicht in Bewegung war, in gewellten dunklen Locken über Ohr und Schulter. Das Feuer der Leidenschaft glomm in ihren Augen. Chili Toledo war die begehrteste Junggesellin der Stadt. Auch Joe Ottakring, der die gut Dreißigjährige als Freund ihres verstorbenen Vaters unter seine Fittiche nehmen sollte, konnte dagegen nicht viel ausrichten.

»Tja«, begann sie.

Sie saß mit züchtig eng beieinanderstehenden Beinen auf einem Holzstuhl. Ihre Hände umfassten einen Humpen dampfenden Kaffees.

»Was wissen wir denn schon von der Tat? Ähm, sieben italienische Schmuckhändler und ein zugestiegener bayerischer kommen mit Koffern voller Knete von der Verkaufsmesse zurück. Dort müssen die Italiener ziemlich getankt haben. Vierunddreißig Maß Bier, drei Zwetsch und sechzehn Obstler gibt der Pächter des Bierkönigs an. Die Gespräche während der Fahrt drehen sich – soweit man so was Gespräche nennen kann – lautstark ums Oktoberfest. Irgendwann – es muss wohl hinter Grafing gewesen sein, meint der Fahrer – hat sich der Bayer in eine süße Sennerin mit blonden Zöpfen verwandelt.«

Chili langte kurz hinüber, hielt die Gummimaske empor und schwenkte sie in der Luft.

»Das gefiel den Italienern. Sie wollten auch eine solche Maske haben. Die haben das wohl für ein Oktoberfestritual gehalten. Diese Menschen sind ja offenbar so geil auf die Münchner Wiesn, das ist unglaublich. So wie unsereins bester Laune in einer Trattoria am Meer bei einem Glas Wein sitzt, so mögen die es dampfend und eng und grölend in einem Wiesnzelt. Zufällig hatte der Bayer noch mehr solcher Masken im Gepäck. Nun sitzen also acht zopferte Sennerinnen hinter dem Fahrer –«

»Und genau an diesem Punkt beginnen die Fragezeichen«, unterbrach Rico. »Die Italiener haben gesehen, wie der Bayer plötzlich mit einer Handgranate in der Luft herumfuchtelt. Der Fahrer will davon nichts bemerkt haben …«

»Weiß man denn, wie der Bayer in echt ausgesehen hat?« Bruni hatte einen Finger gereckt, bevor er sprach. Es war allseits bekannt, dass Rico es nicht mochte, wenn jemand ihm ins Wort fiel.

Rico ging auch prompt nicht auf die Frage ein.

»In dem kleinen Waldsträßchen vor Maxlrain wurde schließlich angehalten«, ergriff Chili wieder das Wort. »Der Fahrer behauptet, das sei von Anfang an so geplant gewesen. Der zugestiegene Bayer habe dort aussteigen wollen. Ich habe es im Reisebüro überprüft. Es stimmt.«

Chili rückte ihren Stuhl zur Seite und schlug sittsam die Beine übereinander. Den Kaffee stellte sie auf den Tisch, damit sie besser mit den Händen sprechen konnte.

»Und dann haben wir noch diesen komischen Sprengstoffgürtel. Wie Sie alle aus meiner Infomail wissen, hatte einer der Italiener einen Sprengstoffgürtel um, der keiner war. Eine Attrappe. Dieselbe Methode, die schon bei dem Dirndlüberfall im Dezember angewendet wurde. Eine Attrappe hält die gesamte Mannschaft in Schach. Abgesehen davon, dass sie alle besoffen waren. Zusammen mit der Handgranate als Bedrohung, die möglicherweise auch nicht echt war, gleicht der Überfall erstaunlich dem Dirndlüberfall kurz vor Weihnachten, obwohl er sonst nichts mit ihm gemein hat.«

»Außer dass sie Geld wollten«, korrigierte Rico überlegen. »Da sollten Sie schon genauer sein.«

»Bin ich eine Buchhalterin oder was?«, schoss Chili cool zurück. »Bei jedem verdammten Überfall geht's doch ums verdammte Geld. Um was sonst?«

Rico sagte nichts. Auch seiner Miene war nichts anzumerken. Doch Chili war klar, dass ihr Chef das nicht auf sich sitzen lassen würde. Bei Gelegenheit würde er ihr die Antwort um die Ohren hauen. Aber das nahm sie in Kauf. Trotzdem fühlte sie sich irgendwie unwohl. Bei der nächsten Besprechung, nahm sie sich vor, würde sie kein Kleid mehr tragen.

»Aus den Italienern habe ich herausbekommen, dass kurz nach dem Halt im Maxlrainer Forst die Tür von außen aufgerissen wurde. Zwei weitere Typen mit der Bayernmädelmaske schauten herein, wahrscheinlich bewaffnet. Möglicherweise Komplizen des Bayern im Kleinbus. Doch gesichert ist das nicht.«

Chili hielt für eine Sekunde inne und blickte vom einen zum anderen. Bei Rico blieb sie hängen.

»Und nun kommt der Umstand, der für mich am unklarsten ist. Im Wagen befand sich eine gute Million Euro Bares. So viel hatten die Händler auf der Messe eingenommen, und dieses ganze Geld schleppten sie mit sich herum. Doch nur den dreien, die in der ersten Reihe des Taxis saßen, nahmen die Täter die Knete ab. Ungefähr dreihunderttausend Euro, vielleicht ein bisschen weniger. Dann hörten sie auf einzusammeln. Ich hab noch nie von so einem mildtätigen Überfall gehört, bei dem mehr als zwei Drittel der Beute zurückbleibt. Das kann kein Zufall sein, denn dass sie unter Zeitdruck standen und die Aktion abbrechen mussten, davon ist nicht die Rede. Sie wollten ganz bewusst nicht mehr einsacken, den Eindruck habe ich aus allem gewonnen. Und dieser Eindruck verstärkt sich immer mehr.«

Sie lehnte sich zurück, entfaltete die Beine und blies die Wangen auf. Unter vernehmlichem Zischen entwich die Luft wieder. Ihr Blick wandte sich der Zimmerdecke zu.

»Äußerst merkwürdig ... finde ich ... das Verhalten ...« – sie nickte Rico zu – »... des Fahrers ...«

»Wie ist Ihr Name?«, hatte Chili gefragt.

»Ich heiße Karl Schmetterer. Ich bin angestellter Fahrer und habe am Samstag acht Schmuckhändler zur inhorgenta nach München und zurück gefahren. Ich bin verheiratet und habe zwei Söhne. Beide gehen aufs Ignaz-Günther-Gymnasium. Nein, ich habe nichts Auffälliges bemerkt. Insbesondere habe ich keinen Überfall registriert. Die Italiener waren betrunken und haben eine Gaudi gemacht. Mit den Maskierungen und so. Mehr habe ich nicht bemerkt und auch nicht zu sagen.«

Chili war klar, dass ihr Chef bereits ein Kurzinterview mit dem Fahrer geführt hatte. Seine Fragen sprudelten als Antworten aus Karl Schmetterer heraus. Doch sie war überrascht. Denn dieser Karl Schmetterer entpuppte sich als attraktiver Mann Mitte vierzig, dessen tief gebräunte Haut zwischen Kinn und Hemdkragen etwas spannte. Er hätte auch als Architekt oder Arzt durchgehen können. Vielleicht hatte er auch schon bessere Zeiten gesehen, das war heutzutage nicht mehr selten.

»Ja, Sie sind mir vielleicht ein Gscheiderle«, sagte sie. »Sie wissen schon im Voraus, was ich fragen werde. Von einer Handgranate wollen Sie auch nichts bemerkt haben? Das ist doch immerhin ein ziemlich auffälliges Teil, wenn man nicht gerade im Schützengraben oder als Selbstmordattentäter unterwegs ist.«

Sie sprach zu ihm wie die Pflegerin in der Anstalt zu einem Demenzkranken.

Der Mann starrte sie an. Sein Atem ging schneller.

Hopperla, dachte Chili. Was ist mit dem los? Bis sie bemerkte, dass er ihr nicht in die blauen Augen schaute, sondern auf ihre Ohrringe.

»Is was?«, fragte sie, nur um das Gespräch in Gang zu halten.

»Nein. Is nix. Nur Ihre Ohrringe.«

»Was ist mit ihnen?

»Sie gefallen mir.«

»Was? Meine Ohrringe? Billigkram.«

»Nein. Sie. Sie gefallen mir. Tolle Kommissarin. Toller Arsch.«

Uups. Einer von diesen Spannern, die vor nichts zurückschrecken. Wie verhält man sich in solch einer Situation? Sie ratterte im Geist die hundertzwanzig Polizeiseminare durch, die sie inzwischen besucht hatte. Keines dabei, das darauf eine Antwort gab. Einfach ignorieren, war ihre selbst gestrickte Lösung.

»Und sonst haben Sie also nichts bemerkt? Keinerlei Besonderheiten?«

»Doch. Die Brüste unter Ihrem Kleid. Auch ganz toll.«

Chili konnte sich nicht mehr beherrschen. Sie sprang auf und holte mit der Hand aus.

Karl Schmetterer duckte sich nicht weg. Er zeigte nicht die leiseste Regung. »Und? Was ist?«, fragte er, als Chili die Hand sinken ließ.

Ihre Lippen zitterten. Doch ihre Augen schossen Blitze. »Hören Sie auf mit diesem Quatsch«, schrie sie schrill. »Antworten Sie lieber. Ich nehme Ihnen nicht ab, dass Sie nichts gesehen haben wollen. Ich nehme es Ihnen einfach nicht ab. Wen wollen Sie damit decken?«

Chili fixierte ihn für einen Moment aus kalten Augen, wie eine

Schlange ihre Beute fixiert. Sie hatte schon zu viele Zeugen vernommen, um nicht zu wissen, was in diesem vorging. Er war auf Provokation aus. Und die besoffenen Italiener, die sich vor lauter Ausgelassenheit und Übermut an so gut wie gar nichts erinnern konnten, waren sein Schutz.

Natürlich wird eine Frau unseres Kulturkreises bei Anspielungen wie die aus Schmetterers Mund zornig. Doch insgeheim, ohne dass sie es wirklich realisierte, empfand sie seine Äußerungen als Kompliment. Eingestehen würde sie es sich nicht.

Schmetterer blieb stumm.

»Sagen Sie mir wenigstens, wie der Bayer ausgesehen hat, bevor er sich die Maske übergestülpt hat. Sie haben in Maxlrain und in München gesehen, wie er eingestiegen ist. Sie haben ihn während der Fahrt beobachten können und wahrscheinlich auch auf der inhorgenta selbst. Also, schießen Sie los.«

»Also gut, Ihnen zuliebe. Obwohl's die ganze Rückfahrt über dunkel war.« Er schaute Chili unverhohlen in die Augen. Dann senkte sich sein Blick weiter nach unten, südlich ihres Halses. »Wie ein echter Bayer hat er ausgesehen. Jagerhuat, Lodenjanker, Lederhose, Haferlschuh. Eine ziemliche Wampe hat er ghabt und einen Mehrtagesbart. Wie gesagt, ein Bayer, wie er im Buch steht.«

Damit war Brunis Frage an Rico Stahl zwar beantwortet. Doch es mochte stimmen oder nicht. Chili konnte beim besten Willen nicht beurteilen, ob der Mann die Wahrheit sprach. Wenn sie einen Mann mit dieser Beschreibung zur Fahndung ausschreiben würden, wäre hinterher die gesamte männliche Rasse Oberbayerns entvölkert.

Fürs Erste war dieses Gespräch beendet. Aus Karl Schmetterer war nicht mehr herauszuholen. Er hatte nichts gesehen, nichts gehört, wahrscheinlich auch nichts gerochen. Nicht einmal die italienischen Alkoholfahnen.

»Seltsam«, sagte Chili.

Der kleine Besprechungsraum lag ein Stockwerk über dem Vernehmungsraum, den Chili Toledo für Karl Schmetterer benutzt hatte. Chili hatte Rico Stahl und den anderen gerade ihre Befragung des Fahrers geschildert, als die Tür zum Besprechungsraum sperrangelweit aufgerissen wurde und gegen die Wand krachte. Herein schlenderte mit den Händen in den Hosentaschen der Kriminalrat Joe Ottakring. Er machte eine flüchtige Verbeugung.

»Störe ich?«, fragte er, wartete aber eine Antwort nicht erst ab. »Seltsam ist das«, wiederholte er Chilis letzte Bemerkung. »Wieso ist das seltsam? Dass ich nicht lache. Habt ihr schon einmal sein Strafregister gecheckt?«

Bei normalem Klima wäre Rico an dieser Stelle eingeschritten. (»Herr Ottakring! Verehrter Kollege, was machen Sie denn hier? Sie sehen doch, wir sind beschäftigt.«) Stattdessen nahm sein Gesicht die Farbe einer kubanischen Justizvollzugsanstaltswand an. Chili wurde blasslila, und auch die anderen zwei sahen plötzlich aus, als stünden sie kurz vor dem dritten Schlaganfall.

»Der Mann ist zweimal vorbestraft«, sagte Ottakring weiter. »Er war Investmentbanker in Frankfurt und kam mit wilden Spekulationen auf Kosten seines Arbeitgebers unter die Räder. Mit der Barclays Bank hat es zwar keinen Armen getroffen, aber was er tat, war eben kriminell. Nur weil er der Sohn eines Stiefbruders seines jetzigen Chefs ist, hat der ihn als Fahrer eingestellt. Auf Probe. Der kann sich nichts mehr leisten. Kein Wunder, dass er vorsichtig mit irgendwelchen Aussagen ist.«

Ottakring sagte es ohne Sarkasmus oder Schadenfreude.

Ricos Auge blieb auf Chili geheftet. Ottakring schien er nicht zu bemerken. »Mehr konnten Sie also nicht aus ihm herausholen, Frau Toledo«, sagte er mit sanfter Stimme. Keine Frage. Eine Feststellung.

»Nein. Mehr konnte ich nicht aus ihm herausholen.«

Ricos Blick wurde hart wie Kieselstein. »Und die Vorstrafen haben Sie nicht vorher überprüft.«

»Nein.«

Ricos Augen schlenderten über ihr Gewand. »Vielleicht hätten Sie besser eine Modeboutique aufmachen sollen. Damit hätten Sie der Menschheit mehr geholfen.«

Chili hatte es geahnt, dass er es ihr heimzahlen würde. Trotzdem musste sie schlucken. Sie äugte kurz zu Ottakring. Der stand unbeweglich da, die Hände noch immer in den Taschen vergraben. Nur seine Miene sprach zu ihr.

»Hätten Sie es besser gemacht?«, fragte Chili ihren Chef in sachlichem Ton.

»Nein.«

Ups! Die Antwort kam wie ein Überfall.

»Na, sehen Sie. Also sind Sie reif für einen Job als Top-Verkäufer in einem Krawattenstudio.«

Ricos Mundwinkel machte einen Sprung nach oben. Das sollte ein großzügiges, verzeihendes Lächeln andeuten. Dann wandte er sich seinem Vorgänger zu. Das zaghafte Lächeln verwandelte sich in tiefe Finsternis.

»Fein, Herr Ottakring«, sagte er, »dass Sie uns helfen wollen. Aber ich denke, wir schaffen's auch ohne Ihren Beistand. Das kleine Versehen werden wir überleben. Würden Sie sich also bitte wieder Ihrem Pensionistenleben zuwenden?«

Ottakring verzog auch diesmal keine Miene. »Was meinst du, Chili?«, fragte er.

Die junge Frau im mädchenhaften Kleid warf die Haare nach hinten. Der Zorn verschaffte ihr eine höchst weibliche Note.

»Willst du uns hier vorführen?«, blaffte sie Ottakring an. Ihre Zahnreihen blieben beim Sprechen geschlossen. Nur ein Zischen war zu hören.

»Kommst herein und fütterst uns mit Informationen, die mit Sicherheit schon lange auf meinem Schreibtisch liegen. Ich komm nur nicht dazu, sie zu lesen. Was bist du doch für ein Gscheiderle!«

Umständlich zerrte Ottakring die Hände aus den Taschen und verschränkte die Arme vor der Brust. Die Schultern ließ er hängen. »Ach, weißt du, Chili, ich hab doch niemanden, mit dem ich ... Danke. Danke Ihnen allen. Mir ist jetzt schon leichter in der Brust.«

Geduckt machte er auf dem Absatz kehrt und ging hinaus.

Angstvoll zog sich Chilis Herz zusammen. Was war in den Ottakring gefahren? War der narrisch geworden?

Bruni, Chef der Spurensicherung, und die anderen zwei sahen sich an.

»Im Flughafentaxi«, meinte Bruni, »war bisher außer Italienischem nichts zu orten. Der Bayer scheint Handschuhe getragen zu haben. Selbst wenn von seinem Janker ein paar Fusseln dabei sind, können wir sie nicht zuordnen. Wir haben zwar Fusseln, aber wem auf dieser Erde gehören sie? Es ist wie verhext. Genau wie bei dem Dirndlüberfall.«

»Also das hab ich in meiner gesamten Laufbahn beim BKA nicht erlebt«, warf Rico ein. »Dass es null Spuren gibt.«

Er sah Bruni scharf an und schoss ihn mit dem Zeigefinger ab. »Peng! Und was ist mit dem Wrack im Steinbruch? Haben die Täter da auch nichts hinterlassen?«

SECHZEHN

Noch bevor Hadi nach Hause kam, roch er es schon. Teresa hatte gekocht. Die Küche, das Haus, ja, die gesamte Länge der Straße und der untere Luftraum waren in Knoblauchduft gehüllt. Erste Passanten kümmerten sich um Mund- und Nasenschutz, Taxen standen leer herum, niedrig fliegende Sportflugzeuge machten einen Umweg. Hadi liebte die andalusische Küche. Sie verschaffte so viel Freiraum.

»Tapas in Kuhlshrank. Brot in Brotbox«, verkündete ein handgeschriebener Zettel.

»Wein in Keler«, ergänzte Hadi, stieg hinab und holte welchen.

Er war in Feierlaune. Auch ihr zweiter Coup hatte funktioniert. Mehr als zweihundertsiebzigtausend Euro konnte Werner für Arturs und Everls Zukunft auf dem Konto einfrieren. Wahnsinnige, einzigartige, einmalige eineinviertel Prozent bekamen sie dafür von der Bank. Fast viertausend Euro jährlich. Dafür bekam man an die achttausend Pfund Zwiebeln. Was sollte Artur bloß mit so viel Zwiebeln machen?

Nach seiner bisherigen Erkenntnis hatten sie keinen Fehler gemacht. Ihre Maskierung und der Fluchtwagen waren im Steinbruch verbrannt. Er hatte ein paar falsche Fährten für die Spurensicherer gelegt. Genau wie er im Flughafentaxi falsche Namen benutzt hatte. Die Italiener in ihrer Sturzbesoffenheit waren keine spürbare Aussagegefahr, der Fahrer des Flughafentaxis war bestochen. Blieb nur zu hoffen, dass er dichthielt.

A gmahte Wiesn also, sozusagen.

Er öffnete den Wein und den Kühlschrank.

»Fruhzeitig rausnemme. Kalt is nich gutt!«

Teresa war ein hemmungsloser Zettelfan. Überall lagen sie verstreut. Er war gespannt, wann er die Frau selbst einmal wieder zu Gesicht bekam.

Er entnahm dem Kühlschrank eine ovale Keramikplatte vom Umfang einer mittelgroßen Regentonne. Sie war mit grün-weißen

Motiven handbemalt und hatte Henkel an den äußeren Enden. Hadi hatte sie selbst vor Jahren auf einem Zigeunermarkt in Granada für ein Spottgeld erworben.

In Olivenöl gebratene Oliven, Champignons und Zwiebeln, in Safran und Kreuzkümmel gewendete Sardellen, winzige *mejillones* und *calamares*, gegrillte Fleischspieße, Nüsse aller Art, dunkelroter, roher Serranoschinken, marinierte Schwertfischstücke, gebratene Paprika, Peperoni, Leberklößchen ... Hadi beschlich wieder einmal der Eindruck, als existierten in Spanien keine Hamburger- und Dönerbuden und als sei Andalusien immer noch maurische Besatzungszone.

Er kaute mit vollem Mund, als sein Handy klingelte. Früher war er auf diesem Weg so gut wie unerreichbar gewesen. Doch jetzt, als großer Bandenchef, musste er seiner Bedeutung Tribut zollen. Er hatte jederzeit erreichbar zu sein.

»Mein Haus wird überwacht«, sagte Artur. Er atmete schwer.

»Du sollst doch nicht anrufen«, zischte Hadi in einem Anflug gerechten Zorns.

»Aber mein Haus wird überwacht.«

Hadi drückte auf OFF.

Das konnte nicht wahr sein. Warum sollten sie Arturs Haus überwachen?

Vielleicht war es nur ein Kontrollfahrzeug der Gebühreneinzugszentrale oder ein Kamerawagen von Google Earth? Er glaubte auch daran, dass es Phänomene gab, die einem etwas vorspiegelten. Man sah das Ereignis nicht kommen. Es war einfach da. So wie Nacktschnecken auf der nassen Terrasse oder Blattläuse auf frischen Rosenknospen. Sie nähern sich nicht, sie schleichen sich nicht an. Sie betteln nicht um Unterkunft oder Arbeit. Sie sind einfach plötzlich da.

Keine halbe Stunde war vergangen, da klingelte es an der Tür.

»Mein Haus wird überwacht«, betonte Artur noch einmal. Er war leichenblass.

Hadi verzog den Mund. Artur sollte ruhig den Eindruck gewinnen, nicht ernst genommen zu werden. Denn sein überwachtes Haus nahm er ihm nicht ab. Wie sollte die Polizei je auf ihre

Fährte kommen? Sie hatten alle Spuren verwischt beziehungsweise beseitigt beziehungsweise ausgelöscht.

»Komm rein«, sagte er.

Artur machte zwei, drei Schritte, dann blieb er stehen und fasste sich an die Brust. »Oh, oh!«, keuchte er. Sein Kopf schnellte nach unten.

Das sah nach Schmerzen aus. Sein Herz!

Arturs unberechenbarer Zustand war so ziemlich das Übelste an der ganzen Sache. Nicht der Spürsinn der Polizei (bei aller Professionalität), sondern Arturs Krankheit bereitete Hadi Sorgen.

»Willst du ein Glas Wasser?«, fragte er. Er legte ihm die flache Hand auf den Rücken und schob ihn vorwärts. Dann schloss er die Tür hinter ihm.

Artur ächzte laut. Es klang wie das Knirschen bremsender Schlittschuhe auf Eis. »Sie stehen mit einem Auto vor dem Haus und überwachen mich!«

Auf Hadis bisher reglosem Gesicht zeichnete sich zum ersten Mal eine Art Lächeln ab. »Willst du dich ein paar Minuten flachlegen?«, fragte er.

»Nein. Geht schon wieder.« Trotzdem behielt Artur die Hand an der Brust, als könne er dadurch sein Herz vorm Zerspringen schützen.

Hadi trat ans Fenster und zog den Vorhang zurück.

»Da, schau hinaus. Wenn sie vor deinem Haus gestanden sind und dich beobachtet haben, sind sie dir bestimmt auch hierher gefolgt. Siehst du was?«

Ein silbergrauer Geländewagen, wahrscheinlich ein Honda, und ein VW Passat parkten gegenüber. Beide waren schneebedeckt, die Windschutzscheiben eingefroren, hinter ihnen keine Fahrspuren.

Artur blickte hinaus und zögerte. Er warf einen kurzen Seitenblick auf Hadi wie einer, der aus einem Traum erwacht ist und eine Bestätigung dafür sucht. Hinter seiner unbewegten Miene verbargen sich Traurigkeit und Verzweiflung und so etwas wie Wut auf sich selbst. Mehr und mehr gewann er den Eindruck, dass er dem Nervenkitzel auf Dauer nicht gewachsen war. Er hatte das bisher seinen Komplizen gegenüber verheimlichen wollen. Doch wenn er jetzt schon begann, Gespenster zu sehen …

Nervös und mit ein wenig schlechtem Gewissen sah er zum wiederholten Mal auf seine Armbanduhr. Mittlerweile wären sie ihm gefolgt und müssten an Ort und Stelle sein, wenn er überwacht worden wäre – da gab er Hadi vollkommen recht.

»Überbring mir nicht solche Hiobsbotschaften«, sagte Hadi mit erhobener Stimme. »Und vor allem, verehrter Artur, lass dich hier nicht wieder blicken!«

Er war laut geworden, und Artur warf ihm einen erschrockenen Blick zu.

Drunten hielt ein Lieferwagen, Männer entluden Zeug zum Schneeräumen – Säcke mit Streusalz, Schaufeln, Schieber, Pickel, einen Flammenwerfer. Einer zündete sich eine Zigarette an und sah herauf.

»Da!«, rief Artur. Er duckte sich weg und hielt den Arm vors Gesicht, das vor Schmerz oder Angst verzerrt war. Als hätte eine Axt ihn getroffen.

Hadi hatte ihm über die Schulter geschaut. Schriebe er einen Roman, würde er diese Szene einbauen, um die Spannung zu steigern. Es wäre die ideale Camouflage, um Leute wie sie zu beobachten. Doch dies hier war kein Roman.

»Wahrscheinlich werden sie jetzt einen Kanaldeckel enteisen und lupfen und darüber ein Baustellenzelt aufbauen«, phantasierte er ins Blaue hinein.

Wütend spielte Artur Rumpelstilz. Er stampfte mit dem Fuß auf. »Mach du dich nicht über mich lustig«, schimpfte er. Offensichtlich tat es ihm gut, veralbert zu werden. »Wenn ich euch beiden nicht ewig dankbar sein müsste …«

Okay, das da unten waren wirklich Arbeiter der Gemeindeverwaltung. Artur hatte kapiert. Er lenkte ein.

Doch Hadi war gewarnt. Artur begann, ein Risiko zu werden. Seine unverkennbare Angst, entdeckt zu werden, seine Nervosität – und seine Krankheit. Auch die musste gewaltig an seinen Nerven zerren.

Er begleitete Artur hinaus, ließ ihn in sein Auto steigen und abfahren. Dann folgte er der Straße für sechshundert Meter, bog links ab und kam zu der gelben Telefonzelle, die es eigentlich gar nicht mehr geben durfte. Sie stammte noch aus den Napoleonischen Kriegen. Er hatte Glück und etwas Kleingeld dabei.

»Werner, wir treffen uns in vierzig Minuten beim Schmiedwirt, okay? Also zur vollen Stunde. Ich muss etwas mit dir besprechen. Es betrifft Artur.«

Das Schöne an der Fassade des Rosenheimer Polizeipräsidiums war, dass man sie nicht dunkler werden, abbröckeln oder gar verwittern sah. So blieb sie immer gleich grün, gleich hässlich, gleich polizeilich. Beton, Asphalt, endlose Fensterreihen, symmetrisch geparkte Fahrzeuge. Über der mit einer Schranke gesicherten Einfahrt hoben sich einige große Laubbäume drüben zur Loretowiese hin ab. Zwischen der Wiese und dem Präsidium verlief in Nord-Süd-Richtung die belebte Kaiserstraße. Wer zur Polizei hinüber wollte, musste zuerst den Überlebenstest beim Überqueren der Fahrbahn machen.

Die Sonne stand hoch, und die Bäume warfen dunkle, kühle Schatten auf den verschmutzten Schnee, als sich oben im kleinen Besprechungsraum drei Gestalten mit halb geschlossenen Lidern und müden Wangen die nächste von ungezählten Tassen edlen Polizeikaffees eingossen und in die x-te Leberkässemmel vom Bäcker gegenüber bissen.

»Faserreste«, knurrte Rico Stahl. »Faserreste haben wir. Sie stammen von einem Trachtenjanker. Einem forstgrünen Trachtenjanker. Das Geschäft, in dem der Trachtenjanker gekauft wurde, haben wir. Größe 54, also ein Mann in bestem …« Er schlug mit der Faust auf den Tisch. »Himmelherrgott, was red ich überhaupt. Wieso haben wir bei allem, was wir haben, den Inhaber dieser gottverdammten Trachtenjoppe noch nicht?«

Chili Toledo hatte den neuen Chef noch nie so aus der Haut fahren sehen. Stand ihm der Präsident im Kreuz? Die Zeitungen fingen langsam an, sich lustig zu machen. Sie standen eh auf der Seite der Schwachen, also der Räuber. Auch Radio Charivari hatte einen Beitrag gebracht, der sie alle durch den Kakao zog.

»Ich werd wohl bald meine Modeboutique aufmachen müssen. Wie gewünscht, Chef«, sagte sie. »Werden Sie zur Eröffnung da sein?«

Rico zog lustlos an seiner Krawatte, einer silber melierten mit sumpfbraunen Querstreifen.

»Wenn ich nicht grad als Verkäufer in meinem Krawattenstudio steh, wird es mir eine Ehre sein«, gab er mit grimmiger Miene zurück.

Bruni strich sich mit gespreizten Fingern durch die schulterlangen Haare. Ihn hätte man eher für den Leiter einer Werbeagentur oder eines Kulturbüros gehalten als für den Chef der Spurensicherung.

»Mich beschäftigen da ganz andere Fusseln«, sagte er. »Aus dem total ausgebrannten Wrack war ja nach menschlichem Ermessen nicht mehr viel zu holen. Dennoch haben wir nach tagelanger Kleinarbeit noch Faserreste sichergestellt. Wir haben sie mit dem Laser-Mikroson ... Laser-Mikrosonden-Masso ... dem Laser-Mikroson ...«

»... sonden-Massenanalysator, abgekürzt LAMMA ...«, vervollständigte Chili den schwierigen Satz.

»Danke, Frau Kollegin. Meine üblichen Sprachstörungen, wenn's ins Intellektuelle geht. Also wir haben die Fasern mit einem LAMMA abgetastet. Dabei fanden sich fahndungstaktisch hochinteressante Anhaftungen von ...«

»Ähäm!!«, machte Rico. Mit zwei Ausrufungszeichen.

»Ja, ja, ich hab's gleich. Will ja nur rekapulie...«

»Ähh ... rekapilatie...«, verhaspelte sich Chili.

Heute trug sie eng anliegende schwarze Hosen mit einem Top aus goldolivgrüngelber Stickerei. Dazu wagenradgroße, dünne Silberohrringe, wie man sie bei Sinti- und Roma-Frauen sieht.

»Ich will ja nur wiederholen, was ich schon einmal heruntergebetet habe«, sagte Bruni. »Wir haben Anhaftungen von zwei verschiedenen Fleckenentfernern gefunden, den Duftstoff eines bestimmten Rasierwassers, außerdem einen Bestandteil, der sich bei Seniorenhundefutter findet, und einen winzigwinzigwinzigen Krümel von Schnupftabak der Marke Gletschergänger.«

Rico nickte verschlafen, stand auf und wollte sich Kaffee besorgen.

Chili nahm ihm die Tasse aus der Hand und füllte sie.

»Sie sollten Detektiv werden«, sagte Rico zu Bruni.

»Klar, mach ich, wenn ich mal groß bin.«

»Wir hatten ein fein differenziertes Fahndungsraster«, nahm Chili nun das Heft in die Hand. »Käufer der Marke M3-Fleckenweg, Trockenrasierer, Schnupfer, Besitzer eines alten oder fetten Hundes. Das Problem war nur, dass unsere Nachforschungen ergaben, dass der Trachtenjanker aus einem Secondhandgeschäft in Innsbruck stammt.«

Bruni klatschte lautlos in die Hände. »Ein Hoch auf unsere Tiroler Kolleginnen und Kollegen.«

»Hollarahüdü!«, jodelte Rico grimmig. Es klang sehr nach Moll.

Er lehnte am Fenster, den Rücken der Straße zugewandt. Chili hatte zur Hälfte auf einer Tischplatte ihm gegenüber Platz genommen, und Bruni saß ordentlich an einem Besprechungstisch. Sein Blick klebte an einem Farbfoto der blonden Rosenheimer Oberbürgermeisterin an der Wand.

»Der Dirndlüberfall und der Maxlrainer Überfall gehören zusammen. Es sind dieselben Täter beziehungsweise es ist die gleiche Tätergruppe.« Unternehmungslustig sah Rico von Bruni zu Chili.

»Reden wir nicht um den heißen Brei herum«, fuhr er fort. »Wir sind in beiden Fällen überhaupt nicht weitergekommen. Wir haben nichts Handfestes im ersten und nichts Greifbares im zweiten Fall. Wenn wir es nicht mit Phantomen zu tun hätten, würde ich ja selbst losmarschieren und die Kerle aufspüren. Das tät mir schon gefallen. Das ist meine Stärke, Leute. Aber vorher brauch ich eure Mitarbeit. Euren Erfolg. Nur euer Erfolg hilft auch mir weiter. Morgen früh hab ich wieder eine Pressekonferenz. Was soll ich denen sagen? Dass wir im Besitz wichtiger Fasern eines Trachtenjankers und deren Bestandteilen sind? Die Peitschenhiebe der Kameraden fühle ich jetzt schon.«

Chili war übertrieben langsam von ihrer Tischplatte gerutscht. Jetzt strich sie sich die Hose glatt.

»Wir sind doch die Mordkommission, oder?«, sagte sie leise, fast im Flüsterton. »Und? Hat bis jetzt nicht immer alles bis ins Kleinste funktioniert, wenn es um Mordermittlung ging? Haben wir nicht eine der höchsten Aufklärungsquoten in Deutschland?«

Siegessicher blickte sie Rico ins Auge. »Das müssen Sie denen beibringen. Dass wir stinknormale Überfälle bearbeiten, ist weder unser Job noch unsere Spezialität. Wenn unser Rosenheimer Stadtreporter vom Volksblatt morgen als Moderator bei DSDS auftreten sollte, hätte er auch Schwierigkeiten. Gerade der. Und welche Probleme!«

Chilis Augen funkelten. Sie schien den Stadtreporter gut zu kennen.

Rico schob sich vom Fenster weg.

Bruni stand auf. »Der Glassplitter!«, rief er laut. »Hätte ich fast vergessen. Wir haben ja noch einen circa zwei mal drei Komma fünf Zentimeter großen Glassplitter unter der verkohlten Fußmatte des Fahrersitzes gefunden. Mit Hilfe der Messung der spezifischen Lichtbrechung konnten wir das Teil als Rest eines Audi-Scheinwerferglases identifizieren. Das verbrannte Auto war allerdings ein Ford Fiesta …«

»Ach was, Märchenstunde!«, rief Rico in den Raum. »Begreift endlich –«

Mehr auszuführen, dazu kam Rico leider nicht. Die Tür flog auf und schlug heftig gegen die Wand.

»Der Huawa, der Huawa!«, schrie eine schrille Frauenstimme in den kleinen Besprechungsraum.

Rico konnte weder mit dem Namen noch der Frau etwas anfangen. Er fühlte nur die Störung.

Chili machte einen Satz auf die Frau zu. Sie war eine Sachbearbeiterin aus dem Erdgeschoss, die den entlassenen Artur Josef Huber im Nebenjob als Pförtner ersetzte. Eine Frau mit Pferdegesicht und ebensolchem Hinterteil.

»Den Huawa ham's ins Klinikum bracht«, rief sie, als ginge es um ihr eigenes Leben. »Und …«

»… und was wollen Sie hier bei uns? Sehen Sie nicht, dass Sie stören wie ein wild gewordener Affe bei einer Hochzeit?«

»Ja wieso? Is des net die Betriebsratssitzung?«

Eisiges Schweigen.

»Die ham mi zur Betriebsratssitzung gschickt. Großer Besprechungssaal. Ja …«

Im selben Augenblick schien sie zu merken, dass sie hier falsch war. »Ja mei, bin i bleed! Dann entschuldigen'S halt vielmals. Aber dem Huawa, dem geht's wirklich beschissen!«

SIEBZEHN

»Herr Ottakring?«

Eine schluchzende Frau am Telefon. »Wissen Sie, wo Ihre Frau ist?«, fragte sie kaum verständlich.

Ottakring kam gerade aus dem Badezimmer. Er dampfte noch. »Wer sind Sie denn, dass Sie mich das fragen?«

Nervöses Auflachen. Sie hatte sich wieder gefasst. »Ach, entschuldigen Sie, dass ich mich in der Aufregung gar nicht gemeldet habe. Mein Name ist Weimar.«

Weimar, überlegte Ottakring. Den Namen Weimar kannte er nur einmal. Weimar, Dierk. Der Redakteur im Sender. Der Mann, mit dem Lola sich auf Malta getroffen hatte.

Ottakring war schon von Berufs wegen schnell von Begriff. Ihm wurde plötzlich heiß. »Grüß Gott, Frau Weimar«, sagte er mit klopfendem Herzen. »Wieso fragen Sie mich nach meiner Frau? Sind Sie eine Kollegin von ihr?«

Die Frau am anderen Ende hustete leise. Wahrscheinlich hielt sie sich die Hand vor den Mund. »Nein«, sagte sie dann. »Nicht ich. Mein Mann ist ein Kollege von ihr. Er ist Redakteur beim Bayerischen Fernsehen. Dierk Weimar.«

Ottakring sagte nichts.

»Schon mal gehört, den Namen, Herr Ottakring? Dierk Weimar.« Sie sprach den Namen so langsam aus, dass man ihn hätte buchstabieren können.

Gut, dachte der Kriminalrat. Da ruft mich eine wildfremde Frau an, behauptet, sie sei die Frau eines Kollegen von Lola, und fragt mich, wo Lola sei. Schon seltsam.

»Und Sie wollen wissen, wo meine Frau ist?«, fragte er.

»Nein, umgekehrt. Ich frage Sie, ob Sie wissen, wo Ihre Frau ist. Wissen Sie's denn?«

Natürlich wusste Ottakring, wo Lola sich aufhielt. Gestern war sie zu ihrem Klassentreffen gefahren, wie vor fünf Jahren auch. Sie hatte ihm hinterlassen, dass sie im Hotel Sonne wohnte, heute Abend war das Treffen, und morgen am späten Nachmittag würde sie wieder zurückkommen. Zwischendurch, wenn Zeit blieb, wollte sie sich noch mit einem Studienkollegen treffen, der im selben Ort verheiratet war. Von ihm hatte sie schon öfter erzählt. Er hieß Jedlitschka.

»Und dann hab ich den Gustl Jedlitschka angerufen. Der freut sich schon. Seine Frau und er haben mich vom Fleck weg zum Essen eingeladen.« Ottakring hatte den Klang ihrer Stimme noch im Ohr. Eigenartigerweise konnte er sich den schwierigen Namen gut merken.

»Sie klingen sympathisch, Frau Weimar«, sagte er. »Aber Sie werden verstehen, dass ich Ihnen am Telefon keine Antwort auf Ihre Frage geben kann.« Obwohl er natürlich zu gern gewusst hätte, was der Hintergrund ihrer Frage war.

Er fühlte sich, als würde der Boden unter seinen Füßen wegschmelzen. Hilfesuchend klammerte er sich an das, was er gerade greifen konnte. Die Zeitung von heute. Er schlug den Regionalteil auf: »Noch keine Spur im Maxlrain-Raub.« – »Gehören Dirndl und Schmuck zusammen?«

Er war gespannt, wann er endlich einmal von Rico Stahl über den neuen Fall unterrichtet werden würde. Aber keine Angst, sagte er sich. Der würde schon rüberkommen, wenn er ihn brauchte.

»Also gut«, sagte Frau Weimar resolut. »Wann können wir uns treffen? Und wo?«

Ottakring sah auf die Uhr. Halb neun in der Früh. Wenn er etwas erfahren wollte, musste er die Frau sprechen.

»Wie wär's mit Rosenheim?«, schlug er vor.

Er überlegte kurz, ob sie sich beim Dinzler treffen sollten. Das Café lag näher als die Innenstadt. Doch das Dinzler war meist besetzt von Müttern mit und ohne Kinder. Und Ottakring hasste Kinderwägen und Babygeplärr in der Öffentlichkeit und Frauen, die sich mit Tratsch die Zeit vertrieben.

»Kennen Sie das Giornale am Max-Josefs-Platz?«, fragte er. »Ja? Um zehn Uhr?«

Das Giornale war sein Lieblingslokal in Rosenheim. Hier war er schon oft gewesen. Hier vermischten sich die Szenen. Hier ging man hin nach dem teuren Restaurantbesuch, nach dem Kino, man traf sich vor dem Shopping, auf dem Weg zur Herbstfestwiesn. Mit Gesomina, der zierlichen schwarzhaarigen Wirtin, deren Mann vor wenigen Jahren erschossen worden war, hatte er schon so manchen Cappuccino getrunken.

Zum zweiten Mal innerhalb weniger Tage empfand Joe Ottakring ein erregendes Gefühl der Spannung angesichts der Tatsache, dass eine große, fast greifbare Veränderung in unmittelbare Nähe rückte. Er wollte wissen, was mit Lola los war. Wehmütig dachte er an die ersten Jahre, die vielen schönen Jahre mit ihr. Doch sein inneres Gefühl sagte ihm, dass eine Entscheidung bevorstand.

Lola war so anders geworden. Sie hatten sich voneinander entfernt. Nun hatte er sich auf den Anruf dieser Frau Weimar eingelassen und sogar eine Verabredung mit ihr getroffen. Es schüttelte ihn, wenn er an das mögliche Ergebnis dachte. Was würde die Frau ihm erzählen? Was wusste sie, wovor er die Augen verschlossen hatte?

Als Artur Josef erwachte, lag er in einem fremden Bett. Er öffnete die Augen und machte sie gleich wieder zu. Das ging eine ganze Weile so. Bis er endlich kapierte, dass er unweigerlich wach war. Also behielt er die Augen offen.

Der Raum war dunkel und still. Er war nur etwas erhellt von Lämpchen, die glühten und blinkten, und wurde von Pieptönen in variierenden Tonhöhen beschallt. Artur wollte aufstehen, aber es gelang ihm nicht. Er hing an unendlich vielen kreuz und quer verlaufenden Strippen, und seine Arme ließen sich nicht bewegen. Er schaute an sich hinunter. Er wollte es zunächst nicht glauben. Seine Handgelenke waren ans Bett gefesselt.

»Hey!«, wollte er rufen. »Hallo! Ich will hier raus!« Er wollte brüllen. Doch alles, was aus seinem Mund quoll, war ein heiseres Krächzen.

Er krallte sich die Schnur mit dem Alarmknopf, die seitlich von der Decke hing, und drückte sich die Knöchel weiß.

Nichts. Niemand kam. Nur Blinkendes und Piepsendes existierte weiterhin in diesem Raum.

»Hilfe!« – »Hallooooo!« – »Hiiiilfe!«

Die Tür ging auf, und im hell erleuchteten Viereck des Rahmens stand eine massige Gestalt.

Das Licht im Zimmer ging an.

»Was ist los, Herr Huber? Was fehlt Ihnen?«

Artur kannte die Frau nicht.

»Ich will hier raus! Ich bin eingesperrt!«, kam es heiser aus ihm heraus.

Die Frau trat an sein Bett. Sie war seltsam gekleidet. Weiße Schürze, Lesebrille über mächtigem Busen, besorgter Blick. Sie nestelte an den Fesseln herum.

»Sie müssen bestimmt zur Toilette. Sie sind nicht eingesperrt. Wir wollen nur nicht, dass Sie wieder aus dem Bett fallen. Sie können jederzeit raus.«

Sie richtete sich auf. »Müssen Sie nun aufs Klo oder nicht?«

Das musste er sich erst überlegen. Wie kam eine wildfremde Frau dazu, ihn zu fragen, ob er bieseln muss? Er wollte raus aus dem komischen Zimmer und dem fremden Bett. Erinnern konnte er sich an fast nichts.

Unsichere Schatten vagabundierten durch seinen Kopf. Lächelnde Masken. Grölende Männer. Stichflammen. Ein Karussell schräger Bilder. Doch langsam fiel es ihm wieder ein. Ein Film lief ab, in Zeitlupe. Der Überfall, ja klar. Werner. Werner und er hatten auf die Schmuckhändler aus München gewartet. Viel Geld. Er würde das Everl versorgen können. Und Bernadettes Schulden bezahlen.

Die Frau war eine Krankenschwester. Und er befand sich in keinem Gefängnis. Es war ein Krankenhaus.

Die Schwester hatte ihre Brille aufgesetzt und lächelte ihn an.

»Ich will hier raus«, sagte er ruhig. Er fühlte sich prächtig. Er zerrte an den Fesseln. Was hielt ihn noch hier drin? Weshalb war er überhaupt hier?

»Seien Sie lieb, Herr Huber. Es ist halb vier Uhr in der Früh, und Sie sind seit zwei Tagen bei uns. Sie sind einer unserer schwereren Fälle. Verhalten Sie sich ruhig, sonst muss ich die Stationsärztin rufen. Schlafen Sie noch ein, zwei –«

»Loslassen!«, kreischte Artur. Er wollte raus.

Er merkte, dass seine Beine nicht gefesselt waren. Er konnte sie bewegen und heben, wie er wollte. »Zack«, kreischte er und traf die Schwester mit dem Schienbein am Hinterkopf.

Kurze Pause.

»Zack«, rief die Frau leise und wischte ihm eine. Ins Gesicht. Die Brille baumelte an ihrem Hals.

In diesem Moment ging die Tür auf, und Hadi Yohl stand vor den beiden. »Was ist hier los?«, fragte er ruhig.

»Hadi!«, sagte Artur.

Jetzt fiel ihm alles wieder ein. Auch, warum er hier war. Da fing er an zu weinen.

Er fuhr nicht über die Bundesstraße nach Rosenheim, durchquerte nicht das Zentrum von Raubling, was kürzer gewesen wäre. Schneller war der Weg über die Autobahn, wenn gerade kein Stau war. Ottakring ließ die eindrucksvolle Wintersilhouette der Alpen hinter sich, nahm die Ausfahrt Rosenheim, überwand elf rote und eine grüne Ampel und war in gut zwanzig Minuten da.

Das Giornale war eine Trattoria. Viel Holz und blank gewienertes Aluminium, ein warmer Duft nach Kaffee und Süßem, unkoordiniert durchmischt mit dem Geruch von Knoblauch und Pasta Genovese.

Gesomina begrüßte ihn mit Bussi links, Bussi rechts. Beim dritten Bussi drückte sie ihn fest an sich. Das hatte sie noch nie getan.

Es war kurz nach zehn. Frau Weimar war schwer zu entdecken zwischen all den Damen zwischen dreißig und neunzig an der Bar und drum herum. Zuerst dachte er, sie wäre noch nicht da. Doch sie selbst hatte ihn offensichtlich entdeckt.

Eine Frau in rotem Pullover und schwarzer Wollmütze steuerte umweglos auf ihn zu.

»Herr Ottakring? Klar, Sie sind es. Die schweren Augenlider. Die eingefallenen Wangen. Der traurige Dackelblick. Ich kenne Sie natürlich aus der Presse.« Sie reichte ihm die Hand. »Ich bin Karin Weimar.«

Er drückte ihre Hand, obwohl sie ihn als depressiven Säufer charakterisiert hatte.

»Da hinten, der kleine Tisch ist noch frei«, schlug sie vor. »Wollen wir?«

Brav trabte er hinter ihr her. Karin Weimar mochte um die sechzig sein, doch ihr Hintern unter dem senfgrünen Rock bewegte sich wie bei einer Kandidatin für »Germany's Next Topmodel«.

Die Atmosphäre im Giornale gefiel ihm von Mal zu Mal besser. Er fühlte sich wie im Wohnzimmer guter Freunde. Gesominas Wohnzimmer. Die Kellner waren aufmerksam, nicht gestelzt, sondern familiär. Die Gäste passten dazu.

Sie nahmen jeder einen Cappuccino.

Karin, aus der Nähe betrachtet, sah aus, wie Elke Sommer heute aussieht. Ottakring konnte sich gut an die jugendliche Schauspielerin erinnern, die aus einer fränkischen Pfarrersfamilie stammte und in Hollywood ein Star wurde. Auch an Frau Weimar konnte man die frühere Schönheit erkennen. Attraktiv war sie noch immer.

Er ließ sie kommen.

Die erste Frage, die Karin stellte, war eine Wiederholung. Sie schaute ihn dabei scharf an.

»Wissen Sie, wo Ihre Frau ist?«

Ottakring war darauf vorbereitet. Natürlich hatte Lola ihm geschildert, wo sie sich an diesem Wochenende aufhalten würde. Vor zwei, drei Jahren hätte er noch jeden Eid darauf geschworen, dass sie sich auch dort aufhalten würde, wo sie ihm gesagt hatte, dass sie sei.

»Natürlich weiß ich das«, log er.

»Sind Sie sicher?«

»Heraus mit der Sprache!«, sagte er bestimmt. »Was bringt Sie zu der Annahme, ich sei es nicht?«

»Ähäm. Mein Mann ist zur selben Zeit verreist. Verzeihen Sie, lieber Herr, dass ich in Ihre Idylle einbreche und Sie mit lästigen Fragen störe. Aber haben Sie sich nicht in letzter Zeit den Namen Dierk Weimar öfters anhören müssen?«

Fordernd sah sie ihn an.

War das ein Silberblick?, fragte sich Ottakring. Er hatte den Eindruck, dass Karins Augen beide innen zur Nase hin um ein halbes Grad schielten.

»Ja«, kam es zögernd aus seinem Mund. »Ja, doch. Der Name Dierk Weimar ist mir geläufig. Ist das Ihr Mann?«

Bingo! Blöde Frage.

»Also bei mir war es so in den letzten Wochen, ja Monaten. Ich hab den Namen Lola Ottakring öfter einsaugen müssen, als ich Spaghetti gekocht hab. Dierk hat sie immer nur so nebenher erwähnt. Aber so auffallend beiläufig, dass es offensichtlich war, dass etwas nicht stimmte.«

Karin stand auf. Die Toilette war nicht weit. Sie schlug die Richtung dorthin ein. Dann wandte sie sich abrupt um und setzte sich wieder hin.

Verwundert sah Ottakring sie an.

Sie zitterte und war blass. Langsam hob sie die Hand, als wolle sie eine Fliege fangen. Die Bewegung stoppte, verharrte kurz, die Hand schloss sich zur Faust – und sauste wie ein Hammer auf die Tischplatte herunter.

Schlagartig, wie in einem zu rasch abgespielten Video, schnellten die Köpfe der Gäste herum.

»Zefixhallelujagreizdeifenomoi! Verstehst du denn nicht, Ottakring, dass deine Frau in diesem Augenblick mit meinem Mann unterwegs ist? Dass er gerade seinen Arm um sie legt, sie ihm in die Augen schaut – dass sie sich gerade küssen. Ja, wie blöd und verbohrt muss einer sein, dass er das nicht merkt? Musste erst ich kommen, um dir die Augen zu öffnen?«

Ottakring spürte, wie ihm das Blut aus dem Hals in den Kopf stieg. Die Frau hatte jede Zurückhaltung verloren. Doch das und die starrenden Fratzen ringsum traten jetzt in den Hintergrund. Die Zweifel, die schon längst in ihm gebohrt hatten, brachen nun vollends auf wie lodernde Geysire. Sie waren der Sarg seines Glaubens an Lola.

Zum Abschied legte er eine Hand auf den Arm der Frau, die ihm gegenübersaß, und nickte ihr zu.

»Wir bleiben in Kontakt«, sagte er leise und entfernte sich.

»Wo gehen Sie hin, Ottakring?«

Ohne sich umzudrehen hob er die Hand zum Gruß. »Ich hab noch einiges zu erledigen.«

»Hallo? Ist dort das Hotel Sonne?«

Joe Ottakring spürte den reißenden Schmerz in seiner Brust. Einmal während seiner Münchener Zeit war er in die Situation geraten, einen unberechenbaren, bewaffneten Mörder festnehmen zu müssen. Die Spannung war am Siedepunkt gewesen, er hätte platzen können vor Ungewissheit, Angst und Gänsehaut. Grad so fühlte er sich jetzt.

»Ist Frau Lola Ottakring-Herrenhaus bei Ihnen? Ich bin ihr Ehemann.«

Er wollte die Antwort gar nicht hören. Er kannte sie schon im Voraus. Lola hatte ihm mit abenteuerlicher Leichtigkeit beteuert, dass sie in der Sonne wohne, und er hatte es ihr selbstverständlich abgenommen, ohne nachzudenken. Warum hätte er zweifeln sollen?

»Nein? Sind Sie sicher? Sie *muss* ein Zimmer bei Ihnen haben. Oder vielleicht eine Suite?«

Ja, vielleicht eine Suite.

»Wir haben keine Suiten. Wir haben nur Zimmer. Doppel- und Einzelzimmer. Keine Suiten. Keine Frau dieses Namens.«

Er nahm ein Einzelzimmer und mietete sich für einen Tag ein. Er suchte nach Spuren und befragte Leute. Er fand keine Spuren, und die Leute wussten von nichts. Lola Ottakring-Herrenhaus hatte nie hier gewohnt.

Am Abend rief er sie auf ihrem Handy an. Abends hatten sie sich täglich angerufen, wenn sie auf Reisen oder sonst wie getrennt waren.

»Geht's dir gut, Liebes? Wo bist du?«

»Ich bin grad im Hotel und zieh mich für das Klassentreffen um. Etwa Leichtes, Legeres, weißt du? Unsere Männer werden da alle wieder mit Krawatte rumsitzen. Aber wir Mädels –«

Das tat weh!

»Im Hotel?«, unterbrach er. »In welchem?«

Er war sicher, wenn sie jetzt die falsche Antwort gab, müsste er sich übergeben. Seine Nerven waren zum Zerreißen gespannt.

»Hab ich dir doch gesagt«, sagte sie leichthin. »Im Hotel Sonne.«

Er drückte die AUS-Taste. Das ging im Handumdrehen. Dann setzte er sich in einen der herzförmigen Stoffsessel in seinem Einzelzimmer im Hotel Sonne und wartete auf den Herzinfarkt oder auf den schnellen Tod. Sein Magen rumorte, der Schweiß stand ihm auf der Stirn.

In einem Anflug von letzter Hoffnung beschloss er, etwas Mutiges zu tun. Er suchte die Nummer von Gustl Jedlitschka heraus, Lolas Studienkollegen, den sie besuchen wollte.

Dann trat er mit dem Hörer in der Hand ans Fenster und schaute auf die gut befahrene Straße vor dem Hotel. Wahrnehmen tat er nichts. Er sah nur Lolas Bild vor sich.

»Hallo, Herr Jedlitschka?«

»Nein, ich bin Frau Jedlitschka.«

Oh. Eine tiefe Altstimme wie ein Mann. »Entschuldigen Sie …«

»Ist schon gut. Bin ich gewöhnt. Wer sind Sie?«

»Mein Name ist Joe Ottakring. Ich wollte gern Herrn Gustl Jed…«

»Ah! Herr Ottakring. Dann sind Sie bestimmt der Mann von der Lola. Ja, ich hab schon viel von Ihnen –«

»Haben Sie auch von Lola gehört?«

»Ja freilich. Ist aber bestimmt schon ein Vierteljahr … Warum? Ist doch nix passiert?«

Oh, ja. Eine ganze Menge war passiert. Und noch mehr würde sehr bald passieren.

Sein inneres Ohr hörte Lolas Stimme mit dem überzeugenden Tonfall. »Und dann hab ich den Gustl Jedlitschka angerufen. Der freut sich schon. Seine Frau und er haben mich vom Fleck weg zum Essen eingeladen.«

Doch die Jedlitschkas waren ahnungslos. Keine verdammte Silbe haben sie von Lola gehört. Wie konnten sie dann meine Frau zum Essen einladen?

Wieder drückte Joe Ottakring die AUS-Taste. Grußlos und endgültig beendete er das kurze Gespräch.

Er befand sich am Beginn des grauenvollsten Tags in seinem Leben.

ACHTZEHN

Lautlos schlich Artur Josef, nur mit dem bekleidet, was er dabei hatte, aus dem Krankenzimmer, aus der Station, aus dem Haus. Jeans, Pullover, dunkler Anorak, schwarze Wollmütze. Für einen, der früher Tresore geknackt hatte wie er, war es ein Kinderspiel gewesen, diese läppische Art von Sperren zu überwinden.

Gesund war er! Vielleicht nicht exakt im medizinischen Sinn. Doch er war jetzt Freiberufler und hatte sich schlichtweg gesund geschrieben.

Er musste nach dem Everl schauen, das war seine größte Sorge. Er machte sich auf den Weg.

Jetzt, zur frühen Morgenstunde, als er durch die zum Leben erwachenden Straßen ging, erinnerte er sich an das Wintermorgengrauen in seinem Heimatdorf, in Gstadt: bleigrauer Himmel voller Wolken, bitterkalter Wind vom Chiemsee her, der den Schnee über die Felder fegte, auf dem Wasser hohe Wellen. Im Vergleich dazu war es heute frühlingsmäßig.

Das Fahrrad, das er klaute, stand unabgeschlossen in einem Carport neben einem Japaner. Es hatte eine Zwölfgangschaltung. Artur genoss es, in aller Früh durch Rosenheims Innenstadt, die Südstadt und über die Kufsteiner Straße aus Rosenheim heraus Richtung Inntal zu radeln. Ab und zu musste er sich um verwitterte Eisflächen und zusammengeschobene Schneehaufen herumwinden.

Bis er vor seinem kleinen Häuschen mit dem kleinen Garten stand.

Leise schloss er auf.

»Wenn ich den Thronsaal betrete«, erklärte ihm das Everl als Erstes, »werde ich meine Schleppe verlieren, das Krönchen wird mir über die Ohren und die Augen rutschen, mein langes Goldhaar wird sich auflösen, und ich werde auf den gestickten Saum von meinem Kleid treten und der Länge nach auf den Marmorboden fallen.«

Aus großen Augen, die sich allmählich mit Tränen füllten, sah sie ihren Großvater an.

»Alle werden in Lachen ausbrechen – die Mam, der Pap, die Omi, und niemand wird lauter lachen als – du.« Ihr kleiner Zeigefinger durchbohrte ihn und traf ihn mitten ins Herz. Der Finger zitterte.

»Und dann werde ich aus dem Königspalast rennen und mich kopfüber in den reißenden grünen Inn stürzen.«

Artur nahm seine Enkeltochter in den Arm und verschloss ihren kleinen Mund mit einem dicken Kuss. »Du sollst nicht solche Reden führen«, sagte er. »Alles wird gut. Mein liebes Kind, du bist wunderschön.«

Das Everl schlang die Arme um den Hals ihres Großvaters und drückte ihre Wange an die seine. Es kratzte. »Du bist auch wunderschön, Opapa.«

Artur unterdrückte ein Grinsen. Immer wieder war er von der Weichheit ihres Teints fasziniert. Es war der samtene Teint ihrer Mutter, dem Franzerl, seiner verstorbenen Tochter.

Als er das Everl wieder aus seiner Umarmung entließ, war er überrascht, den Schimmer einer Träne in ihrem Auge zu sehen.

»Keine Angst«, sagte er zu ihr in einem Ton, als spräche er zu seinem Steuerberater. »Keine Angst. Deine Zukunft ist gesichert.«

Der stechende Schmerz in seiner Brust war längst verfolgen.

In der Früh wachte Joe Ottakring spät und mit einem nie erlebten Kopfschmerz auf. Es war schon hell. Er hatte zu viel getrunken. Von Lola waren nur der Duftschweiß ihrer Haut in den Laken ihres Betts, der Hauch ihres Parfüms im Badezimmer, eine letzte Kippe im Aschenbecher auf der Terrasse und ein alter Wollschal auf dem Garderobenhaken zurückgeblieben.

Er sah auf die Uhr, es war fast zehn. Er hatte ihr Weggehen nicht bemerkt. Doch der Streit gestern Abend hatte genau daraufhin abgezielt. Sie wollten sich trennen.

»Willkommen zurück, mein Schatz«, hatte er sie scheinheilig begrüßt. »Schön, dass du wieder da bist. Erzähl!«

Er hatte sie reden lassen.

Lola erzählte. Sie berichtete detailliert vom Klassentreffen, auf Nachfrage auch vom Hotel.

»Und das Essen bei Jedlitschkas?«

»Nett. Wie immer sehr nett. Sie hat wieder viel erzählt. Vom Baum zum Ast zum Ästchen, aber das kennt man ja an ihr. Der Gustl hat ein bisschen nachgelassen. Das Alter halt ...«

»Und? Was gab's zu essen?«

Solcherlei Fragen. Er hatte sie in eine brutale Falle gelockt. Doch diese Fremdgängerin hatte es nicht anders verdient, fand er.

Schön. Nett. Endlich mal wieder die alte Clique. Lange nicht da gewesen. Aber ... Ihre anfängliche Euphorie verwandelte sich zusehends in vorsichtige Zurückhaltung.

Ottakring kannte seine Frau nur zu gut. Wenn es irgendwo auf der Welt telepathischen Spürsinn gab – Lola hatte ihn. In drei, vier Mordfällen hatte er sie früher sogar als Medium eingesetzt. Und so funktionierten ihre Antennen auch heute. Sie merkte etwas. Sie erkannte, dass er nicht aus Interesse fragte, sondern dass er sie testen wollte.

Doch da war es schon zu spät.

»Und? Wie war das so mit Dierk Weimar? Hast du's genossen?«

Der Name sprang ihr ins Gesicht, wand sich durch die Ohren in Millisekunden durch bis in die letzte Gehirnwindung.

Sie hatte keine Chance.

Das Blöde war nur, Ottakring liebte sie immer noch. Doch sein Stolz verbat ihm eine andere Lösung. Einen Satz wurde er zum Schluss noch los. Den hatte er sich vorher schon zurechtgelegt.

»Liebe ist eine Waffe, mit der man spielt, ohne daran zu denken, dass sie geladen ist.«

Ein schöner Satz, fand er am nächsten Morgen noch immer. Trotz Kopfschmerz. Doch Lola hatte ihn gar nicht registriert. Früher hätte sie gelächelt, gelacht, geklatscht oder ihn sich sogar notiert.

Wie funktioniert das Ende einer Liebe?

Er warf sich das nächste Aspirin in den Rachen. Dann ging er in die Küche, setzte die Espressomaschine in Gang, öffnete die Glastür und trat auf die Veranda.

Es war ein Frühlingstag wie im Bilderbuch. Kein Lüftchen regte sich. Die Sonne stand noch immer winterlich tief, wärmte aber schon spürbar und spendete ein Licht, wie es heller und klarer nicht sein konnte.

Es hätte so schön sein können. Wie sollte er je ohne Lola leben?

Unten ballte er die Fäuste in den Taschen, als er spürte, wie ihm oben leise Tränen über die Wangen rannen.

Seine Stimmung wurde auch nicht aufgehellt, als das Telefon schellte und Rico Stahl anrief.

»Herr Ottakring, dürfte ich Sie bitten, auf ein gutes Stünderl zu mir zu kommen? Wie immer im Kleinen Besprechungsraum. Nur Sie, Frau Toledo und ich. Es geht noch immer um die Überfallserie.«

Eine knallgelbe Krawatte mit zähnebleckenden Lamas in einem schütteren Orange, dazu ein schwarzes Hemd mit Ärmeln in Überlänge unter einem hellbraunen Anzug mit grauen Nadelstreifen. Das war Rico.

Chili glänzte in einem hellblauen Jeansanzug mit Pailletten, halbhohen High Heels, einem goldenen Band im Haar und wieder diesen Roma-Ohrringen, heute in flammendem Rot. Die dunklen Ringe um die Augen passten nicht dazu.

Wieder zu viel gesumpft, dachte Ottakring. Man könnte meinen, wir sind in einer Castingshow für die Lady-Gaga-Truppe. Er war froh, dass er an Chili weder ein Piercing noch ein Tattoo erkennen konnte. Er selbst sah wie der Buchhalter vom Dienst aus. Anorak, Baseballkappe, Schlabberjeans, Frühlingsstiefel. Wie ein alter Kriminaler eben.

Ja, der Frühling regte sich. Manchmal tat er's schon am zweiten Weihnachtsfeiertag, in diesem Jahr erst Ende Februar. In Ottakrings Garten fingen die Märzenbecher an zu blühen, auf dem Herweg hatte er die ersten Blüten gelber Forsythien an einem Zaun entdeckt. Die Luft roch nicht nur, man konnte sie schmecken. Im Präsidium endete der Winterschlaf, die Frühjahrsmüdigkeit begann.

Er hatte Mühe, sich nicht gehen zu lassen und zu beherrschen. Er war voller Traurigkeit. Der beginnende Frühling war für ihn und Lola immer die schönste Jahreszeit gewesen. Wenn sie dick eingemummt im Porsche mit röhrendem Elvis Presley durch die Berg- und Seenlandschaft fuhren, einen frühen Biergarten an der Hauswand bevölkerten, im ersten Licht des Wochenendes den einen oder anderen Berg durch den Schnee hochstapften. Der Après-Ski am Sonntagabend mit Freunden bei der Hannelore in Tirol.

Zum Seufzen kam er nicht, denn Rico funkte dazwischen.

»Herr Ottakring, wir brauchen Ihre Erfahrung«, begann er.

Ottakring saß angespannt vorgelehnt in einem Stuhl. Er bemerkte ein belustigtes Schmunzeln um Chilis attraktiven Mund.

»Ich bin felsenfest davon überzeugt, dass der Dirndlüberfall und der Schmucküberfall von der selben Tätergruppe begangen wurden«, sagte Rico. »Die Maskierungen, die Raffinesse der Methode, der Gebrauch von Handgranaten und Sprenggürteln, der komplett unblutige Ablauf – das alles führt uns zu dem Schluss, dass da nicht geldgierige Profis am Werk waren. Eher solche, die sich – lassen Sie es mich so sagen – die Zeit mit möglichst noch nie da gewesenen Überfällen vertreiben wollten. Dazu gehört eine gewisse Branchenkenntnis.«

Rico machte eine kurze Pause und sah Ottakring mit hochgezogenen Augenbrauen in die Augen. »Kennen Sie da jemanden, der in Frage kommen könnte?«

Chili nickte ihm bekräftigend zu. »Ich müsste es ja auch wissen«, sagte sie. »Ich bin ja fast genauso lang in Rosenheim wie Sie.«

Im Dienst waren die zwei per Sie, obwohl sie sich seit Chilis Kindesbeinen duzten.

Ottakring schwieg und dachte nach.

Doch Rico konnte es nicht schnell genug gehen. »Ich will ein Beispiel nennen. Der Glassplitter unter der Fußmatte des Fluchtautos. Sie erinnern sich? Dieses Teil …«

»Nein, der Herr Kriminalrat wird sich daran sicher nicht erinnern«, tönte Chili leise in den Raum. »Mit Erinnerungen hat der's schwer.« Mit glänzenden Augen grinste sie Ottakring fröhlich an.

Ottakring ging nicht näher darauf ein. Doch Chilis Bemerkung musste ihn getroffen haben. Er schloss die Augen. »Erinnerungen. Der Nachsommer unseres Glücks«, murmelte er leise.

»Dieser Glassplitter unter der verkohlten Fußmatte hätte eigentlich zu Ergebnissen führen müssen. Er wurde durch Messung der speziellen Lichtbrechung als Rest eines Audi-Scheinwerferglases identifiziert. So weit sind Sie informiert, nicht?«

Ottakring nickte nur.

»Tja. Den Tätern war klar, dass das Glas durch Feuer nicht vernichtet werden würde«, schaltete Chili sich ein. »Sie haben die Scherbe also bewusst im Auto ausgelegt, um uns auf eine falsche Fährte zu locken.«

»Oder zumindest, um uns Schwierigkeiten zu bereiten«, flocht Rico ein.

Chili himmelte Ottakring mit seinen Augensäcken und seiner Griesgrämigkeit an, als freue sie sich auf einen Abend an der Bar mit ihm.

»Und wir könnten uns vorstellen, Herr Ottakring, dass der Einfall auf der Lektüre eines Artikels beruht, in dem unser hoch geehrtes Bundeskriminalamt stolz sein neues Spektralanalysemessgerät vorgestellt hatte.«

Rico war klug genug, einen Augenblick des Nachdenkens verstreichen zu lassen. Dann kam er wieder. Er rückte seine Krawatte zurecht, als müsse er eine Geburtstagsrede halten.

»Wenn meine Theorie stimmt, müssen wir uns fragen, wer Zugang zu diesem Fachblatt besitzt. Es liegt ja nicht einfach so in der Bahnhofsbuchhandlung herum.« Rico räusperte sich und behielt Ottakring im Blick.

»Das Fluchtauto«, fuhr er fort, »dieser total miese Fiesta, war abgefackelt worden und ging komplett in Flammen auf. Wir haben das Wrack auf einen Tieflader gepackt und nach Wiesbaden gekarrt. Die Untersuchung im BKA-Labor war aufwendig und konzentrierte sich zunächst auf den Zünder. Und was glauben Sie, was das Ergebnis dieser Untersuchung war?«

Ottakrings Miene hatte sich zusehends aufgehellt. Er war interessiert.

»Die Täter«, fuhr Rico fort, »haben einen metallfreien Zünder benutzt, der praktisch rückstandsfrei verbrannt ist, und haben ihn an ein Öl-Benzin-Gemisch im Fahrgastraum gelegt. Raffiniert, was?«

Chili beugte sich mit verschränkten Händen im Genick zurück. »Es hat sich quasi um Altölentsorgung gehandelt. Auch das Benzin entsprach der im Tank enthaltenen Sorte.«

Ottakring schnalzte mit der Zunge. »Echte Profis, wie?«, sagte er. »Hätte ich nicht vermutet. Als ich sie beim Gachinger erlebt habe, kamen sie mir eher wie Hobby-Musikanten vor.«

»Ja, so wollen sie auch nach außen erscheinen. Jetzt aber zum Kern der Sache, deretwegen ich Sie hergebeten habe. Mir scheint, wir haben es mit Polizei-Insidern zu tun. Sie wussten offenbar, dass die Polizei Faserreste analysieren kann. Dem sind sie begegnet, indem sie den Trachtenjanker in einem Secondhandshop in Innsbruck gekauft haben. Dieses Täuschungsmodell wurde im ›Münchener Polizei Forum‹ erläutert, das nur intern verteilt wird. Der Einfall, die Glasscherbe im Auto auszulegen, beruht ebenfalls auf einem solchen Artikel. Und das Dritte, was mich gleich stutzig gemacht hat, ist die Gschicht mit dem Brandsatz und der Zündung. Praktisch wörtlich dem Fachblatt entnommen.«

Rico hielt inne, faltete die Hände wie zum Gebet und sah Ottakring erwartungsvoll an. Eine Pause entstand.

Chili machte große Augen.

»Ich gehe davon aus«, meinte der Kriminalrat, »dass Sie Tankstellen abgeklappert und erkundet haben, wer in letzter Zeit Motorenöl und einen vollen Benzinkanister gekauft hat. Einen Brandsatz nämlich.«

»Klaro«, sagte Chili unnötig laut. »Selbstverständlich. Auch auf Schrottplätzen haben wir uns nach Altölkäufern erkundigt. Aber genauso gut kannst du im Rotlichtmilieu ein Alibi überprüfen.«

Ottakring erhob sich und sah vom Fenster auf den Kfz-Hof.

»Wenn wir davon ausgehen, dass Ihre Spürnase Sie nicht trügt, kommt ein aktiver Polizist, der die Tat im Dienst begeht, nicht in Frage. Demnach – wie gesagt, wenn Sie recht haben –«

Chili schlug beide Hände vor den Mund. »Mein Gott!«, rief sie aus. »Wieso sind wir da nicht selber draufgekommen? Es ist ja so einfach. Herr Ottakring hat recht. Wir müssen alle Pensionierten, die noch Zugang zu Fachliteratur haben, nach ihrem Alibi überprüfen.«

Rico deutete ein Händeklatschen an. Danach trat eine Stille von einer halben Minute ein.

»Sie sehen, wir brauchen Ihre Erfahrungen«, sagte er und machte dabei ein kluges Gesicht. »Erfahrungen sind die Jahresringe des Menschen.«

Ottakring grinste ihn an. »Ach was«, sagte er. »Warum so kompliziert? Erfahrungen sind nichts als Einsichten, gewonnen aus den Dummheiten, die man in der Vergangenheit begangen hat.«

Damit warf er den Kopf in den Nacken, stülpte sich die Baseballmütze umständlich über die Frisur und ging aufrecht durch die Tür.

NEUNZEHN

Eine knappe Woche nach seinem Klinikaufenthalt war von Arturs Krankheit nichts mehr zu merken. Nie hatten Hadi und Werner einen besser gelaunten und zuversichtlicheren Komplizen gehabt. Er sprühte vor Lebens- und Unternehmenslust.

»Na klar bin ich dabei«, rief er, als sie sich wieder in Werners Gartenhaus trafen. »Einmal ziehen wir so ein Ding noch durch. Jetzt, wo wir's können.«

Kein Wunder. Er, Artur Josef Huber, frühpensionierter Pförtner des Polizeipräsidiums Süd in Rosenheim, hatte die Idee gehabt.

»Wie wär's«, hatte er in der Nachbesprechung zu ihrem Maxlrainer Unternehmen phantasiert, »wenn wir uns einmal um den Salon Kitty kümmern würden?«

In tiefstem Oberbayerisch hatte er gesprochen, richtig Hochdeutsch war so gar nicht seine Sach. Es klang dann windig und guttural, wie das Geräusch, das aus dem U-Bahn-Schacht kommt, bevor die Bahn einfährt.

Er schilderte, was er über den Salon Kitty herausbekommen hatte. Nicht, dass er je als Kunde dort gewesen sei, oh nein. Er war ihm lediglich dienstlich bekannt und weil er sich ein bisserl im Internet umgeschaut hatte. Danach war es gar nicht mehr nötig gewesen, sich um die ausgeschriebene Reinemachestelle zu bewerben, was er ursprünglich vorgehabt hatte.

Zehn oder zwölf Mädels zwischen achtzehn und fünfundzwanzig, zu allem bereit, die Hälfte aus Osteuropa, zwei von den Philippinen oder aus Thailand, so genau wusste er das nicht, eine, das war sicher, aus Osttimor, und eine dralle Schwarze aus Woherauch-immer. Ach ja, nicht zu vergessen eine Bayerin aus der Nähe von Mühldorf oder Altötting oder Waldkirchen. Oder so. Es könnt auch eine Fränkin sein.

»Aber des is ja eh wurscht. Jedenfalls haben die dort einen Mordsbetrieb und jede Menge Knete.«

In der Ecke neben dem Grill räkelte sich Hadi Yohl auf einer hellblauen Strandliege, die Werner vor Jahren auf einem Flohmarkt auf Kreta erstanden hatte.

»Ich komm mir vor wie in einem Wildwest-Saloon«, erklärte er, die Augen zuerst zur Decke und dann auf Artur gerichtet. »Hab ich schon immer gesagt. Der Schmarren, den du erzählst, der passt zur Einrichtung hier drin.«

Zu guter Letzt taten sie dann aber doch, was Artur sagte. Widerspruchslos gingen sie an die Planung und waren dankbar für die außergewöhnliche Idee, einen Edelpuff zu überfallen.

Der Salon Kitty war eine Villa im Stil der Rosenheimer Gründerzeit mit Erkern, Türmchen, Krönchen und sonstigem neugotischen Schnickschnack. Er stand etwas unterhalb der Schloßberger Brücke zum Fluss hin.

»Da gibt's einen Nebenausgang zum Inn, durch den die etwas gschamigeren Kunden ungesehen ins Freie gelangen können, ohne ihr Hosentürl zumachen zu müssen, falls sie gleich wieder rein wollen.« Der Huawa Artur kannte sich aus. »Es wäre auch ein Fluchtweg, grad wie er im Buch steht.«

Den Haupteingang sicherten Türsteher, die auf ein Klopf- oder Klingelzeichen öffneten. »Einer muss an denen vorbeikommen und dann den Hintereingang von innen öffnen. Des wär des Gscheiteste. Vielleicht wieder du, Hadi, so wie in Maxlrain? Du führst ja die Regie.«

»Aber a gmahte Wiesn is des net!«, wandte Werner auf Samerberglerisch ein und schlug die dicken Beine übereinander.

»Is halt eine besondere Anforderung«, entgegnete Hadi lässig.

»Wo liegt denn überhaupt das Geld in dem Haus? Wer sagt denn, dass wir ungehindert dorthin kommen?«, fragte Werner.

Kein Wunder, dass ausgerechnet er die Frage stellte. Als Rechtsanwalt war er spezialisiert aufs Suchen und Finden von Schlupflöchern.

Mit großem Interesse schaute Hadi auf Artur.

Der zuckte mit den Achseln. »Das werden wir sehen, wenn wir da sind«, sagte er.

Er stieß die Faust in die Luft wie Che Guevara auf den Buntplakaten. »Ich gebe nur ein Stichwort. Handgranate!«

Und so, mit Für und Wider, entwickelten sie einen Schlachtplan, wie man die feste Burg Salon Kitty am geschicktesten einnehmen könnte. Eines war sicher: Den Überraschungseffekt hatten sie auf ihrer Seite. Kein Mensch im Salon Kitty, weder Lieferant noch Verbraucher, würde je damit rechnen, überfallen zu werden.

Zubehör wie immer. Handgranaten. Sprengstoffgürtel. Und eine kleine Variante.

»Welche Maskierung sollen wir diesmal wählen?«, fragte Werner zum Schluss der Sitzung.

Sie einigten sich auf normale alte Nylonstrümpfe, möglichst nahtlos.

»Das hat folgenden Vorteil«, erläuterte Hadi. »Die Polizei hat anhand unserer Vorgehensweise und Hilfsmittel bestimmt schon kombiniert, dass die beiden Überfälle zusammengehören, obwohl in der Presse davon nichts steht. Sie haben selbstverständlich auch herausgefunden, dass wir raffinierte Kerlchen sind, die immer bestrebt sind, falsche Fährten zu legen.«

Als er auf Arturs verständnislose Miene stieß, fügte er hinzu: »Glassplitter, die Sache mit den Fasern, der Ölcheck. Okay?«

Über Artur Gesicht ging ein Leuchten.

»Gut«, sagte Hadi. »Nylonstrümpfe gibt es ja praktisch nicht mehr. Es gibt nur mehr Nylonstrumpfhosen. Und eine Maskierung mit Nylons bei Einbrüchen oder Überfällen ist out. Seit Jahren hat es keine Überfälle mehr in dieser Tracht gegeben. Folglich würde ich als Polizist daraus schließen, dass die Täter, wenn sie dennoch Nylons benutzen, aus der Zeit stammen müssen, als Nylonstrümpfe für diesen Zweck noch herhalten mussten. Da sie uns aber für trickreich halten, werden sie annehmen, dass wir sie wieder aufs Glatteis führen wollen, und stufen uns gegenteilig von dem ein, wie es den Anschein hat, nämlich als jung. Nun werden sie allerdings annehmen, dass wir klug genug sind, ihren Gedankengang nachzuvollziehen. Und, Artur, was bleibt übrig? Bei welcher Variante enden wir dann?«

Artur hing völlig verdreht in seinem Stuhl. Seine Augen traten aus den Höhlen und waren zur Decke gerichtet.

»Keine Ahnung, Chef«, hauchte er. »Ich komm da nicht mehr mit. In Mathe war ich nie Klassenbester. Aber es wird schon richtig sein, wenn du es sagst. Hauptsache, die Polizei denkt so wie du.«

Werner als der für Maskierung Zuständige sollte die Nylons beschaffen.

»Ich will mal sehen, dass ich an Strumpfrohlinge komme«, gebar er sofort eine Idee, die gut ankam. »Die sind sicherer gegen Laufmaschen. Ich hab da noch so gewisse Beziehungen. Es muss ja diesmal kein Secondhandshop sein.«

Welche seine Beziehungen waren, gab er nicht preis. Es interessierte auch nicht, denn es war abgesprochen, dass jeder sein Aufgabengebiet selbstständig nach bestem Wissen und Gewissen auszufüllen hatte.

»Wir müssen frühzeitig los, um den Kampf mit dem Rosenheimer Stoßverkehr aufzunehmen«, sprach Hadi warnend aus. »Also seid um Himmels willen pünktlich, wenn's losgeht!«

Zum letzten Mal überprüfte Artur die Sachen, die er auf seinem Ehebett ausgebreitet hatte. Er verglich sie mit der Liste in seiner Hand. Er hatte nur eine weiße Unterhose an, die sich farblich kaum vom Rest seines Körpers abhob. Im Radio wurde in Bayern Klassik das Klarinettenkonzert A-Dur von Mozart übertragen. Ein Stück, das sich Artur Josef Huber seit vielen, vielen Jahren eingeprägt hatte.

In seinem siebten Lebensjahr hatte er selbst zum ersten Mal eine Klarinette in die Hand gekriegt und Unterricht bekommen. Da lernte er nicht nur Volksmusik und Jazz nach Noten zu spielen, auch klassische Stücke waren darunter. Später im Erwachsenenalter, als sich der Soloklarinettist des bekannten Inntal-Sextetts die Hand beim Holzmachen absägte, wurde Artur die Nachfolge übertragen. Mit dem Sextett feierte er nicht nur Erfolge in ganz Oberbayern, auch Tirol lag ihnen zu Füßen.

Nie würde er vergessen, dass ihm sein Patenonkel, ein Großbauer aus der Nähe von Bad Feilnbach, zum fünfundzwanzigsten Geburtstag einen Konzertbesuch im Münchener Herkulessaal schenkte. Igor Gorczycka mit den Münchener Philharmonikern spielten eben dieses A-Dur Klarinettenkonzert. Er verliebte sich in die Musik von Mozart, kaufte sich Noten und schaffte es, das Adagio des zweiten Satzes leidlich gut zu spielen. Wenn er nun genügend Geld hatte und die Sache mit den Überfällen vorbei war, wollte er dem Everl auch das Klarinettenspielen beibringen lassen. Er musste eine Träne verdrücken, wenn er daran dachte, dass sie eines Tages – so wie Sabine Mayer, die Weltmeisterin – in der Lage sein könnte, mit dem Instrument auf der Bühne aufzutreten.

Frühzeitig schon hatte er bestimmt, dass der langsame Satz des Konzerts auf seiner Beerdigung von einer CD gespielt werden sollte, wenn es einmal so weit wäre. Im Moment glaubte er im hintersten Winkel seines Herzens daran, dass es so lang hin gar nicht mehr sein könnte, denn er hatte starke Herzschmerzen. Wahrscheinlich die Aufregung, dachte er nachsichtig lächelnd. Doch alle halbe Minute zuckte seine Hand sakramentisch zur linken Brust. Lieber Gott, lass bloß jetzt nichts passieren, schoss es ihm durch den Kopf. Das Everl braucht mich. Die hat ja sonst niemanden.

»Opapa, was machst du?«, rief das Everl aus dem Wohnzimmer, wo sie mit Würfeln spielte.

»Weißt du doch«, gab Artur zurück. »Ich muss mich umziehen für meine Arbeit.«

»Was für eine Arbeit ist das?«

Ja, wenn er das wüsste. War es Arbeit, wenn man einen Puff überfiel? Oder war es Vergnügen?

»Ich treff mich mit Freunden … ach, Everl, das ist zu kompliziert. Komplizierte Arbeit.«

Er begann, sich der Liste nach anzukleiden. Unauffällig, hatte Hadi gewünscht. Zum Schluss stopfte er die Restartikel auf dem Bett, nämlich die Gummihandschuhe und die Nylonmaske, in die schwarze Nylonumhängetasche ohne Schriftzug, die Werner zusammen mit den Masken besorgt hatte.

»Opapa? Wie lang bist du weg? Muss ich lange fernsehen? Ach nein, ich glaub ich geh ins Heiabett – Opapa?«

»Ja, Everl, was ist denn noch? Wir haben doch schon alles besprochen.«

»Opapa! Ich hab dich soooo lieb!«

Das Everl traf ihren Opapa genau im falschen Moment. Er stand nämlich da, fertig gestiefelt und gespornt, und dachte daran, wie es sich wohl als unabhängiger, begüterter alleinerziehender Mann mit Enkelin in Irland leben ließ. Er hatte einmal mit Bernadette in jungen Jahren einen Urlaub dort verbracht, und dort wollte er immer schon hin. Auswandern, hatte er sich vorgestellt, wenn er genügend Geld beinand hätte. Bis vor Kurzem war es noch undenkbar gewesen. Aber jetzt? Das Everl aufs Gymnasium, zweisprachig aufwachsen (oder dreisprachig? War Irisch eine eigene Sprache?), ein kleines Häuschen, ein Pferd fürs Everl, ein …

»Opapa? … Ooopapaaa!«

Das Everl kam auf kleinen nackten Füßen ins Schlafzimmer getrippelt. Den Opapa suchte sie in Augenhöhe oder darüber. Finden tat sie ihn aber darunter. Er lag nämlich auf dem Fußboden. Obwohl er die Augen offen hatte, schien er sie nicht zu erkennen.

»Opapa, ich bin's doch, das Everl.«

Sie kitzelte ihn an der Nase, wie sie es oft tat. Sie schleckte die Nasenspitze mit der Zungenspitze ab.

Doch der Opapa nieste nicht und lachte nicht.

Der Opapa rührte sich überhaupt nicht.

Nun versteht ein Kind in Everls Alter vom Tod so viel wie ein Krake vom Skifahren. Das Everl benötigte mehrere Handvoll Minuten, um zu begreifen, dass ihr geliebter Opapa das Zeitliche gesegnet hatte und nie mehr aufstehen würde. Dass sie fortan vollkommen allein auf sich gestellt sein würde, daran dachte sie nicht gleich. Ihr einziger Sinn trachtete danach, den Opapa wieder wach zu bekommen.

Was tut man in solch einem Fall? Man ruft den ärztlichen Notdienst an. Das hatte sie schon gelernt und den Ernstfall zweimal praktiziert.

In weniger als dreißig Minuten waren sie da.

Und in weniger als zwanzig Minuten war der Notdienst wieder weg. Der pensionierte Polizeipräsidiumspförtner Artur Josef Huber war tot. Eines natürlichen Todes gestorben. Ganz plötzlich.

ZWANZIG

Der Sonnenuntergang hinter dem Wendelstein war grell und bedrohlich. Von ferne war Donnergrollen zu hören, als Hadi und Werner zu Fuß auf den Salon Kitty zusteuerten, jeder aus einer anderen Richtung kommend. Seine Nylonmaske und die Gummihandschuhe hatte jeder bequem in die schwarze Nylonumhängetasche in direkte Nachbarschaft zu einer Taschenlampe gestopft. Hadi führte zusätzlich zwei Handgranaten, Werner den Sprengstoffgürtel mit sich.

»Salon Kitty«, in glühend blauer Leuchtschrift quer übers Haus geschrieben. Man konnte es nicht verfehlen.

Sie trafen sich auf dem Autoabstellplatz, der naturgemäß etwas abseits lag und wie eine Bienenwabe geteilt war, sodass kein Besucher den anderen sehen konnte. Kein Lüftchen regte sich.

»Wo bleibt Artur?« Hadi sah auf seine Uhr. Es war achtzehn Uhr zwei. Um achtzehn Uhr hätte es losgehen sollen.

Werner nestelte an seiner Maske herum.

Hadi winkte ab. Nicht zu früh aufsetzen!

»Ts, ts, ts«, machte er. »Wir wollten ja keinesfalls telefonieren. Aber in so einem Fall?«

Er landete auf der Mailbox von Arturs Handy. »Hallo! Melde dich! Wir warten.«

Um Punkt halb sieben hörten sie auf zu warten.

Der Sturm, der sich im Westen angekündigt hatte, brachte kalten Wind mit sich. Über den Bergen zuckten Blitze, und der Donner rollte. Einen Augenblick lang stockte ihnen der Atem.

»Er meldet sich nicht. Etwas muss passiert sein. Kann ja wohl nicht sein, dass er einen Unfall hatte. Dann würde er uns verständigen.«

Werner checkte sein Handy. Kein Anruf.

Hadi checkte sein Handy. Auch kein Anruf.

»Sollen wir zu zweit?«, fragte Werner mit angriffslustiger Miene.

Das hatte Hadi schon längst überlegt. »Jetzt, wo wir schon mal da sind«, sagte er leise, obwohl niemand außer Werner im Umkreis war. »Unser Schiff liegt ja dort unten auch schon vor Anker und wartet.«

Stunden später waren Hadi und Werner selbst überrascht, wie viel Mut sie in ihrer Situation bewiesen hatten.

Der erste Türsteher war im Nu überwältigt. Für den zweiten benötigten sie zehn Sekunden. Moderne Betäubungsmittel wirkten im Handumdrehen, Artur kannte sich auch in solchen Sachen aus. Er hatte die Mittel beschafft.

Der erste Schritt hatte funktioniert. Vor ihnen lag ein langer, breiter Flur mit Türen links und rechts. In der Mitte des Gangs führte eine Treppe nach links oben. Vor der Treppe war – wie Artur es beschrieben hatte – eine kleine Bar, wahrscheinlich das Empfangssekretariat. Die Bar war unbesetzt. Das Licht der orangefarbenen Hängelampe darüber flackerte.

Geduckt ging Hadi durch den spärlich beleuchteten Flur voran. Er kam sich vor wie im Gangsterfilm. Doch jeder dritte Gedanke gehörte Artur. Was war los mit ihm? Er wusste genau, dass dieses Wohlfahrtshimmelfahrtskommando nur für ihn und sein Everl unternommen wurde. Bisher hatte er sich als zuverlässig erwiesen. Es musste ihm wohl etwas zugestoßen sein. Etwas, das es ihm unmöglich machte, Laut zu geben.

Dass er kein Telefon zur Hand oder ihre Nummern verlegt hatte, war schwer anzunehmen. Dass er ausgerechnet heute trotz allergrößter Vorsicht in einen Unfall geraten war, der es ihm unmöglich machte, sich zu melden, war sehr unwahrscheinlich. Darüber hinaus gab es nur eine einzige Erklärung: Er war ohne Bewusstsein oder sonst wie hilflos! Das wiederum brachte Hadi zu der Überzeugung, dass Arturs krankes Herz rebelliert hatte. Dass er entweder zu Hause bewusstlos am Boden lag oder in eine Klinik eingeliefert worden war.

Ein zweiter dröhnender Donnerschlag. Es war, als ginge die Welt direkt über ihnen unter.

Sie duckten sich schlagartig weg. Aus der ersten Etage kam

ein markerschütterndes Gebrüll, das nichts Menschliches hatte. Wurde da ein Schaf geschlachtet?

Plötzlich erloschen alle Lichter. Das gesamte Haus lag in völligem Dunkel. Es war totenstill. Hadi und Werner zückten die Taschenlampen. Ihr Strahl geisterte über die in zartem Gelb, Blau oder Hellgrün gehaltenen Innenwände. Und trafen auf eine Frau in langem roten Flatterkleid, die wie ein Geist aus einem der Löcher in den Wänden geschwebt kam.

Als die Gestalt sie sah, umklammerte sie mit beiden Händen den eigenen Hals und stieß einen lang gezogenen Schrei aus.

Hadi wurde sich bewusst, dass die Nylonstrümpfe ihre Gesichter aufs Hässlichste verdrückten, verschandelten und entstellten.

»Wo ist die Chefin?«, zischte Hadi ihr entgegen.

»Ich bin die Chefin«, kam es leidvoll zurück. »Und euer SM ist unten im Keller.«

Die Frau hatte nichts Feminines an sich. Ihr Gesicht war eine Fratze. Sie hatte Angst.

Sie musste Angst haben.

Denn vom oberen Stockwerk ergoss sich eine Flut nackter und halbnackter Menschen über die Treppe nach unten. Glas zerbrach, es war ein Gedrängel und Geschubse, alles im Dunkel oder im Halbdunkel der Taschenlampen, Männer fluchten, Frauen kreischten. Hie und da flackerten ein paar eilig angezündete Kerzen.

»Merkt ihr nichts, verdammt? Bei uns hat der Blitz eingeschlagen. Es brennt!«

Die Chefin breitete die Arme aus und wollte weglaufen. Sie schrie wie am Spieß, doch da mehr oder weniger alle schrien, ging ihr Geplärre unter.

Werner fiel ihr in die Arme. »Die Kasse!«, zischte er halblaut. »Wo ist die Kasse?«

Trotz Lärm, Hektik, Feuersbrunst und angesichts eines tödlichen Verbrechens wurde die Chefin auf einmal zahm. Ein Leuchten ging über ihr Gesicht.

Hadi schwante nichts Gutes.

»Kommt mit«, sagte sie mit Normalstimme. »Ich bring euch zur Kasse.«

Treppauf ging sie voran, drehte sich in der Fortbewegung noch einmal um. »Ich heiße übrigens Paradisi. Ihr könnt mich ruhig duzen.«

Obwohl sie fast umgerannt wurde, behielt sie die Nerven.

In der Kasse fand sich nur Kleingeld.

»Des is vielleicht scheiße recherchiert«, sagte Werner auf Samerberglerisch.

»Kann man wohl sagen«, sagte Paradisi.

Ein brennender Balken fiel neben ihnen auf ein ungemachtes Himmelbett. Es fing sofort Feuer. Das Feuer griff auf das Holzschränkchen mit dem eingebauten Bidet und die übrige Einrichtung über.

In einiger Entfernung stand alles schon in hellen Flammen. Sie waren die einzigen Lebenden auf der ersten Etage.

»Wir schauen uns ein bisschen um«, sagte Hadi, einer plötzlichen Eingebung folgend.

»Na, dann servus«, sagte Paradisi und verschwand mit geschürzten Röcken über die mit Stuck pompös verzierte Stiege nach unten.

Hadi und Werner hielten sie nicht auf. Sie hatten sogar darauf verzichtet, von ihren Geheimwaffen Granate und Gürtel Gebrauch zu machen. Es gab keine Gegenwehr.

Wieder musste Hadi an ihren dritten Mann im Bund denken. »Gut, dass Artur nicht dabei ist«, rief er – unterbrochen vom Geprassel des Feuers und dem Krachen herabstürzender Balken und Dachziegel – Werner zu.

Sie schauten sich um.

Draußen ging die Welt unter. Während sie sich durch glühende Zimmer, brennende Suiten und aufgeheizte Boxen wühlten, fiel Werners Blick auf ein Metallskelett, das scheinbar sinnlos an einer Wand neben einem angeschmolzenen Glasfenster lehnte.

»Kamera!«, fauchte Hadi, ohne Luft zu holen.

Wo Kamera, da auch Fotos. Exakt drei Leitz-Ordner im DIN-A4-Format holte Hadi aus einer feuersicheren Metallbox. Er warf einen kurzen Blick hinein. Oberholzer, Lindner, Meixa, Girglbach, der Vorsitzende der Architektenkammer und zwei vom Alpenverein. Alles Leute, die prominent waren, die man auf Anhieb kannte. Das allein genügte, um einem professionellen Erpresser das Wasser im Mund zusammenlaufen zu lassen. Hadi ließ Werner den Blick auf die Fotos werfen. Nacktes Fleisch, gekrümmte Rücken, verzerrte Gesichter. Beide sahen sich vielsagend an. Daneben gab es Videos und Schmalfilme, sorgsam registriert auf rechteckigen Klebezetteln, DIN A5. Auch eine Handvoll CDs war dabei.

Über ihnen knarrte, ächzte, stöhnte es. Das Dach ein einziges Flammenmeer. Unter unsympathischem Krachen stürzte schließlich der südsüdostwärtige Teil des Giebels zusammen und begrub das Darunterliegende unter sich. Man konnte nur hoffen, dass es keine Toten gab.

Umgeben von einer um sich greifenden Feuersbrunst suchten Hadi und Werner nach Geld und anderem Verwertbarem. Da es kein Dach mehr gab, prasselte der sturzbachartige Regen auf sie hernieder. Er prallte kniehoch vom löchrigen Fußboden zurück, sie wurden gleichzeitig von oben und von unten bis auf die Haut durchnässt, begleitet vom Sirenengeheul der Feuerwehr.

»Zum Wohl, meine Herren«, sagte Paradisi mit triefender Scheinheiligkeit, als sie mit ihrer Beute an der Bar im Eingangsbereich vorbeikamen. Sie hielt ihnen ein schäumendes Pils entgegen.

»Keinen Arm frei«, sagte Werner und deutete mit dem maskierten Kinn auf die Metallboxen unter seinem Arm.

»Keine Zeit«, sagte Hadi ergänzend.

Sie strebten dem Nebenausgang – dem für die gschamigen Kunden, wie es Artur beschrieben hatte – zu, während Paradisi an der Bar mit ihrem Handy hantierte und am Haupteingang der erste Polizist unter der Tür stand.

Der Nebenausgang schien die einzige intakt gebliebene Tür im Gebäude zu sein. Sie war nur etwas verklemmt. Doch nach einigen Fußtritten ging sie auf, und der Regen schlug ihnen wie ein nasser Vorhang entgegen. Im Schein der Feuersbrunst wälzte sich der Inn träg wie rot glühende Lava vorbei.

Und mittendrin ihr Fluchtfahrzeug.

Das Tourenkajak lag unbeschädigt am Kai, dort, wo sie es festgemacht hatten. Es war ein gebrauchtes Dreierkajak in der Tarnfarbe olivgrün, das Artur vom Lagerplatz des Herstellers günstig hatte entwenden können. Ein Glück, dass er die Einstiegsluken mit Spritzdecken abgedichtet hatte. Das Boot wäre bei diesen Regenfällen untergegangen.

»Was bloß mit Artur passiert ist«, sagte Werner. »Der müsste jetzt hier sein und die Leinen losmachen. Das war seine Aufgabe. Ich hab das noch nie gemacht.«

Hadi schüttelte den Kopf. »Ich versteh das auch nicht«, sagte er. »Aber macht nix. Wir kriegen das schon hin. Gib her.«

Er nahm die vorderste Abdeckung weg und packte ihre Beute hinein. Es war nicht einfach, etwas Viereckiges in etwas Rundem zu verstauen.

Vor und neben ihnen rauschte das schmutzige Wasser des Inns in einem Wahnsinnstempo vorbei. Die weiße Gischt bildete wirbelnde Krönchen auf orangefarbenen Wellen.

»Da soll ich rein?«, brüllte Werner gegen den Lärm des Stroms an.

Hadi hatte Mühe, die Verbindungstaue gegen die Wucht des anrennenden Wassers zu verteidigen. Am Ende hatte er es unter nervenzerfetzendem Einsatz geschafft, Werner und sich selbst in ihre Sitze, die Paddel in die Fäuste und das Kajak vom Ufer loszubekommen. Mit Wind und Strömung wurden sie auf dem breiten Strom nach Norden die Innleiten entlanggetrieben, vorbei an hilferufenden Wohnsiedlungen, überschwemmten Sportplätzen, der gurgelnden Kläranlage, vorbei auch an sprudelnden Feldern und abgetauchten Wiesen, auf denen mehr Silberreiher bis übers Knie im Wasser standen, als Autos auf den Straßen fuhren. Dass es zunehmend weniger regnete, merkte die Bootsbesatzung nicht, denn sie war schon bis auf die Haut nass.

Hadi und Werner arbeiteten mit den Paddeln, bis sie Krämpfe in den Oberarmen bekamen. Sie kämpften gegen die wild gewordenen Fluten an, um sich auf der Westseite des Gewässers zu halten, weil kurz vor Langenpfunzen ihr Fahrzeug geparkt war.

Kurzum: Sie taten alles, um nicht zu Fischfutter verarbeitet zu werden.

»Hadi, ich muss mit dir sprechen.« Werner stand mit bleichem Gesicht vor ihm, durchweicht vom Regen, die Hände in die Hüfte gestützt.

Hadi erwachte wie aus einem Tagtraum. Es war ihm doch tatsächlich so vorgekommen, als hätten sie wie Dick und Doof bei diesem Wetter, diesem Seegang und bei kompletter Dunkelheit das Boot bestiegen und wären losgerudert. Er schüttelte die Müdigkeit ab, seufzte und rieb sich die Augen.

»Wir schneiden das Boot los und nehmen den Roller«, brüllte Werner gegen den Sturm an.

Er wartete Hadis Reaktion gar nicht erst ab. Er richtete den Strahl seiner Taschenlampe auf das Kajak, hatte das Messer schon in der Hand und durchschnitt das Tau. Mit einem kräftigen Ruck zuckte der Bootskörper kurz vor und zurück und sprang wie ein junger Hund ins Wasser.

»Auf geht's!«

Werner hatte den Metallkoffer bereits unter dem Arm, bevor Hadi vollends wach war.

Der Salon Kitty stand komplett in Flammen und beleuchtete die gesamte Szenerie. Rauch stieg auf, eine dunkle Wolke in einem noch dunkleren Himmel. Feuergeruch machte die Luft zum Schneiden dick. Sirenen heulten pflichtgemäß und Blinklichter nudelten eifrig vor sich hin.

Hadi nickte Werner zu. Ihr Auftrag war erfüllt. Sie hatten wenig Bargeld erbeutet, aber unverhofft einen Schatz gehoben, der, wenn realisiert, ihnen allen dreien ein sorgenfreies Leben, egal wo auf der Erde, gestatten würde.

Bis zum Motorroller waren es keine zweihundert Meter. Hadi hatte dafür gesorgt, dass er sicher und trocken in einer Scheune fernab jeder Zivilisation geparkt war. Er betrieb – genau wie in seinen Romanen – prinzipiell einen Plan B.

Der Roller musste nur anspringen.

EINUNDZWANZIG

Artur Josef Huber war tot. Endgültig und mausetot. Und er war pensionierter Polizeimitarbeiter. Es hätte mit dem Teufel oder absoluter Unfähigkeit zugehen müssen, hätte die Polizei nicht in kürzester Zeit seine Identität mit den Überfällen in Verbindung gebracht.

Sie tat es.

Einerseits.

Andererseits fanden sie eine alleinstehende Enkelin vor, die dringend der Hilfe bedurfte.

Ottakring las gerade das Oberbayerische Volksblatt, als das Telefon klingelte. Jedes Mal hoffte er, dass es Lola sein könnte. Er hatte solche Sehnsucht nach seiner Lola, egal, was sie getan hatte. Doch wieder war es nicht Lola. Es war Rico Stahl.

»Sie hatten recht«, sagte er nur.

»Wie bitte?«

»Ihre Vermutung, dass ein Pensionär der Polizei zum Täterkreis gehört, hat sich als richtig erwiesen.«

Im Geist sah Ottakring, wie sein verehrter Kollege sich an einer farbig gestreift/gepunkteten Krawatte mit exotischem Muster zupfte.

»Und? Wer ist's?«, fragte er.

Eine kurze Pause entstand.

»Artur Josef Huber«, sagte Rico dann.

Der Name traf Ottakring wie ein Peitschenhieb. Der Huber sollte ein gesuchter Räuber sein? Der brave Huber, den alle den Huawa nannten, der immer artig an der Pforte saß und ankommende Telefongespräche vermittelte? Er wusste zwar von dessen krimineller Vergangenheit. Doch seine Erfahrung hatten sich die Kollegen vom K2 reichlich zunutze gemacht.

»Der Huawa? Da schau her«, sagte er nur. »Das is ja sakramentisch! Und? Haben Sie ihn schon verhaftet?«

»Ähäm. Würden wir ja gerne. Aber geht nicht.«

»Wieso geht nicht? Ist er nach Sibirien verzogen?«

»Schlimmer, Herr Ottakring, schlimmer. Huber ist tot. Eines natürlichen Todes gestorben.«

»Das tut mir aufrichtig leid. Und? Haben Sie schon Spuren sichern können? Beute gefunden? Komplizen entdeckt? Erkenntnisse aus seinem Tod gewonnen?«

Es überraschte ihn, Rico lachen zu hören.

»Hehehe, der alte Ottakring«, sagte der röchelnd. »Will immer alles gleichzeitig. Hauptmerkmal: Ungeduld. Warum schauen Sie nicht in den nächsten Tagen mal bei mir vorbei? Bis dahin sind wir sicher schon wesentlich weiter. Das Aktuelle können Sie ja in der Zeitung lesen.«

Ottakring wollte schon auflegen, da kam Rico noch einmal an.

»Halt, hätt ich fast vergessen. Wie schätzen Sie den Huber ein? Er war erheblich vorbestraft, ein Ex-Knacki, das ist Ihnen ja bekannt. Können Sie ein Motiv erkennen, warum er diesen Rückfall erlitten hat? Bisher war er doch jahrelang sauber geblieben.«

»Ja«, sagte Ottakring mit fester Stimme und gerader Stirn. »Dazu fällt mir schon was ein. Der Mann war absolut okay. Es muss etwas sehr Außergewöhnliches geschehen sein, dass er wieder auf die schiefe Bahn geraten ist. Mein Tipp: Er muss in Geldschwierigkeiten gesteckt haben. Es war bestimmt nicht die Lust am Verbrechen. Sondern höchste Not. Geldnot.«

»Sakramentisch! Hubers Geldnot ist vorbei«, sagte Hadi Yohl zu Werner Stuffer. »Auf eine sehr unorthodoxe Art gelöst. Was machen wir jetzt?«

Einerseits hatten sie ein Gefühl der Leere und der Trauer wegen Arturs Tod. Die gemeinsamen Aktivitäten hatten sie zusammengeschweißt. Andererseits spürten sie ein erregendes Gefühl der Erleichterung angesichts der Tatsache, dass sie ihrem gewohnten Alltagsleben wieder näher kamen. Spannung und Abenteuer zu erleben ist eine Sache, dabei aber ständig mit einem Fuß im Gefängnis zu stehen, eine andere.

Hadi hatte sich schon in der Früh in sein Auto gesetzt und war zu Werner gefahren. Dessen Gartenhaus hatte nicht viel Abwechslung zu bieten. Sie hätten auch zum Schmiedwirt, zum Falkensteiner oder in Hadis Haus gehen können. Doch das Gartenhaus war ihnen als Einsatzzentrum, Operationszentrale und als normales Besprechungszimmer so vertraut, dass sie nicht darauf verzichten wollten.

Gefächerte Sonnenstrahlen fielen in den Raum, die ersten Zeichen des Frühlings, und machten den Staub auf der Oberfläche der wenigen Möbel sichtbar. Werner ließ die Jalousetten ein paar Zentimeter herab, nahm einen nassen Lappen und wischte den Staub weg. Auf einem Tischchen in der Ecke stand ein Tablett mit zwei leeren Bierflaschen. Er entfernte sie. Dann setzte er sich wieder zu Hadi. Mit Mühe quetschte er zwei Finger in seinen Kragen, um sich den Schweiß wegzuwischen.

Vor ihnen auf der Tischplatte stand – mächtig und elegant wie eine silbrige Kaaba von Mekka – die Metallbox aus dem untergegangenen Salon Kitty. Die Abdeckplatte stand offen. Fotos und Videos von klar definierbarer Herkunft und unschätzbarem Wert. Ordner mit dünnen Klarsichtmappen, in denen einzeln die Personenfotos steckten. Nicht gerade König Carl Gustav von Schweden, Dominique Strauss-Kahn oder Jörg Kachelmann, aber es waren doch Männer vertreten, die im Rosenheimer Land Rang und Namen hatten. Nackt fotografiert, gebückt, gespreizt, gestreckt, genervt. Liegend auf dem Rücken, auf dem Bauch, kniend, sitzend, hängend. Mit einer nackten Frau, mit zweien, mit Frau und Mann. Der einzige des halben Dutzends Videofilme, den sie sich angesehen hatten, zeigte ähnliche Wahrheiten.

»Genug, um bis ans Ende unserer Tage auf Hawaii zu leben«, meinte Hadi.

»Sollen wir?«, fragte Werner.

»Sollen wir was? Diese Freier erpressen?«

»Warum nicht?«

»M-m. Das meinst du doch nicht im Ernst? Willst du als Rechtsanwalt den Abgeordneten Meixa erpressen? Ihr kennt euch doch ganz gut, oder? Im Grunde kennen wir doch alle Kandidaten ganz gut, nicht?«

Innerhalb von Minuten waren sie sich einig. Bargeld hatten sie sich zwar erhofft, aber im Großen und Ganzen hatten sie das Unternehmen eh rein sportiv betrachtet. Einen Hattrick hatten sie abliefern wollen, wie im Fußball. Dass sie dabei auf eine Goldader stoßen würden, war nie in ihrem Sinn gewesen.

»Also lassmers?«

»Lassmers bleiben!«

Arturs plötzlicher Tod hatte alles verändert. Das wichtigste Motiv war weg, der Elan war weg, die Lust war weg.

Es dauerte weitere eineinhalb Stunden, bis sie zu einem Endergebnis kamen. Vielerlei Möglichkeiten wendeten sie hin und her. Dass sie sich auf kriminelles Glatteis begeben hatten, lag nicht nur daran, dass sie einem unverschuldet in Not Geratenem aus der Patsche helfen wollten.

»Du wolltest schließlich auch so etwas wie eine Stoffsammlung für deine zukünftige Karriere als Kriminalschriftsteller betreiben«, sagte Hadi mit gerunzelter Stirn.

»Und dein Motiv war, einzutauchen in die Welt des raffinierten Verbrechens in der realen Welt. Ein Abbild deines Romanuniversums zu schaffen«, sagte Werner. Als Anwalt war er es gewohnt, seine Argumente zu durchdenken und ihnen scharfe Kanten zu verleihen.

»Und? Wie weit sind wir gekommen?«

»Wir haben drei Überfälle mit ansprechender Beute verübt und sind bis jetzt noch nicht gefasst. Das spricht dafür, dass wir fehlerfrei gearbeitet haben.«

»Das wird sich ändern«, warf Hadi ein und trank den Rest Kaffee aus seiner Tasse. »Sie haben Artur. Sie werden sein Leben seit dem ersten Überfall nacharbeiten. Und somit werden sie bald auf seine Komplizen stoßen. Auf uns. Ich rechne stündlich damit, dass sie uns die Bude hier einrennen.«

Verschwörerisch sah er sich um.

»Unser Antrieb ist weg«, meinte Werner. Kleine Fältchen hatten sich in seinen Augenwinkeln gebildet. »Wir haben kein Motiv mehr und somit auch keine Motivation. Dann bietet sich eine höchst elegante Lösung ja förmlich an.«

Er kam auf die Füße und stellte sich in Pose, als hielte er ein geschliffenes Plädoyer vor Gericht. »Was machen wir mit dem ganzen Geld?«, rief er pathetisch in den Sitzungssaal.

Nur einen einzigen Richter hatte er vor sich. Einen Richter, der gleichzeitig Schöffe war.

Hadi lag ausgestreckt mit geschlossenen Augen in seinem Korbsessel und ließ die Arme baumeln.

»Okay«, sagte er. »Ich höre heraus, was du mit eleganter Lösung meinst. Dann sind wir ja beide einer Meinung. Schreiten wir also zur Tat.«

»Alle Bezugspersonen abgecheckt«, sagte Chili Toledo in flottem Ton. »Der Huawa war wirklich eine arme Sau.«

Im selben Augenblick, als ihr die Sau über die Lippen kam, war ihr der Ausdruck sichtbar peinlich. Sie sackte in sich zusammen, verschränkte die Arme vor der Brust, starrte in das leere Glas vor sich und presste die Lippen zusammen. Dann wühlte sie eine Zeit lang in ihren Notizzetteln, bis es Rico Stahl zu bunt wurde.

»Sie haben wieder eine Wahnsinnsuniform an«, spöttelte er. »Passt ideal zu Ihrer Ausdrucksweise.«

Dabei hatte sich Chili ausgerechnet heute, um sich dem miesen Wetter anzupassen, um etwas Zurückhaltung und Diskretion bemüht. Eine Jeans ohne zerrissene Stellen und ausgefranste Nähte, eine brave hellblaue Bluse und eine Jeansjacke darüber, die allerdings für eine Übung im Survival Camp oder einen Vierundzwanzigstundenüberlebensmarsch besser geeignet gewesen wäre als für einen Tag im Büro. Dafür hatte sie auf ihre ausgefallenen Ohrringe verzichtet.

»Was nörgeln Sie ständig an meiner Kleidung rum?«, fragte sie und schniefte dabei ein bisschen. Ihre regenbogenfarbene Kunstperlenhalskette funkelte Rico zornig entgegen. »Finden Sie, dass die gestreiften Tigerpythons auf dem sumpfigen Grünbraun Ihrer Krawatte Sie zu einem besseren Polizisten machen?«

Rico ließ im Stehen die Arme sinken. Sein Blick wurde bleiern. Doch er warf Chili ein unerschütterliches Lächeln zu. Sie war seine fähigste Ermittlerin. Und sie lieferte trotz aller Abneigung gegen Bürokratie, die ihr sonst im Wege stand, die besten und schnellsten Berichte.

»Warum erklären Sie mir nicht einfach den Grund dafür, dass Sie glauben, dass der Huawa so eine arme Sau war?«

Sie hakte die Daumen im Hosenbund ein. Auf einen Gürtel hatte sie verzichtet.

»Ehefrau bei einem Autounfall ums Leben gekommen«, begann Chili, »Tochter Selbstmord ... Schwiegersohn Herzinfarkt ... Arbeitsstelle verloren.« Sie betete die gesamte jüngere Geschichte des Artur Josef Huber, genannt Huawa, schnörkellos herunter.

Und landete schließlich bei dem Everl.

»Dieses Everl«, sagte sie abschließend, »ist ein nunmehr alleinstehendes Enkelkind. Fünf Jahre alt. Gut erzogen. Von jedem, der sie kennt, super beurteilt. Musikalisch ...«

»Sind wir hier ein Kindergarten?«, sagte Rico. »Wollen Sie auf eine Kita hinaus?«, ergänzte er zögernd. Er wusste nur verschwommen, was die Abkürzung bedeutete.

»Nein. Dafür gibt's andere Ämter als uns. Aber ich werd mich darum kümmern, dass das Deandl nicht unter die Räder kommt.«

Rico mochte es wie kriegerisches Zähnefletschen vorkommen. Doch tatsächlich lächelte Chili ihn nur breit und entschlossen an.

»Grüß dich, Everl, ich bin die Chili.«

Das Everl legte seine kleine Patschhand in Chilis nicht viel größere. Die andere wischte sie sich an der Jeans ab.

Sie äugte an Chili empor. »Grüaß di«, sagte das Everl. »Du hast aber einen komischen Namen. Chili hat der Opapa oft gegessen. Einmal war's zu viel. Da war ihm hinterher kotzübel.« Sie entzog Chili die Hand und machte vor, wie sich der Opapa gefühlt haben musste.

»Salzstangen essen«, imitierte sie ihn mit geneigtem Kopf und tiefer Stimme. »Schwarztee dringa. Zwieback kauen. Im schlimmsten Fall nimm Iberogast.«

Chili kniete vor dem Kind am Fußboden. Sie schüttelte den Kopf. Welches Kind kann sich schon Iberogast merken? »Hat der Opapa das Mittel öfter genommen? War ihm öfter schlecht?«

»Du bist von der Polizei, gell? Willst du mich aushorchen?«

»Ja, Everl, ich bin Polizistin. Aushorchen will ich dich aber nicht. Nur – ein paar Fragen wirst du mir doch beantworten, oder?«

Das Everl hob – wie Flügelschlagen – beide Arme seitlich an und ließ sie hörbar wieder sinken. »Freilich. Wenn's keine Fragen wie im Kindergarten sind.« Sie zog eine Schnute. »Also frag.«

»Waren hier öfter fremde Personen in der Wohnung? Hast du da was bemerkt?«

»Nein. Der Opapa war immer allein. Hier war niemand.«

»Oder hat er sich mit jemandem getroffen?«

Das kleine Mädchen zuckte mit den Schultern und drehte die Handflächen zur Decke in einer Geste, die offenbar dazu gedacht war, ihr reines Herz zu illustrieren.

Chili betrachtete die Kleine mit Belustigung und einem Gefühl großer Sympathie. »Du weißt bestimmt, dass dein Opa ein armer Mann war, seit deine Oma tot ist. Hat er mit dir manchmal über Geld gesprochen?«

»›Everl, mir sind pleite‹, hat er manchmal gesagt. ›Mir ham net amal die Knete zum Einkaufen‹.«

Chili musste sich ein Lachen verkneifen. Sie hatte von Sarah schon gehört, dass das Everl ein ziemlich altkluges Kind sei, dabei aber hellwach. Sarah war die Tochter der Nachbarin, die von zu Hause aus ein Fernstudium betrieb und sich offenbar rührend um das Everl kümmerte. Schule, Essen, Schlafen, die Nachbarn hatten das Kind mit so viel Liebe und Sorgfalt fast adoptiert, dass sogar die Fürsorge ein Auge zudrückte.

»Hat er denn auch mal mit dir darüber gesprochen, wie das Leben weitergehen soll? Für ihn und vor allem für dich? Du weißt doch, ohne Geld kann man nicht leben.«

»Klar. Weiß ich. ›Ohne Geld kein Kaugummi‹«, quetschte die Kleine in tiefer Tonlage hervor. »›Aber keine Angst. Deine Zukunft ist gesichert‹, hat der Opapa immer wieder gesagt.«

ZWEIUNDZWANZIG

An diesem Mittwoch hatte sich der Kriminalrat a.D. Joe Ottakring die drei wichtigsten Zeitungen von Oberbayern besorgt. Er hatte sich auf seinen Platz im Sessel am Fenster zurückgezogen, mit Blick aufs Gartentürl. Wenn Lola je zurückkommen würde, käme sie hundertprozentig durch diese Tür. Seit über einer Woche hatte er nichts von ihr gehört. Aber immer auf sie gelauert.

Er sortierte die Zeitungen. Das Oberbayerische Volksblatt, die Süddeutsche Zeitung, das Abendblatt – in allen war das Foto der kleinen Eva zu sehen, der Enkelin des verstorbenen Polizeimitarbeiters Artur Josef Huber, der im Verdacht stand, die Überfallserie der vergangenen Monate inszeniert zu haben. Das Everl mit einer Puppe im Arm, das Everl mit ihrer Betreuerin, das Everl mit einem Rucksack, an dem ein Bärli hing, auf dem Weg zum Kindergarten. Wäre Ottakring nicht so ein harter Hund gewesen, hätte es ihm die Tränen in die Augen getrieben.

»Ts, ts, ts«, machte Ottakring. »Der Huawa. Man sollt's net glauben.«

Er hatte also recht gehabt mit seiner Vermutung, ein pensionierter Polizist sei zumindest beteiligt gewesen an den Raubzügen. Vorgestern hatte es geheißen – und Rico Stahl hatte ihm eine kurze Information zukommen lassen –, dass ein dritter Raub in dem abgebrannten Bordell versucht worden wäre. Zwei oder drei maskierte Männer seien in das Haus eingedrungen, bevor es ein Raub der Flammen wurde. Kitty, die Besitzerin, hätte allerdings ausgesagt, dass nichts gestohlen und dass niemand bedroht worden sei.

»Die Polizei steht schon wieder vor einem Rätsel«, hatte es abschließend geheißen.

Ja, das war seltsam. Doch es passte zu dem bisherigen Muster. Die Räuber – waren es nun zwei oder drei? – hatten niemanden verletzen, niemandem wehtun wollen. Sie waren unbewaffnet. Zeugen hatten auch berichtet, dass sie ausgesprochen höflich gewesen seien. Beim Dirndl-Gachinger hatte Ottakring die gleiche Erfahrung gemacht. Bei dem Überfall auf die Italiener im Flughafentaxi hatten sie nur einen geringen Teil der möglichen Beute mitgenommen. Das alles erweckte den Eindruck, als wollten sie lediglich einen bestimmten Geldbedarf befriedigen. Ottakring hatte den Gedanken kaum zu Ende gesponnen, da merkte er, dass er laut gesprochen hatte. War es die nahende Senilität oder war es das Alleinsein, dass er mit sich selbst zu reden begann?

Wie ein Foto tauchte plötzlich Huawa in seinem Kopf auf. Er sah ihn hinter seiner Glasscheibe im Präsidium thronen. Dort telefonierte er, las die Zeitung, wenn er nicht gefordert war, und hatte Ottakring immer mit ausgesuchter Höflichkeit, ja Herzlichkeit, begrüßt. Dass dieser Mann nun … Nach Rico Stahls Aussage gäbe es aber keine andere Möglichkeit. Alle Beweise sprächen gegen ihn.

»Geldbedarf befriedigen.« Natürlich! Der Pförtner war jedes Mal mit von der Partie gewesen. Und seine zwei Spezln – Ottakring war überzeugt, dass es sich um drei Personen handelte – waren seine Helfer gewesen. Oder hatten womöglich aus Freundschaft oder aus Fürsorgegründen für ihn gearbeitet.

Die Sache war interessant. Er hatte da so eine Ahnung. Ein winziges Lächeln begann sich in seinen Mundwinkeln einzunisten.

Er sah nach draußen.

Das Gartentürl wollte und wollte sich nicht öffnen. Lola fehlte ihm so. Da hörte er das vertraute Piepsen einer eingegangenen Nachricht auf seinem Handy.

Sicher Rico Stahl, dachte er und runzelte die Stirn.

Er suchte das Telefon. Es war nicht in der Ladestation, nicht auf dem Tisch, unter dem Sofa, auch nicht auf dem kleinen Schränkchen in der Diele, wo er es häufig deponierte.

Es fand sich endlich in der Hosentasche. Er hatte es eingesteckt, um Lolas Anruf bloß nicht zu verpassen.

Es war keine SMS von Rico.

Es war eine Kurznachricht von Lola.

Drei Worte, die Ottakring mit einem Schlag zum glücklichsten Menschen von ganz Oberbayern machten.

»Du fehlst mir«, schrieb sie. Nur diese drei Worte. »Du fehlst mir.«

Wiggerl Mayer, der Beamte im Städtischen Fundbüro, hatte gerade seine Mittagspause beendet und wischte sich den Mund mit einer vorher schon benutzten Serviette ab. Fast unbemerkt war ein älterer Mann zur Tür hereingekommen und stand vor seinem Tresen. Wiggerl betrachtete ihn mit gönnerhafter Höflichkeit. Er war es gewohnt, seine Besucher aufmerksam zu mustern.

Der Mann hatte eine auffallend vorstehende Hakennase, auf der eine starke Lesebrille schwebte, und graue, aus der Stirn nach hinten gekämmte Haare. Er trug einen abgeschabten hellen Trenchcoat, der vorn offen war und darunter einen dunkelblauen Pullover erkennen ließ. Vor ihm auf dem Tresen lag eine Einkaufstüte aus Plastik mit der Aufschrift »Schuh-Reindl«.

»Die hab ich im Riederpark neben einer Bank gefunden«, schilderte der Mann. »Ich wollte mich gerade hinsetzen, da fiel mir die Tüte auf. Wahrscheinlich hat sie jemand versehentlich da liegen lassen.«

In der Tüte war ein Schuhkarton.

»Ein Paar Schuhe«, notierte der Wiggerl. Und »Simon Marker«, den Namen des Finders.

Als er allerdings später, nachdem der Fremde schon gegangen war, die Schuhe aus dem Karton nehmen wollte, um sie ins Regal zu stellen, fiel ihm sofort auf, dass keine Schuhe darin waren, sondern eine weitere Plastiktüte von Schuh-Reindl. Als er mit gerümpfter Nase hineinschaute, sprangen ihm Bündel von Geldscheinen ins Auge.

Wiggerl Mayer zog die Stirn in Falten, überlegte für zwei Minuten, ob er den Inhalt nicht etwas verringern sollte, verzichtete dann aber darauf und verständigte seinen Vorgesetzten. Der meldete sich beim Behördenleiter, gemeinsam warfen sie einen letzten Blick auf das viele Geld und meldeten den Fund der Polizei.

»Es fehlt nichts«, sagte Rico kopfschüttelnd zu Chili. »Sie haben mehr zurückgegeben, als sie geraubt haben. Zweihundertzweiundsiebzigtausend aus dem Schmuckhändlerüberfall und geschätzte fünfunddreißigtausend vom Dirndlüberfall. Es waren aber dreihundertzehntausend Euro in dem Reindl-Sack. Also zu viel.«

»Nobel, nobel«, meinte Chili mit gespitzten Lippen.

Mittwochs, so wie heute, trug sie meist ein bunt schillerndes Seidendirndl mit kurzem Rock und klaffendem Oberteil. Rico hatte Mühe, wegzuschauen, wenn sie sich nach vorn beugte oder sich gar wegen eines entkommenen Haarkamms bückte.

»Und? Was lernen wir daraus?«

»Die reinsten Samariter!«

Rico nickte. »Wär eine klasse Schlagzeile für die Presse!«

Etwa zur gleichen Zeit, so gegen siebzehn Uhr, schellte es in der Ganghoferstraße Nummer 11a unten rechts. »Weißherbst & Paradisi« stand auf dem Klingelschild. Paradisi machte gerade »Infentur«. Ihr Lebenspartner, der Weißherbst Edi, ein Kerl mit einem Brustkorb wie ein Fass, half ihr dabei. Er war es, der den Titel mit »f« anstatt mit »v« geliefert hatte. Das passte aber wie die Faust aufs Auge, denn sie hatten beide keine rechte Lust, Infentur zu machen.

Der Edi öffnete die Tür, denn es war seine Wohnung. Paradisi war erst nach dem großen Brand bei ihm für eine Weile untergekrochen.

Erst einmal erschrak er.

Er sah sich einem Wesen gegenüber, wie er es nur aus Kriminalfilmen der Siebziger und Achtziger kannte, als sich der Stoff noch um Überfälle auf Banken und Postzüge drehte. Total vermummt, der Typ, mit platt gedrückter Nase und Augenschlitzen im Strumpf. Vom einen Augenschlitz lief eine Laufmasche weg.

»Para, für dich«, rief er nach hinten.

Angst hatte er nicht, der Edi, denn der Typ vor ihm hielt weder eine Fünfundvierziger in der Faust noch eine Gattling Gun im Anschlag. Vielmehr umklammerte er mit den Händen so etwas wie eine Schatztruhe, jedenfalls der Sorgfalt nach zu schließen, mit der er die Metallbox zwischen den flachen Handflächen festhielt. Edi ahnte, was es sein könnte, denn Paradisi hatte ihm von dem Überfall auf den Salon Kitty berichtetet, der gar kein richtiger Überfall gewesen war.

Seine Partnerin erschien aus dem Hintergrund und strich ihr Haar glatt. Sie kam direkt aus der Dusche und hatte einen gelben Frotteebademantel übergestreift. Alles an ihr dampfte. Für eine Sekunde schien sie überrascht, bis ein amüsiertes Lächeln über ihr Gesicht huschte.

»Wir kennen uns, gell?«, rief sie aus.

Der Maskierte nickte. »Hier, Ihre Fotos«, war zu hören. Die Stimme klang, als käme sie aus einem kaputten Verstärker.

»Ach, ist das süß«, sagte Paradisi. Beherzt schob sie Edi zur Seite, ging auf den Fremden zu und streckte die Arme nach dem Kästchen aus.

»Weißt du, ich hab mir gar keine Sorgen gemacht, dass du uns verpfeifen würdest. Oder erpressen oder so was.«

Paradisi war stehen geblieben und stützte die Arme in die Hüfte. »Willst du nicht den blöden Strumpf wegmachen? Ich hab dir vertraut, und du kannst auch mir vertrauen, dass ich dich nicht verpfeif.«

Als sie sein Zögern bemerkte, hakte sie nach. »Ist doch ganz einfach. Du gibst mir mein Eigentum zurück, damit ist die Sache erledigt. Nicht wahr, Edi?«, fragte sie ihren Partner, der hinter ihr stand.

»Todsicher«, stimmte Edi zu und nickte. »Das Böse ist überall, und das Verbrechen damit erledigt.«

Nun war er es, der Paradisi zur Seite schob und sich vor den Maskierten stellte. »Geh, nimm doch des Scheißding runter.«

Hadi leuchtete die Argumentation ein. Auch er hasste das Scheißding. Es legte sich wie glitschige Schlangenhaut über Kopf und Gesicht. Mit beiden Händen rupfte er sich den Strumpf herunter. Auch ohne Strumpf wirkte seine Haut geschwollen, gepresst und stumpf, die Augen eingefallen.

Paradisi streckte den Arm aus und schob ihren Edi zur Seite.

»Na, da sieht man doch endlich, wer hinter dem gnadenlosen Verbrechen steckt«, rief sie entzückt aus. Dann legte sie den Zeigefinger an die Nase. »Sag mal, kennen wir uns nicht? Dein Gesicht kommt mir so bekannt vor. Dabei lese ich gar keine Steckbriefe.«

Hadi, noch den Strumpf in der einen Hand, machte mit der anderen eine hilflose Geste und schwieg.

»Aha, schüchtern, was?« Paradisi lachte schallend, Edi stimmte ein. Sein Doppelkinn wackelte wie lauwarmer Pudding.

»Das war der ehrlichste Überfall, den ich je erlebt hab«, sagte sie mit erstickter Stimme. »Und ich hab davor schon zwei mitgemacht.«

Sie zögerte kurz. »Nein, warte. Drei sogar.«

Entschlossen griff sie zu. Selig hielt sie die Box in ihren Händen. Für einen Moment lupfte sie den Deckel und nickte zufrieden. »Jedenfalls danke, Kumpel. Du bist ein ehrlicher Mensch.«

Edi Weißherbst nickte ihr begeistert zu und wandte sich zur Seite. »Kommst du mal, Polín?«, rief er wie selbstverständlich nach hinten.

Hadi schoss das Blut in den Kopf.

Polín! Seine Polín? Wie oft hatte er an sie gedacht, seit sie ihm im Garstigen Bär über den Weg gelaufen war. Nicht nur einmal hatte er ihren Namen geflüstert, wenn er nachts im Bett lag.

Dann stand sie vor ihm und lachte ihn so selbstverständlich an, als hätte sie ihn erwartet.

Ihre Zähne blitzten wie bei einem jungen Raubtier. Wieder fielen Hadi ihre Augen auf. Der Vergleich »wie von einem Gebirgsbach glatt geschliffenes Glas« kam ihm wieder in den Sinn. Er forschte nach ihrer Iris und …

»Hi«, sagte sie und hob schulmädchenhaft eine Hand. »Soll ich wieder Schlitten fahren mit dir?«

»Uups«, sagte Edi. Er warf Paradisi einen vielsagenden Blick zu. »Ich glaub, wir stören. Komm, gehen wir.«

Er legte den Arm um sie und zog sie ins Schlafzimmer. »So, jetzt kannst du endlich wieder schlafen«, sagte er zu Paradisi und zwinkerte ihr zu. »Was hast du dir doch Sorgen gemacht, dass es herauskommen könnte mit deinen Promifotos.«

Sie hatte vorher schon mit den Tränen zu kämpfen gehabt. Nun entfuhr ihr ein tiefer Seufzer. Tapfer hielt sie die Metallbox zwischen beiden Händen fest. Mit dem Handrücken wischte sie sich über die Augen. Dann schaute sie Edi erstaunt an, ließ die Box auf einen Sessel gleiten, streifte mit einem routinierten Ruck nach vorn den Mantel ab und stand hüllenlos vor ihm.

»Komm, Schatz, das müssen wir feiern«, rief sie halblaut und streckte ihm die Arme entgegen. Ein Reigen dicker Tränen kullerte über ihr Gesicht.

DREIUNDZWANZIG

Bevor KR Ottakring die Zeitung zur Hand nahm, hatte er noch am Traum der vergangenen Nacht herumzukauen.

Es war Weihnachten, und Lola und er standen unter einem gigantischen Weihnachtsbaum. Der Baum war so hoch wie der am Marienplatz in München, passte aber trotzdem ins Zimmer, was Joe selbst im Traum übertrieben fand. Es war ein schöner weißer Wintertag. Lola hatte schwarze Locken, kurze Hosen an und war sehr klein. Erst jetzt merkte er, dass er selbst auch nicht größer war. Ob sie klein waren, weil sie Kinder waren oder als Erwachsene geschrumpft, wusste er nicht mehr. Er fror.

Einen Ball hatte er Lola geschenkt. Einen Ball mit bunten Tupfen und Streifen. Auch der Ball war sehr groß. So groß, dass Lola hinter ihm verschwunden war, als sie ihn im Arm hielt. Sie tollten herum und lachten viel. Irgendwann warf die kleine Lola den Ball durchs offene Fenster.

Nun wusste Joe auch, warum es so kalt im Zimmer war.

Er sprang dem Ball durchs Fenster nach. Oder war er durchs Fenster geflogen oder engelgleich geschwebt? Er sah den Ball immer weiter und weiter springen und rollen. Plötzlich befand er sich in einer blühenden Frühlingslandschaft. Er rannte dem Ball nach, bis er sich verirrt hatte und nicht mehr wusste, wo er war. Trotzdem folgte er dem Ball und kam durch Wald und Gestrüpp auf eine hohe Lichtung, wo er sich nach Lola und dem Haus umdrehte.

Das Haus war verschwunden. Weit und breit keine Spur von dem Haus und Lola. Doch der Ball rollte selbstständig auf den kleinen Joe zu und um ihn herum, bis er zu schweben begann. Er schwebte über seinem Kopf, hatte keine Tupfen und Streifen mehr, sondern eine Aufschrift, die wie von einer Tastatur oder einer Schreibmaschine geschrieben einen Buchstaben nach dem anderen heruntertippte.

»D-u f-e-h-l-s-t m-i-r-!«

Er langte nach dem Ball, wollte ihn greifen, doch der spielte Fangen mit ihm, bis er emporstieg und im tiefblauen Himmel verschwand.

Joe begann zu weinen und schluchzte laut. Er war verzweifelt.

Dann stand auf einmal jemand neben ihm und nahm ihn in die Arme. Doch er konnte nicht aufhören zu weinen.

Als KR Ottakring aufschreckte, war sein Kissen nass, und er schluchzte immer noch. Draußen war es hell.

Er stellte Kaffee auf und ging ins Bad. Er putzte seine Zähne mit einer solchen Wut, dass er die Bürste in die rechte Backe rammte. Er setzte sich aufs Bett, legte die Backe in die warme Handkrümmung und tat sich leid. Doch bald war er wach und wieder der Alte, und der schlimme Traum war verflogen. Nur die Sehnsucht nach Weihnachtsbaum und Adventskranz, nach Bratäpfeln, nach Glühwein und nach Lola waren geblieben.

Endlich hatte er die Ruhe gewonnen, sich Kaffee einzugießen und die Zeitung zur Hand zu nehmen.

»DIE SAMARITERRÄUBER – Die Überfallserie der letzten Monate scheint aufgeklärt, berichtet das Polizeipräsidium Oberbayern Süd in Rosenheim.

Wie gemeldet hatten drei Männer im Dezember ein Trachtengeschäft im Inntal, im Januar einen Flughafenbus mit italienischen Schmuckhändlern sowie unlängst den Salon Kitty, einen Prominententreff in Schloßberg, überfallen. Geldbeträge oder andere Gegenstände würden nicht vermisst, schilderte die Inhaberin. Während der Tat brannte das Haus, wahrscheinlich verursacht durch Blitzschlag, bis auf die Grundmauern ab. Die Untersuchungen dauern an.

Am Mittwoch dieser Woche wurde die gesamte Geldbeute aus den Raubzügen im Städtischen Fundbüro abgeliefert (siehe Foto: Der Leiter des Fundbüros, Wiggerl Mayer, links. Die Beute rechts). Die Kriminalpolizei steht vor einem Rätsel. Noch nie in der Geschichte der oberbayerischen Polizei wurde Raubgut auf diese Weise zurückgegeben. Es wird an die Geschädigten zurückgeführt.

Einer der Räuber ist inzwischen an Herzversagen gestorben. Es soll sich um einen ehemaligen Polizeimitarbeiter handeln, doch diese Meldung ist unbestätigt. Er hinterlässt eine Enkelin, deren Eltern ebenfalls nicht mehr unter den Lebenden weilen. Chili Toledo, Kriminalhauptkommissarin in Rosenheim, kümmert sich bis auf Weiteres um die Betreuung dieses alleinstehenden Kindes.
Unbestätigte Meldungen besagen, dass das Motiv für die Überfälle die Versorgung des Mädchens gewesen sei. Das Kind stünde jetzt ganz allein da auf der Welt, heißt es.«

Ottakring seufzte und schenkte nach. Er las aus dem Bericht, dass die Serie sich ihrem Ende näherte oder auf eine sehr ungewöhnliche Art schon beendet war. Er hatte das in seiner Laufbahn nur ein einziges Mal erlebt, dass ein reuiger Täter nach seiner Tat die Beute wieder abgeliefert hatte. Das war in den achtziger Jahren in Taufkirchen gewesen, als dem Einbrecher im Nachhinein bewusst wurde, dass er im Suff bei seinen Schwiegereltern eingebrochen war. Deshalb war ihm das Terrain so bekannt vorgekommen. Und deshalb übernachtete er noch am selben Tag in einem engen, kargen, vergitterten Raum.
Seinem Nachfolger Rico Stahl wünschte Ottakring viel Glück und rasches Handeln. Der Fall hatte ihn lange beschäftigt. Die Bürger hatten das Gefühl, die Polizei sei an der Nase herumgeführt worden. Eigenartigerweise erzeugte das ein Gefühl der Schadenfreude – und des Mitgefühls mit den Tätern. Täglich flossen Leserbriefe an die Zeitung.
»Wann werden die Räuber endlich gefasst?«
»Keinerlei Spur von den Dirndlräubern.«
»Den Italienern wird's nicht schaden!«
»Schmuckräuber gestorben! Schade.«
»Was geschieht jetzt mit dem Everl?«
Meldungen, dass Wohlhabende, Prominente und speziell Politiker geschädigt werden, erzeugen Sympathie und Wohlgefallen, denn das Volk ist immer mit den Schwachen. Da die Medien dem Volk dessen Meinung am Mund ablesen, blasen Zeitungen und Fernsehen ins gleiche Horn.

Am nächsten Tag gleich in der Früh holte Ottakring die Zeitung aus dem Briefkasten. Es gab einen langen Artikel auf Seite drei:

»Wir sind Everl. Tausend Paten für das arme Kind.«

Ottakring las ihn zweimal.

Er schüttelte den Kopf. Das wollte er aus erster Hand erfahren. Er kannte den Pressesprecher des Blattes sehr gut, doch bei dem wollte er nicht nachfragen. Und wer war stattdessen am dichtesten dran an dem Kind? Die Zeitungen hatten es ausgeplaudert. Chili! Er musste sie anrufen.

Sie trafen sich am Inndamm. Kein Wind ging. Es begann zu regnen. Sie hörten die ersten Tropfen ins Wasser klatschen und sahen die Wasserfläche sich kräuseln, noch ehe sie den Regen spürten. Dann ging es blitzartig. Es schüttete. Im Nu waren sie patschnass. Der Regen toste so heftig auf den Strom, in die Bäume und auf den Kies, dass es nach eineinhalb Minuten wurscht war, ob sie Kleider am Leib trugen oder nicht.

Chilis Kleidung klebte attraktiv am Körper.

Ottakring schlotterte. »Was ist das mit dem Kind?«, fragte er mit brüchiger Stimme. »Dem Everl?«

Chili blieb stehen. »Die Abendzeitung hat den Fall vom Everl ganz groß geschildert. Dass ihre Eltern tot sind. Dass sie als Waisenkind vom Großvater erzogen wurde und dass der nun auch tot ist. Dann haben sie keinen Spendenaufruf gestartet wie sonst üblich, sondern sie haben die Leser gefragt, wer eine Patenschaft für das Kind übernehmen wolle. Und rate mal, was dabei herausgekommen ist.«

»Wir sind Everl. Tausend Paten«, sinnierte Ottakring.

»Richtig. Ist das nicht der Wahnsinn? Aber …«, sie fasste den verblüfften Kriminalrat am Arm und ging mit ihm weiter, »man muss die Gesamtschau sehen, nicht nur das Everl«, sagte sie und blickte ihn an. Wasser floss ihr aus dem Haar über die Stirn und in die Augen. »Deine Meinung ist uns wichtig.«

»Aha«, sagte Ottakring besonders laut, damit es im Rauschen des Niederschlags nicht unterging.

Chili legte beide Hände auf seine Unterarme. »Der Rico ist ein harter Hund«, sagte sie. »Aber weißt du, was der vorhat?«

»Ja«, sagte Ottakring.

»Nein. Kannst du dir nicht vorstellen.«

»Doch.«

»Na was denn, wenn du schon so ein Gscheiderle bist?«

Ottakring befreite seine Unterarme und steckte die Hände in die Taschen. Sie gingen weiter. Der Regen ließ ein wenig nach.

»Der überlegt«, sagte der Kriminalrat, »wie die zwei übrig Gebliebenen straffrei ausgehen können. Is ja nix passiert.«

»Ich hab mit dem Staatsanwalt gesprochen«, sagte Rico Stahl. »Er ist nicht einverstanden. Aber er will auch von nix wissen. Is ja nix passiert.«

Sie saßen relativ zwanglos in Ricos Dienstzimmer im Polizeipräsidium. Hadi Yohl und Dr. Werner Stuffer vor dem mächtigen Schreibtisch, der noch von seinem Vorgänger stammte, Rico dahinter. Hadi Yohl kannte er durch dessen Romane. Dr. Werner Stuffer durch seine anwaltliche Tätigkeit.

Rico hatte die Daumen in die neuen regenbogenfarbenen Hosenträger geklemmt und sah krawattenlos und großmütig auf seine beiden Delinquenten hinab. Rico war ein Mensch, der nicht frei von Symbolen war. Dass er heute als große Ausnahme keine Krawatte trug, war ihm wichtig. Denn heute tat er etwas, was er noch nie in seiner gesamten erfolgreichen Laufbahn getan hatte.

»Sie spinnen, Sie zwei«, sagte er sanft zu den beiden, die mit breiter Brust vor ihm saßen. »Haben Sie wirklich geglaubt, dass wir Sie nicht schnappen? Sie haben originell gearbeitet, haben prächtig falsche Spuren gelegt. Aber schon wieder so prächtig, dass es uns natürlich auffallen musste.«

Rico erhob sich zu voller Länge, ohne die Daumen aus den Hosenträgern zu nehmen.

»Selbstverständlich hatten wir sehr rasch den Artur Josef Huber im Visier. Den Huawa von früher. Er hat ja geradezu pedantisch nach Ideen aus Polizeiberichten gearbeitet. Dass er als Tresorknacker vorbestraft war, spielte dabei keine Rolle. Grad rechtzeitig vor seiner Festnahme ist er gestorben. Die Ihrige wäre nur eine Sache von wenigen Tagen, wenn nicht von Stunden gewesen.«

Hadi war ebenfalls aufgestanden. Er war ans Fenster gegangen und lehnte sich zurück. Sein Gesicht lag im Halbschatten. So beobachtete er Rico. »Warum sind wir denn nun hier?«, fragte er. »Sieht nicht gerade nach einer Festnahme aus. Warum erklären Sie uns das alles? Das hat doch einen Grund.«

Er stand eine weitere Minute am Fenster und wartete darauf, dass Rico Stahl etwas sagte. Doch der sagte nichts. Er hatte die Augen geschlossen. Er schien unbegrenzt Zeit zu haben.

»Und?«, bellte Werner. »Warum sind wir hier?«

»Ich wollte Sie nur kennenlernen«, sagte Rico schließlich. »Den berühmten Schriftsteller und den findigen Anwalt. Es ist mir ein Vergnügen.«

»Mit welcher Beweisführung lassen Sie uns laufen?«, fragte Werner.

»Wieso laufen lassen? Wieso Beweisführung? Welche Beweisführung? Beweisen müssen wir nur, wenn eine Straftat vorliegt. Aber sehen Sie eine Straftat, in die Sie beide verwickelt wären, Herr Rechtsanwalt? Keiner hat Sie angezeigt. Es ist niemand zu Schaden gekommen. Es ist auch kein materieller Schaden entstanden, im Gegenteil. Ein Kind, das seinen einzigen Verwandten verloren hat und allein auf sich gestellt war, hat lauthals Unterstützung erhalten. Und zwar ausschließlich durch Ihre Initiative, meine Herren! Zuerst kam eine großzügige Spende vom Dirndl-Gachinger, dann vom Verband italienischer Schmuckhändler, zuletzt eine Zusage von der Inhaberin des Salon Kitty, sobald der Brandschaden reguliert sei. Ihnen ...«, Rico sah von Hadi auf Werner und wieder zurück, »dürften die Namen ja bekannt sein.«

Rico zupfte sich gewohnheitsmäßig die Krawatte zurecht, bis er sich bewusst gemacht hatte, dass er keine trug. »Dazu wurde in einer ganzen Reihe von Leserbriefen eine positive Meinung über Sie geäußert, und weitere Patenschaften für das Everl können aus dieser Richtung erwartet werden.«

Rico hustete und stellte sich in Positur. »Nach alldem kann ich keine Straftat erkennen, demzufolge ist auch keine Beweisführung nötig. Alles ist auf null zurückgedreht.«

Er gestattete sich ein karges Lächeln. »Sie sind ja Mitglied im Lions Club, Herr Doktor Stuffer. Ich finde, Sie haben das Anliegen Ihrer Vereinigung sehr pragmatisch umgesetzt. Tu Gutes und rede nicht darüber. Jetzt müssen Sie beide aber aufpassen, dass man Ihnen nicht noch ein Sowiesokreuz oder einen Irgendwasverdienstorden um den Hals hängt. Pfüa God, meine Herren!«

Joe Ottakring merkte, als er heimkam, sofort, dass das Gartentürl offen stand. Es schwankte im leichten Wind vor und zurück, ohne zu quietschen. Er hatte die Scharniere erst kürzlich geölt. Nun fragte er sich, ob er vergessen hatte, den Riegel vorzuschieben. Er wusste es nicht mehr.

Er sah den Kiesweg zum Haus hinauf und hinunter. Die Märzenbecher waren fast verblüht, die Tulpen rührten sich schon. Das war seine Welt: Sein Haus, sein Garten, die schmucken und die jodelnden Häuser entlang der Straße, nicht weit weg der Schmiedwirt in der Kurve mit seinem Biergarten, der bald loslegte, und über die Häuser ragte der Turm der Kirche, neben der er beim Dorfkramer sein Weißbier bezog.

Drüben nach Süden hin senkten sich Wald und Wiesen ins Inntal, umsäumt von Heuberg, Kranzhorn und dem Wendelsteinmassiv. Dahinter stiegen die Berge an und leuchteten bis hin zum Zahmen und zum Wilden Kaiser.

Joe Ottakring seufzte, holte die Post aus dem Kasten, stieg die drei Stufen zur Haustür hinauf, drehte den Schlüssel um, sah die Post durch und hatte sofort den Duft in der Nase, der ihm so vertraut war.

Doch bevor er dazu kam, ihn näher zu identifizieren, hörte er eine vertraute warme Stimme aus dem Obergeschoss.

»Hallo, mein Herr! Sie werden im Schlafzimmer verlangt!«

Sein Herz machte einen Luftsprung. Vorsichtig ging er die knarrende Treppe hoch. Auf Zehenspitzen trat er ins Schlafzimmer. Im Bett, bis zum Hals zugedeckt, lag Lola. Seine Lola! Bevor er etwas sagte, schlich er ins Bad und riss sich die Kleider vom Leib. Dann ging er wieder hinein und schlüpfte zu ihr unter die Decke. Sie schmiegte sich eng an ihn.

»Liebst du mich noch?«, flüsterte sie.

»Am liebsten den ganzen Tag«, gab er zurück.

Anmerkung des Autors

Na prima, liebe Leserinnen und Leser. Jetzt haben Sie doch tatsächlich bis zum Schluss durchgehalten. Trotz meiner eindringlichen Warnungen. SAKRAMENTISCH! finde ich das.

Ich hatte beim Niederschreiben dieser Geschichte lange Zeit den Eindruck, sie würde so enden, wie sie am Anfang begann. Nämlich traurig, deprimierend, wenig ermutigend und noch viel weniger erheiternd. Daher meine mehrfachen Warnungen. Ist doch klar, wenn dem Ottakring die Frau wegläuft, wenn auch noch der Artur sterben muss und das Everl ganz allein auf der Welt steht. Das sind ganz schreckliche Dinge, die einen Menschen selbst beim Lesen erdrücken können, finden Sie nicht auch?

Doch es ist, wie es ist. Kaum sind Frauen im Spiel, dreht sich die Feder respektive die Tastatur zur anderen Seite und alles wird gleich schöner, besser, freundlicher, schneller, größer. So ist das Ende ein Wunsch-Ende geworden. Solch ein Happy End war vorher nicht abzusehen. Näher kann ich nicht darauf eingehen, denn ich weiß aus vielen Gesprächen, dass es Leser/-innen gibt, die den Roman, speziell den Kriminalroman, ganz speziell meinen Kriminalroman, von hinten angehen. Und denen will ich nicht die Freude nehmen, indem ich hier an dieser Stelle etwas ausplaudere.

Apropos ausplaudern. Wenn Ihnen die Gschicht trotz aller Widrigkeiten, Warnungen und Rechtschreibfehler gefallen hat – erzählen Sie es ruhig weiter. Nur so kann ich meiner Frau, meinen Kindern und den Hunden endlich mal wieder ein Stück Fleisch vorwerfen.

Ich sag's ja. Alles wird gut! Wer hätte das gedacht.

P.S.: Falls Ihre Kinder, die Schwägerin, die Nachbarn oder alle gemeinsam irgendwelche Auffälligkeiten an Ihnen feststellen sollten, wenn Sie dieses Buch gelesen haben: Es gibt in Rosenheim zweihundertachtundachtzig Psychiater, Psychologen, Therapeuten, Seelenvoyeure, Empfindungsspione, Kinesiologen und ähnliche Katastrophenheilberufe. Das sollte reichen.

Hannsdieter Loy
ROSENSCHMERZ
Broschur, 224 Seiten
ISBN 978-3-89705-614-5

»Loys Schreibstil ist eindringlich. Geschickt beschreibt er genau die Landschaften der Region und etabliert seine Charaktere fein säuberlich. Seine Figuren sind richtig aus dem Leben gegriffen.« Oberbayerisches Volksblatt

»Sehr oberbayerisch!« Bayern 1

www.emons-verlag.de

Hannsdieter Loy
SPIEL DES TODES
Broschur, 224 Seiten
ISBN 978-3-89705-785-2

»Der Schriftsteller versteht es, durch seine phantasievolle, bildhafte Ausdrucksweise durchgehend Spannung zu erzeugen.« Oberbayerisches Volksblatt

»Ein kurzweiliges Lese-Vergnügen, mittendrin Bayerns James Bond.« Münchner Merkur